KB020337

슬픈 인간

슬픈 인간

정수윤 엮고 옮김

가지이 모토지로, 가타야마 히로코, 고바야시 다키지,
나쓰메 소세키, 나오키 산주고, 나카야 우키치로,
나카하라 추야, 다자이 오사무, 다카무라 고타로,
마사무네 하쿠초, 마사오카 시키, 모리 오가이,
미야모토 유리코, 미야자와 겐지, 사카구치 안고,
아쿠타가와 류노스케, 오다 사쿠노스케, 오카구라 덴신,
오카모토 가노코, 요사노 아키코, 이시카와 다쿠보쿠,
이즈미 교카, 이쿠타 슌게쓰, 하기와라 사쿠타로,
하라 다미키, 하야시 후미코

봄날의책

차례

1

1

나쓰메 소세키

자전거 일기
自転車日記

1902년 가을 모월 모일

침실 창문에 백기를 걸고 항복하자마자 하숙집 아주머니가 80킬로 가까이 되는 육중한 몸을 끌고 3층 꼭대기까지 올라왔다. 계단이 무려 마흔두 개, 도중에 두세 번 쉬어가며 올라오는 데 걸린 시간은 3분 5초. 이 위대한 아주머니가 의기양양한 얼굴로 가쁜 숨을 몰아쉬며 방문 앞에 불쑥 나타나니, 주변이 어찌나 좁아 보이던지. 영예로운 회견에 잔뜩 주눅 든 나를 향해 아주머니는 강화조약 제1항을 명령조로 하달했다.

"자전거를 배우세요."•

아 슬프구나, 나의 자전거 사건이여. 나는 결국 아주머니의 분

• 런던의 우울한 하숙생 소세키는 극심한 신경쇠약과 향수병으로 다락방에 틀어박혀 지내는데, 이를 걱정한 하숙집 아주머니가 반강제적으로 그를 끌어내 자전거를 배우게 한다.

부에 따라 자전거를 타기 위해, 아니 자전거에서 떨어지기 위해 라벤더힐로 향하는 불운한 처지를 맞이했다. 감독관 겸 선생인 ○○씨는 풀죽은 나를 데리고 자전거포로 달려가 여성에게 알맞은 자전거를 고르더니 이게 좋겠다고 했다. 이유를 물으니 초급 입문으로는 이만한 게 없다며 항복한 사람이라고 나를 깔보고 경멸 어린 투로 답했다. 불초하지만 코밑에 경미하게 수염까지 기른 남자더러 여성용 자전거를 타라니, 이건 해도 너무하다, 넘어져도 좋으니 내게 어울리는 것을 달라 항의하며, 만약 내 의견이 관철되지 않을 시에는 명예를 위해 목숨을 바칠지언정 먼지처럼 살진 않겠다는 둥 횡설수설 기염을 토해낼 태세를 갖추고 묵묵히 있었더니, 정 그렇다면 이걸로 하자며 지극히 보기 흉한 남성용 자전거를 지목했다. 어차피 넘어질 텐데 아름다움이 다 무슨 소용이냐며 무거운 듯 자전거를 끌어내기에 불평스레 힘을 꾹 줘 눌러보니 끽 소리가 났다. 일테면 나는 관절도 느슨해지고 윤기도 없어진 노후한 자전거를 만나러 천릿길 바다 건너 아득히 먼 곳으로 온 게다. 자전거엔 정년퇴임도 없나 싶어 미심쩍었는데, 생각해보면 이미 한참 전에 퇴임했어야 할 자전거가 여태 구석에서 한가로이 요양을 하다 생각지도 않게 동양에서 온 고독한 손님에게 끌려나와 고통을 참지 못하고 비명을 지른 것이니, 자전거의 말로 또한 애처롭기 짝이 없다. 애꿎은 자전거에게 항복의 분풀이를 할 요량으로 늙은 동체를 끽끽 울려 보는데, 핸들이라는 놈이 어찌나 신경과민인지 이리 당기면 넓적다리에 부딪히고 저리 밀면 길 한복판으로 뛰쳐나갈 기세다. 타기 전부터 이 지경인데 올라탄 뒤는 오죽할까 싶어 눈앞이 캄캄했다.

"어디 가서 타나."

"첫날이니 되도록 길 좋고 인적 드물어 넘어져도 사람들 웃음거리가 안 될 곳으로 가주게."

항복한 사람 주제에 이런저런 조건을 제시해봤는데, 감독관은 은혜롭게도 클래펌 커먼 근처 그리 번잡하지 않은 큰길가 승마장으로 나를 안내했다. 하지만 곧 "자, 여기서 한번 타봐" 하고 무시하듯 손아래 취급이니, 아 비참하구나.

오래전 내 고향에서 좋은 시절 보낼 때부터 머나먼 타향에서 고성낙일 자금궁핍 하는 오늘에 이르기까지, 남들이 타는 건 봤어도 내가 타본 기억은 털끝만큼도 없는데, 그런 내게 한번 타보라고 무자비한 말 한마디를 툭 내던지니 이건 이미 벗을 대하는 태도가 아니다. 분노가 머리끝 헌팅캡까지 치밀어 맹렬히 핸들을 잡을 때까지는 용맹하고 좋았는데, 드디어 안장에 걸터앉아 위세를 드러내볼까 하는 순간 일이 뜻대로 굴러가지 않고 졸지에 쿵 나자빠지니 기분이 묘하다. 자전거는 뒤집어지지도 않고 차분하기만 한데, 올라탄 나는 안장에서 버티질 못하고 이리저리 우당탕 넘어지기 바쁘다. 일찍이 이야기꾼들이 떠들던 우스갯소리를 내가 몸소 실천하게 될 줄이야.

"처음부터 앉으려 드니까 안 되는 거야. 페달에 발을 얹을 생각만 하지 말고 그냥 달려들어서 한 바퀴 휙 돌리라고." 감독관 잔소리에 불안한 마음을 주체할 길 없다. 아, 안 되겠어. 아무리 달려들어도 자전거는 반 바퀴도 안 돌아가고. 아, 안 되겠어. 연신 소리를 지르며 넌지시 도움을 청하니 아니나 다를까 감독관이 다가와, "내가 꽉 잡고 있을 테니 타봐. 아니, 그렇게 똑바로만 가면 넘어진다니까. 자, 내가 타는 걸 잘 봐. 이렇게 발을 굴렀지, 그다음엔 엉덩일 스윽 걸치고, 두 손으로 여길 잡고, 이제 알겠나. 뒤에서 밀어줄 테니까 그 기세로 발을 굴려봐." 겁먹은 나를 반쯤 놀리며 앞으로 쑥 미는데, 이 모든 준비와 노력이 앞으로 나가는 순간 모래땅에 나자빠지기 위한 것이었음을, 전지전능한 신도 아니고 한낱 인간인 내가 어찌 알았으랴.

길 가던 사람이 드문드문 서서 구경을 한다, 히죽히죽 웃으며 걸어가는 이도 있다, 저기 떡갈나무 아래 아이를 데리고 나온 유모가 벤치에 앉아 아까부터 줄곧 감탄을 한다, 뭘 보고 감탄하는지 모르겠지만 아마도 땀 줄줄 흘리며 혼신의 힘을 다해 자전거와 씨름하는 갸륵한 모습을 넋 놓고 보는 중이겠지. 홀로 타향에서 자전거라는 좋은 친구 하나 얻는데 정강이 두세 군데 긁히는 것쯤 무어 그리 대수인가 싶어, "한 번 더 부탁하네. 이번엔 더 세게 밀어줘. 또 넘어질 거라고? 넘어져도 어차피 내 몸인데 뭐 어떤가." 항복했던 과거도 잊고 맹렬히 불꽃 튀기는 연습을 하는데, 돌연 뒤에서 Sir! 하고 부르는 소리가 났다. 길에서 모르는 서양인이 다가오는 일은 좀처럼 없는데 싶어 돌아보니, 당황스러울 만큼 덩치 큰 경찰이 떡하니 서 있는 게 아닌가. 나로선 그런 사람 곁에 다가가고 싶지 않지만 저쪽은 나 같은 촌뜨기 땅딸보에게 다가오지 않으면 안 되는 이유라도 있는지 바로 코앞까지 다가왔다. 이유로 말할 것 같으면, 이곳은 말을 타는 곳이지 자전거를 타는 곳이 아니니 자전거 연습을 하려거든 밖에 나가서 하라는 얘기였다. 올라잇, 분부대로 따르겠습니다, 격식이 있는 영어 없는 영어 다 섞어가며 나의 박학다식함을 모조리 드러내는 대답을 하고는 곧장 감독관에게 이 사실을 알렸다. 오늘 내가 겪을 굴욕은 충분히 겪었다 생각했는지 감독관은 그만 돌아가자고 했다. 탈 줄 모르는 자전거를 손에 끌고 집으로 돌아가니 아주머니가 어땠냐고 묻는다. 나는 패배의 여운을 담아 읊조렸다. 자전거 울자 해 떨어지고 귓가에 가을 소리 들리지 아니한가.*

　모월 모일

　자전거를 붙들고 언덕 위에 서서, 저 아래 감독관 신호가 떨어지면 곧장 내달릴 야심을 품고 있었다. 언덕의 거리는 200미터 남짓, 경사각은 20도, 너비는 10미터, 행인도 많지 않다. 좌우론 그윽한 정취를 풍기는 오래된 주택뿐. 동양의 명사가 자전거에서 떨어지는 연습을 한다는 소리에 영국 정부가 특별히 국토부에 명하여 이 도로를 만들게 했는지 어쩐지는 알 수 없지만, 아무튼 자전거

---

* 『당시선唐詩選』에 실린 여온의 오언절구 앞부분을 패러디했다. '말 울자 해 떨어지고 칼날에 가을 소리 내 마음 둘 곳 없어 강가를 거니네.'

용 도로로 더할 나위 없는 장소다. 나의 감독관은 경찰의 경고에 간이 쪼그라들었는지 아니면 내 자전거를 앞으로 밀어주는 수고를 덜기 위함인지, 어제부터 사람이든 자전거든 넘어지고 봐야 한다며 고르고 골라 이곳으로 날 데려왔다.

사람도 안 다니고 마차도 뜸한 시간을 보고 있던 감독관은, 자 지금이야, 어서 타, 하고 소리쳤는데, 여기서 탄다는 말에는 주석이 필요하다. 우리 둘 사이에 오가는 이 탄다는 말은 아직 보통의 뜻을 갖지 못했다. 내가 탄다 함은 남들처럼 탄다는 게 아니라, 안장에 엉덩이도 얹지 못하고 페달에 발도 올리지 못하며 그저 역학의 원리에 의존할 뿐 손톱만큼도 인공의 힘을 가하지 않는다는 뜻으로, 사람도 못 피해 말도 못 피해 물불 못 가리고 그냥 쏜살같이 돌진한다는 뜻이다. 그 모습이 흡사 배 아픈 사람이 난생처음 사다리 타기 곡예를 펼쳐 보이는 듯하여, 나부터도 탄다는 말을 너무 남용하는 게 아닐까 의심이 드는 상황이다. 아무튼 결국 타기는 탔고 어찌어찌 인간이 자전거에 붙기는 붙었다. 심지어 단숨에 질풍과도 같이 언덕 위에서 아래로 달려 내려갔다. 그러자 이상한 일도 다 있다, 왼편 주택 안에 박수를 치며 나의 자전을 격려하는 짓궂은 자가 있다. 기분이 묘하다 싶은데 자전거는 이미 언덕 중턱을 달리고 있다. 이번엔 된통 어려운 상대를 만났다. 여학생 오십 명가량이 줄지어 이리로 오고 있다. 이렇게 되면 아무리 여자 앞이라 해도 잘난 척은 물론이요 아무 짓도 못 한다. 두 손은 여유가 없지, 허리는 굽었지, 오른발은 허공을 차고 있지, 내리려고 해도 자전거가 말을 들어야지, 절체절명의 순간, 하는 수 없이 스스로 터득한 구부정한 탑승 자세로 여학생 무리 옆을 간신히 지나갔다. 휴 한숨 돌리는데 자전거는 이미 언덕을 내려와 평지에 당도, 그러나 멈출 기색이 터럭만큼도 없고, 한술 더 떠 저 너머 사거리 경찰을 향해 달려간다, 제정신이 아니다, 오늘도 경찰한테 혼쭐이 나겠구나 싶은데 여전히 구부정한 탑승 자세를 풀 수가 없다. 자전거는 무리하게 나와 동반자살할 기세로 맹렬히 인도 쪽으로 질주했다. 이윽고 차도에서 인도로 올라서도 멈추지 않고 담장에 처박혔다 뒤로 되돌아가기를 2, 3미터, 아슬아슬하게 경찰 코앞에서 멈췄다. 고생이 많으십니다, 경찰이 웃으며 말하기에 내가 답하길, 예스.

모월 모일

"……조사할 게 있으면 대영박물관에 가십니까?"

"거긴 잘 안 갑니다. 책에 마구 메모하고 줄 긋는 버릇이 있거든요."

"그래요. 자기 책이 자유롭게 보긴 좋지요. 하지만 전 글을 쓰고 싶다는 생각이 들 때마다 그곳에 갑니다."

"나쓰메 씨는 공부를 정말 열심히 하신다더군요." 부인이 옆에서 입을 열었다.

"공부도 별로 안 합니다. 요즘은 주위 권유로 자전거를 시작해서 하루 종일 그것만 타고 있어요."

"자전거 재미있죠. 저희 식구들도 다들 타요. 나쓰메 씨도 멀리

나가시죠?"

멀리 나간다는 게 어떤 의미인지조차 퍼뜩 이해하지 못하는 남자, 재량껏 해석해도 언덕 위에서 언덕 아래까지 겨우 타는 정도의 남자가 나다. 과장을 섞어 말하는 것이 제2의 천성으로까지 진화한 20세기의 오늘, 멀리 나간다는 말이 정확히 무슨 뜻인지도 모르면서 얼추 통용될 만한 대답을 해봤다.

"그다지 멀리 나가진 않지만 언덕 위에서 아래로 힘차게 달려 내려갈 때는 대단히 유쾌하지요."

쭉 침묵을 지키던 아가씨가 이 사람 좀 타는구나 하고 착각을 한 모양인지, "언제 나쓰메 씨랑 다 같이 윔블던이라도 다녀오면 어때요" 하고 아버지 어머니의 동의를 구한다. 그녀의 부모도 일제히 내 얼굴을 보니, 이거야 원 야단났구나 싶다. 그렇긴 해도 묘령의 미인이 내민 결투장을 아무렇지 않게 거절할 수도 없는 노릇, 명색이 문명 교육을 받았다는 신사가 여인을 존중하지 않는다면 평생의 불명예가 될 터다. 내 목을 졸라대는 하이칼라 한 뼘 길이어치의 체면도 있고 하여, 더더욱 태평함과 유쾌함을 반반씩 가미한 표정을 지으며, "그거 재밌겠는데요, 그렇지만……" "공부 때문에 바쁘신 줄 알지만 오는 토요일쯤이면 여유가 있으시겠죠?" 하고 점점 파고든다. 그렇지만…… 뒤에 꼭 바쁘다는 얘기가 나오라는 법이 없는데 내가 뭣하러 그렇지만 따위의 말을 내뱉었는지 나도 모르겠다. 저쪽에서 이렇게 선수를 치면 '그렇지만'을 마무리 짓기가 점점 더 어려워진다. "그렇지만 사람이 너무 많은 데서는 저기…… 뭐랄까, 아직 익숙하지가 않아서요" 하고 겨우 도망갈 구멍을 뚫어놓자마자 "아니에요, 그 근방 길은 아주 한산하답니다" 하고 곧장 양팔을 벌려 길을 막아선다. 진퇴양난이라 함은 그저 자전거 위에서만 통용되는 말이 아니로구나 하고 혼자 감탄을 하면서도, 감탄만 하고 있다가는 사건을 매듭짓기 요원하다 싶어 유일한 방패막이인 '그렇지만'을 한 번 더 꺼내들었다. "그렇지만…… 오는 토요일 날씨가 괜찮을까요?" 이거야말로 단정 짓기 대단히 애매한 부분이니 어느 누가 다가올 날씨를 알 수 있으랴. 나의 승리가 확실시되는 가운데 판관인 그녀의 아버지가 중재하고 나서서 입을 열기를, 날짜를 정하지 않더라도 언제 시간 되면 제가 자전거로 댁까지 찾아가지요, 그때 같이 산책이라도 합시다, —사이클리스트에게 같이 산책이라도 하자니, 이건 어디로 보나 내가 자전거 여행자로서 자격이 없음을 꿰뚫어본 것이라 하겠다.

이 아름다운 아가씨와 윔블던에 안 간 것이 나로서는 행운이었는지 불행이었는지 이틀 내리 생각해도 결론이 나지 않으니, 개혁파 하이쿠시인들은 이를 칭하여 몽롱체*라 한다.

모월 모일
요 며칠 뼈아픈 경험과 찬찬한 사색을 통해 나는 다음과 같은

---

* 윤곽이 불분명한 회화 스타일을 이르는데 당시 시 문학에서도 유행했다.

결론에 도달했다.

　자전거의 안장과 페달이라는 것은 세상 사람들 앞에서 체면을 차리기 위해 건성으로 달아놓은 것이 아니다. 안장은 엉덩이를 올려두기 위한 안장이며, 페달은 발을 굴려 회전시키기 위한 페달이다. 핸들로 말할 것 같으면 가장 위험한 도구로, 일단 잡고나면 정신이 번쩍 드는 작용을 하는 물건이다.

　암흑 속을 빠져나오듯 자전의 깨달음을 얻은 나는, 감독관과 그의 친구인 귀공자 모 백작과 함께 자전거를 타고 클래펌 커먼을 가로질러 철도마차가 다니는 큰길로 막 나아가려는 참이었다. 나의 자전거는 둘 사이에 끼어 조종이 자유롭지 않은 탓에 그저 앞으로 나아갈 뿐이었는데, 돌연 내 앞길이 턱 막히고 말았다. 내가 길을 건너려는 순간, 오른쪽에서 무례하기 짝이 없는 짐마차 한 대가 죄송하니 뭐니 말 한마디 없이 거만하게 우리 앞을 지나갔던 것이다. 이 상태를 유지하면 남은 건 충돌뿐인데, 내 신조로 말할 것 같으면 충돌을 하려거든 이길 경우에만 하라는 것으로, 질 게 빤한 충돌은 피하는 게 상책이라는 게 집안 대대로 내려오는 가훈이다. 거대한 짐마차와 노후해 비명을 질러대는 내 자전거의 충돌은 아버지의 유언을 받들어서라도 피하지 않으면 안 된다 싶어 좌우로 피하려는데, 그러자면 양쪽 두 친구 가운데 어느 한쪽과 충돌을 면할 수 없다. 불손하게도 한 사람은 젊은 백작 도련님에 한 사람은 나의 은사, 이렇게 무례한 짓은 우리같이 평범한 사람들 정서에 용납되지 않는 일이다. 항복한 포로 신분으로 당돌한 소행을 저지르자니, 효를 다하고자 하면 예를 지키지 못하고 예를 지키고자 하면 효를 다하지 못한다. 하는 수 없이 퇴각하거나 넘어지거나 둘 중 하나, 잠깐 사이에 상황 파악이 끝나고, 일찍이 당황을 모르는 난 앞뒤 정황을 따져보며 가능하면 퇴각도 나쁘지 않겠다 싶었다. 꼬꾸라지는 것보다야 백 번 낫지. 허나 불행히도 후진하는 법을 배우지 못하고 오늘에 이르렀으니, 음 하는 수 없다, 작심하고 넘어지자, 결심하고 두 친구 자전거 사이에서 당당히 쓰러졌다. 마침 지나온 길 근처에 지루해 죽겠다는 듯 서 있던 경찰이 하, 하, 하 하고 세 번 웃었다. (자전거 사건에 경찰은 흡사 회에 곁들여 나오는 무채처럼 몇 번이나 소환되고 있다) 경찰은 쓴웃음도 아니고 냉소도 아니고 미소도 아니고 껄껄거리는 웃음도 아니고, 마치 누가 시켜서 웃는 사람처럼 억지웃음을 웃었다. 웃음조로 동원된 경찰이 6펜스를 받을까 1실링을 받을까, 유감스럽게도 나는 그런 생각을 할 여유가 없었다.

곁들인 무채 같은 수상한 경찰이 웃거나 말거나 나는 서둘러 두 동료를 따라 자전거를 달렸다. 저 사람이 경찰이 아니라 지난번 아가씨였더라면 이렇게 곧장 달렸을까 어떨까 하는 문제는 상황이 닥쳐보지 않고서야 알 수 없는 일이니 그냥 넘어가도록 하자. 두 친구는 주변 지리를 잘 모른다는 구실로 불안해하는 내게 앞장서라 명했다. 안내라면 하겠지만 자전거에는 눈곱만큼도 아는 게 없는 나는, 가려는 방향으로 가질 못하고 코너를 돌 때도 그저 돌기 편한 쪽으로 돌게 돼서 같은 곳을 몇 번이나 돌았다. 처음엔 어찌어찌 속일 수 있었지만 쭉 속이긴 힘들었다. 이제 다른 방향으로 가보자는 의견이 나와서 좋다고 말은 꺼냈지만, 세상일이란 늘 뜻대로 되지는 않는 법, 쉽사리 딴 데로 방향 틀기가 어려웠다. 도로를 3분의 2가량 지나서야 겨우 핸들을 확 비틀었는데 자전거가 90도로 한 번에 돌아가고 말았다. 이 급회전 탓에 생각지 않게 널리 이름을 떨쳤다는 이야기는 내일의 즐거움을 위해 아껴두고 말고 할 것도 없으니 곧바로 이야기하겠다. 그땐 깨닫지 못했지만 급격히 방향 전환을 한 찰나, 내 뒤에서 나와 같은 방향으로 달려오던 자전거 경주자가 한 사람 있었다. 나의 갑작스런 커브에 놀란 그는 몸을 피할 새도 없이 내 옆으로 굴렀다. 나중에 들어보니 사거리를 돌 때는 벨을 울리거나 한 손을 들어 한 차례 인사를 하는 것이 예의라고 하는데, 기상천외한 생각을 즐기는 나는 그런 평범하고 귀찮은 짓을 할 시간에 차라리 침묵의 전환을 택하겠다는 부류이니, 내 뒤에 딱 붙어오던 남자가 놀라 나자빠진 것도 무리는 아니다. 쌍방이 모두 어쩔 수 없었던 측면이 있어 그리 황당한 일이 터진 건 아니란 생각이 드는데, 그게 서양인의 논리로는 이해가 가지 않는 모양인지 자전거에서 떨어진 남자가 "퍽유 차이나맨" 하고 어마어마하게 화를 내며 욕했다. 욕을 들은 나도 당장 되갚아 줄 작정이었지만 일단은 호걸다운 본성을 드러내며 "죄송하게 됐습니다" 이 한 마딜 남기고 뒤도 돌아보지 않고 코너를 돌았다. 사실 뒤를 돌아보려 했을 때는 이미 나의 자전거가 코너를 돌고난 뒤였다. 혹시라도 날 호걸 어쩌고 하는 수상쩍은 놈으로 오인할까 두려워 찬찬히 다 해명해두었으니, 만약 이렇게 정직한 날 두고 호걸입네 과대평가하며 무례하게 군다면 일곱 번째 생까지 벌 받을지도 모른다.

모월 모일

인간 만사 소세키 자전거로다.* 내가 넘어지나 했더니 남을 넘어뜨리는 일도 다 있다. 무어 그리 낙담할 일인가 싶어 오늘은 뻔뻔하게 배터시 공원을 향해 자전거를 달렸다. 공원은 한산했지만 거기까지 가려면 대단히 혼잡한 길을 지나야 했기에, 초심자인 내게는 지극히 어려운 난코스다. 나의 자전거는 라벤더 언덕을 무난히 통과해 사통팔달인 중앙으로 달려 나간다. 저 앞에 철도마차 한 대가 이쪽을 보고 쉬고 있고, 그 오른편에 엄청나게 큰 짐수레가 저쪽을 보고 쉬고 있다. 그 사이 1미터가 조금 넘는 틈이 있어 거길 빠져나갈 요량으로 자전거를 달리는데, 내 자전거 앞바퀴가 마차 말의 앞다리와 나란해졌을 즈음, 그러니까 내 몸이 철도마차와 짐수레 사이로 막 들어섰을 때, 어디선가 자전거 한 대가 바람처럼 끼어들었다. 생명이 위급한 찰나를 맞닥뜨리고 보니 제아무

---

* '인간 만사 새옹지마로다'를 차용해, 인생의 길흉화복은 돌고 돈다는데 나의 자전거 타기가 그러하구나.

리 나 같은 사람도 퇴각해야 하나 넘어져야 하나 분별이 안 갔다. 큰일 났다, 싶었을 때는 이미 몸이 또 바닥을 구르고 있었다. 낙법이 다소 엉성해서 넘어질 때 왼손으로 말의 복부를 세게 쳐버렸는데, 간신히 네 발로 기는 꼴사나운 모습을 피했나 싶어 야 기쁘다 하는 순간 철도마차가 앞으로 나아가기 시작했고, 말이 놀라 내 자전거를 발길로 뻥 차버리고 말았다. 마주 오던 자전거는 아무 일 없다는 듯 스윽 지나가고 나는 멍하니 얼이 빠져 있는데, 마침 화려한 이륜마차를 타고 뒤에서 달려오던 신사 하나가 채찍을 휘두르며 내게 말하길, 괜찮네, 안심해, 죽진 않을 테니. 내심 깜짝 놀란 나는 속으로 중얼거렸다. 자전거로 사람도 죽이겠군, 영국은 험악한 곳이야.

———

내가 하숙집 아주머니에게 항복하고 억지로 자전거를 탄 이래 크게 넘어진 게 다섯 번, 작게 넘어진 건 셀 수도 없다. 어느 날은 돌담에 부딪혀 정강이가 긁히고 어느 날은 가로수로 돌진해 생손톱이 벗겨졌으니 그 고통 이루 다 말할 수가 없는데, 결국은 제대로 몸에 익히지 못하고 말았다. 원래 이 아주머니는 무턱대고 사람을 바보로 만드는 경향이 있었다. 아주머니가 짓궂게 사람을 골탕 먹이고 있을 때, 아주머니의 말라깽이 여동생은 아랑곳하지 않고 노랗게 뜬 내 얼굴을 살피며 혈색에 변화가 있는지 검사했다.

정말 고생 많으셨는데 성과는 없습니다. 두 아주머니가 가책을 느끼는 걸 보며 내 의구심은 더욱더 짙어져 제멋대로 구는 근성이 나날이 증강, 나는 마침내 방문을 폐쇄해버렸고 안 그래도 노랗던 얼굴이 그야말로 샛노래졌다. 두 아주머니는 내 노란 낯빛의 농도를 보고 그날 하루일과를 결정했는데, 나는 그들에게 살아 있는 노란 기상 관측기였다. 아주머니에게 항복해서 그나마 좋았던 일을 꼽으라면, 귀중한 유학 시절에 시간을 낭비하고 혼자서 하숙집 밥을 2인분 먹었다는 것 정도랄까. 그러고 보면 이번 항복은 내게도 무익하고 아주머니에게도 손해였으니 어찌 이런 일이.

• 수록 『호토토기스ホトトギス』1903년 6월
• 저본 『夏目漱石全集 10』 ちくま文庫, 1988 / 『漱石紀行文集』岩波文庫, 2016

나쓰메 소세키 夏目漱石 (1867~1916)

소설가. 에도 우시고메(오늘날 도쿄 신주쿠)에서 태어났다. 영국 런던에서 유학했으며 귀국 후 도쿄제국대학에서 영문학을 가르치다 하이쿠시인 동료들의 권유로 하이쿠잡지 『호토토기스』에 「자전거 일기」를 비롯해 첫 장편 『나는 고양이로소이다』를 연재하며 독자들에게 사랑 받았다. 이후 『산시로』, 『문』, 『마음』 등 잇달아 명작을 써내며 국민적인 작가로 명성을 떨쳤다.

나쓰메 소세키

고양이의 무덤
猫の墓

와세다마을로 이사한 후부터 고양이가 조금씩 야위어갔다. 아이와 노는 기색이 전혀 없다. 햇살이 들면 툇마루에서 잠을 청한다. 앞발을 모아 네모난 턱을 그 위에 올리고서 뜰에 자란 수풀을 가만히 응시한 채 언제까지나 움직이지 않는다. 옆에서 아이가 아무리 소란을 피워도 모르는 체한다. 마찬가지로 아이도 고양이를 아예 상대하지 않게 됐다. 이 고양이하곤 도무지 같이 놀 수가 없다는 듯 옛 동무를 남처럼 대한다. 아이만 그런 게 아니다. 하녀는 그저 세 끼 밥을 부엌 구석에 놓아둘 뿐 달리 마음을 쓰지 않았다. 게다가 그 밥은 대개 근처에 사는 커다란 삼색 고양이가 와서 먹어버렸다. 고양이는 크게 화도 내지 않았다. 싸우는 모습도 본 적이 없었다. 그냥 얌전히 잠만 잤다. 하지만 자는 모습이 어딘지 모르게 불편해보였다. 한가로이 누워 햇볕을 쬐는 게 아니라 움직일 기운이 없어서—라는 표현으로는 부족하고, 아무튼 나른한 정도가 도를 넘어선 것 같다. 가만히 있으면 쓸쓸하지만 움직이면 더 쓸쓸해지니까 꾹 참고 견디는 듯 보였다. 고양이의 눈길은 하염없이 뜰 안 수풀을 향하고 있었지만, 나뭇잎이나 줄기 모양도 의식하지 못하리라. 푸른빛이 감도는 노란 눈동자를 멍하니 한곳에 고정시키고 있을 뿐이다. 우리 집 아이가 고양이의 존재를 인식하지 못하는 것처럼, 고양이도 세상의 존재를 명확히 인식하지 못하는 것 같다.

그래도 가끔씩은 무슨 용무가 있는지 밖으로 나가기도 했다. 그러면 언제나 이웃집 삼색 고양이에게 쫓겨 다녔다. 그러다 무서워서 툇마루로 뛰어들어 닫혀 있던 장지문을 뚫고 난롯가까지 도망쳐 온다. 식구들이 고양이의 존재를 깨닫는 것은 이때뿐이다. 고양이도 이때만큼은 자신이 살아 있다는 사실을 제대로 자각하리라.

이런 일이 반복되면서 고양이의 기다란 꼬리털이 조금씩 빠지기 시작했다. 처음엔 구멍난 듯 군데군데 털이 빠지더니 나중에는 민둥민둥한 맨살이 넓게 드러나 보기에도 안쓰럽게 축 처져 있었다. 만사가 버거운 고양이는 몸을 동그랗게 말고 줄곧 아픈 부위를 핥아댔다.

이봐, 고양이 상태가 안 좋은 것 같아. 내가 말하자 아내는, 그러게요 나이 탓이겠죠. 지극히 냉담하다. 나도 그냥 내버려두었다. 그렇게 시간이 좀 흐르자 이번에는 종종 먹은 밥을 토했다. 목에서 재치기도 아니고 딸꾹질도 아닌 그르렁그르렁 목젖을 치는 고통스러운 소리가 났다. 괴로워하는 것 같은데 어쩔 수가 없으니 눈에 뜨이면 밖으로 쫓아낸다. 그러지 않으면 다다미나 이불을 가차 없이 더럽혔다. 손님용 견직물 방석은 벌써 거의 다 더럽혀 놓았다.

"이를 어쩌나. 위장이 안 좋은 것 같으니 위장약이라도 물에 녹여줘봐."

아내는 아무 말도 하지 않았다. 이삼일 지나 위장약을 먹였냐고 물으니, 먹이려 해도 못 먹이겠어요, 입을 안 열어. 그러면서 생선 뼈를 먹었는데 다 토했다고 했다. 그럼 억지로 먹이지 말아야지, 나는 조금 무뚝뚝하게 한마디 내뱉곤 책을 읽었다.

고양이는 구토 증세만 없어지면 언제 그랬냐는 듯 얌전히 잠이 든다. 요즘은 자길 지탱해주는 툇마루만이 유일한 버팀목이라도 되는 양 될 수 있는 대로 작게 몸을 웅크리고 있다. 눈빛도 조금씩 변했다. 처음엔 시선을 가까이 두고 먼 데를 보는 듯 어딘가 초연한 침착함이 있었는데, 그것도 점차 수상쩍게 변하기 시작했다. 눈동자 색은 조금씩 빛을 잃어갔다. 해가 저물고 희미한 번개가 저 멀리 모습을 드러낼 듯한 눈이었다. 하지만 내버려두었다. 아내도 그다지 신경 쓰지 않는 것 같다. 아이는 고양이가 있다는 사실조차 잊어버렸다.

어느 밤, 고양이는 아이가 잠든 이불 속으로 파고들어 있다가, 애써 훔친 생선을 뺏길 때처럼 가르릉 낮게 신음소리를 냈다. 이때 뭔가 이상하다는 낌새를 챈 건 나뿐이었다. 아이는 푹 잠이 들었고, 아내는 바느질에 여념이 없었다. 잠시 후 고양이가 다시 울었다. 이윽고 아내가 바느질을 멈췄다. 무슨 일이지, 한밤중에 애 머리라도 깨물면 큰일인데. 내가 말했다. 설마요. 아내는 다시 속옷 소매를 꿰매기 시작했다. 고양이는 이따금씩 울었다.

이튿날은 난롯가에 올라와 온종일 신음했다. 차를 따르고 주전자를 들어 올리는 게 마음이 들지 않는 듯했다. 하지만 밤이 깊어나나 아내도 고양이에 대한 것을 까맣게 잊어버렸다. 고양이가 죽은 것은 그날 밤이었다. 날이 밝아 하녀가 뒤쪽 광에 장작을 꺼내러 갔을 때는 이미 딱딱하게 굳은 채 오래된 부뚜막 위에 쓰러져 있었다.

아내는 일부러 죽은 고양이를 보러 갔다. 이제껏 냉담하던 모습과 달리 갑자기 허둥지둥 소동을 피웠다. 단골 인력거꾼에게 부탁해 네모난 묘표를 사와서는 내게 뭔가 적어달라고 했다. 나는 묘표 앞에 '고양이의 묘'라고 적고 뒤에 '이 아래에 번개 번쩍이다 저물녘인가'라고 적었다.• 인력거꾼은 이대로 묻어도 되겠습니까? 하고 물었다. 설마 화장이라도 할까봐서요. 하녀가 비꼬듯 말했다.

아이는 갑자기 고양이를 귀여워하기 시작했다. 묘표 좌우에 유리병을 하나씩 심고 싸리 꽃을 가득 꽂았다. 그릇에 물을 부어 무

• 앞서 아픈 고양이의 눈에서 저물녘 다가오는 번개와도 같은 모습을 본 소세키는 소설 『나는 고양이로소이다』의 모델로 세상에 촌철살인의 목소리를 남기고 떠난 고양이를 번개에 비유하며 추모하고 싶었는지도 모른다.

덤 앞에 놓았다. 꽃과 물은 매일 갈아주었다. 사흘째 되던 날 저녁, 네 살 난 딸아이가—나는 이 모습을 서재 창문 너머로 보고 있었다—혼자 무덤 앞으로 가더니 잠시 하얀 묘표를 바라보다가 이윽고 손에 쥐고 있던 장난감 국자로 고양이에게 바친 그릇 속 물을 떠 마셨다. 그것도 한 번이 아니다. 싸리 꽃 흐드러진 촉촉한 물이 고요한 저녁에 몇 차례나 딸아이의 작은 목을 적셨다.

고양이의 기일에는 아내가 어김없이 연어 한 토막과 가쓰오부시 뿌린 밥 한 공기를 무덤 앞에 올린다. 지금도 잊지 않고 챙겨준다. 다만 요즘엔 뜰까지 가져가지 않고 거실 찬장 위에 올려두는 것 같다.

• 수록 『아사히신문朝日新聞』「永日小品」1909년 1월
• 저본 『夏目漱石全集 10』ちくま文庫, 1988

나와 만년필

余と万年筆

얼마 전 로안 군[•]을 만나, 마루젠 서점에서 만년필이 하루 몇 자루나 팔리느냐고 물었더니 많을 때는 백 자루 정도 나가는 것 같다고 했다. 그러면 한 자루를 얼마나 오래 쓸 수 있냐고 물으니, 요전에 펜촉은 아직 쓸 만한데 펜대가 닳아서 그것만 교체해달라고 만년필을 가져온 요코하마 사람이 있었는데, 13년 전에 한 자루 산걸 여태 쓰고 있다니까 이게 아마 제일 오래 쓴 예가 아닐까 싶다고 했다. 보통은 아무리 험하게 써도 대략 육칠 년은 가는 게 만년필의 일반적인 운명인 듯하다. 한 자루를 그만큼 오래 쓰는 물건이 하루에 백 자루씩 나간다니 만년필의 수용 범위가 꽤 넓어졌다고 봐도 무방하겠다. 가장 많이 사가는 건 만년필 도락에 빠진 사

• 도스토옙스키 『죄와 벌』, 톨스토이 『부활』 등을 번역하며 메이지 문학계를 이끈 인물로 마루젠 서점 기획자로도 일했다. 서양에서 수입한 파운틴펜에 만년필이라는 이름을 붙인 것은 로안이 있던 시절 마루젠이다.

람들이다. 한 자루를 다 쓰기도 전에 싫증이 나서 또 새것을 사고 싶고, 그걸 손에 넣고도 금세 다른 종류를 갖고 싶어서 줄줄이 각종 펜촉과 펜대를 써보며 기뻐들 하는데, 이런 취미가 오늘날 일본에만 있는 건 아니다. 서양에는 담배파이프가 좋아서 크고 작은 갖가지 모양을 수집해 벽난로 위에 늘어놓고 즐거워하는 사람이 있다. 수집광이라는 측면에서 보면 담배파이프를 장식하는 사람이나 술잔을 모으는 사람, 표주박을 수집하는 사람은 모두 같은 흥미에 몰두하는 부류로, 비전문가는 모르는 미묘한 차이를 예리하게 구분해낼 줄 아는 출중한 능력을 사랑하는 것에 불과하다. 만년필광의 경우는 다소 실용적인 측면이 없지 않지만 꼭 필요하지도 않은 물건을 다섯 개고 여섯 개고 사들이니 앞서 말한 수집광과 크게 다를 바가 없다. 서양의 파이프광에 비하면 그 수가 십분의 일에도 미치지 않겠지만. 마루젠에서 팔리는 하루 백 자루 가운데 구십구 자루는 통상 인간의 필요에 의해 책상이나 안주머니에 갖춰두는 실용품일 것이다. 만년필이 수입되고 몇 년이 흘렀는지는 몰라도 고가의 물건치곤 수요가 점점 느는 추세라는 점만큼은 분명해 보인다.

최고급 만년필쯤 되면 한 자루 삼백 엔을 호가하는 물건도 있다고 한다. 마루젠에 들여오는 것 중에도 육십오 엔짜리 고가의 제품이 있다고 들었다. 흔히들 십 엔 내외의 저렴한 제품을 쓰지만 그래도 한 자루 일 전짜리 펜이나 삼 전짜리 붓에 비하면 몇 백 배에 육박하는 고가다. 이게 하루 백 자루나 팔린다는 건 우리의 구

매력이 편리하긴 해도 사치품이라 인정하지 않을 수 없는 물건을 애호하는 수준까지 나아갔거나, 혹은 반드시 곁에 둬야 할 필수품이라 가격을 떠나 소중히 간직하게 됐거나 둘 중 하나겠다. 지금 그걸 하나로 정리할 필요는 없겠고, 사실상 두 요인이 서로 영향을 끼치며 수요를 끌어올렸다고 보는 게 타당하겠는데, 내 관점에서는 후자 쪽에 무게를 두고 싶다.

고백하자면 나는 만년필과 별다른 인연도 없거니와 남들 앞에서 조목조목 설명할 만큼 정통한 사람도 아니다. 처음 만년필을 쓰기 시작한 게 겨우 삼사 년 전이란 것만 봐도 그리 친밀하지 않다는 걸 알 수 있다. 12년 전 일본을 떠날 때 친척이 선물로 한 자루 줬는데 그건 써보지도 못하고 배 안에서 기계체조 흉내를 내다 부러뜨려버렸다. 외국에 있는 동안은 늘 잉크를 찍어 쓰는 펜을 썼고 돌아와 원고를 써야 할 경우에도 못생긴 글씨를 펜으로 북북 써내려가곤 했다. 왜 갑자기 삼사 년 전부터 만년필로 바꾸게 됐는지는 생각나지 않지만, 편리함이라는 실용적인 동기에 사로잡혔다는 것만큼은 사실이지 싶다. 만년필 경험이 없던 나는 당시 마루젠에서 펠리컨이란 이름의 제품을 두 자루 사서 지금도 그걸 쓰고 있다. 하지만 불행히도 펠리컨에 대한 나의 감상은 그다지 좋지 않다. 펠리컨은 내가 원하지 않을 때도 원고지 위에 잉크를 함부로 뚝뚝 떨어뜨렸고, 반드시 나와 줘야 할 때 고집스럽게 내 요구를 거절하며 주인을 퍽 곤혹스럽게 했다. 하기야 주인인 나도 펠리컨을 제대로 대우해주지 않은 것 같다. 무정한 나는 잉크를 다 쓰면 내 맘대로 책상 위에 있는 아무 잉크나 집어 들고 펠리컨의 배 속에 부어넣었다. 또 블루블랙을 싫어해서 일부러 세피아색 잉크를 사와 펠리컨 입속에 거침없이 집어넣었다. 더군다나 경험이 없어 어떻게 펠리컨을 다뤄야 할지 알지 못했다. 실제로 펠리컨이 아무리 잉크를 뱉기 싫어해도 씻겨줄 생각을 해본 적이 없다. 이러니 펠리컨도 내게 어지간히 정이 떨어졌고 나도 펠리컨을 거의 포기해서 『피안 지나기까지』를 집필할 무렵에는 한 걸음 퇴보해 펜에 잉크를 찍어 쓰는 구시대로 되돌아갔다.

그제야 나는 헤어진 부인을 그리워하듯 내가 저버린 펠리컨에 미련이 남았음을 깨달았다. 잉크가 다할 때마다 잉크병 속에 펜을 적셔 새로 써내려가야 하는 귀찮음을 견딜 수가 없었다. 다행히 내 원고가 그 정도 수고로움에 좌지우지될 성질이 아니었고, 또 펜으로 쓰면 내가 좋아하는 세피아색으로 자유롭게 원고지를 채색할 수 있어서 작품을 완결할 때까지는 그대로 밀어붙일 생각이었는데, 밑바탕에는 나의 실패를 인정하기 싫은 마음도 작용했던 것 같다. 나처럼 기계적 편리함에 크게 좌우되지 않는 원고를 쓰는 사람, 혹은 잘못 샀다거나 잘못 사용하느라 얼마간 애를 먹은 사람도 만년필을 떠나보낸 뒤 이 정도 불편을 느끼는 걸 보면, 가격이 얼마라도 붓과 펜을 버리고 만년필을 쥐는 데는 그럴 만한 이유가 있는 것 같다. 재력 있는 귀공자나 도락에 빠진 도련님들 장난감으로 적당한 사치품이라 잘 팔리는 것은 아니리라.

사람들의 만년필 수용을 그렇게 해석한 나는, 각종 만년필을 비교 연구하고 일일이 이해 손실을 따지지 못하는 내가 시대에 뒤쳐진 듯 여겨져 부끄러웠다. 술꾼이 술을 이해하듯 문필가가 만년필을 이해하지 못하면 민망할 날이 멀지 않은 게 아닐까. 펠리컨 하나 써보고 만년필이 어쩌고저쩌고하는 내가 비웃음거리가 될지도 모르니 어서 다른 만년필을 시험해볼 필요가 있겠다. 실제로 이 원고는 로안 군이 한번 써보라고 일부러 선물해준 노트에 쓰고 있는데, 아주 기분 좋게 쓱쓱 잘 써진다. 펠리컨을 쫓아내고 이번엔 만년필의 자매뻘 되는 노트를 새로 들여 여기다 만년필에게 속죄하고 있는 셈이다.

• 수록 『만년필의 인상과 도해 카탈로그万年筆の印象と図解カタログ』1912년 6월
• 저본 『漱石紀行文集』岩波文庫, 2016

피아노

ピアノ

어느 비 내리는 가을날, 나는 누굴 좀 만나려고 요코하마 야마테 일대를 걷고 있었다. 이 근방은 대지진 직후와 거의 다를 바 없이 황폐했다. 조금이라도 달라진 게 있다면 슬레이트 지붕과 벽돌담이 켜켜이 무너져 내린 곳에 명아주가 무성히 자라있다는 것뿐이었다. 실제로 어느 무너진 집터에는 뚜껑 열린 그랜드피아노가 반쯤 벽에 짓눌린 채 밖으로 나와 있고 매끄러운 건반이 비에 젖고 있었다. 크고 작은 악보들도 은은하게 물든 명아주 수풀 속에 널려 분홍색, 하늘색, 연노란색 영문 표지들이 촉촉이 젖어들었다.

나는 찾아간 사람을 만나 다소 껄끄러운 이야기를 나눴다. 좀처럼 결말이 나지 않았다. 밤이 내려 겨우 그 집을 빠져나왔다. 가까운 시일 내로 한 번 더 논의를 하기로 약속한 뒤였다.

비는 다행히 그쳐 있었다. 더구나 달도 바람이 이는 하늘에서 이따금 빛을 발하고 있었다. 나는 기차를 놓치지 않으려고(국철은 물론 금연이니 피한다) 가능한 한 발걸음을 서둘렀다.

그때 누군가 피아노 치는 소리가 들려왔다. 아니, 친다기보다는 만지는 소리였다. 무심결에 발걸음을 늦추고 스산함에 잠긴 주위를 둘러봤다. 마침 달빛이 가늘고 긴 피아노 건반을 넌지시 비추고 있었다, 명아주 수풀 속 그 피아노를. —그러나 사람의 그림자는 어디도 없었다.

딱 한 음이었다. 하지만 피아노가 분명했다. 나는 조금 으스스해져서 다시 걸음을 재촉하려 했다. 그때 내 뒤에 있던 피아노가 분명히 또 희미한 소리를 냈다. 난 물론 뒤돌아보지 않고 재빨리 걸어 나갔다, 습기를 머금은 세찬 바람이 내 등을 떠미는 걸 느끼며…….

이 피아노 소리에 초자연적 의미를 부여하기엔 나는 지나치게 리얼리스트였다. 사람의 그림자는 보이지 않았지만 저 무너진 벽 근처에 고양이라도 숨어 있을지 모른다. 혹시 고양이가 아니라면, —나는 그 밖에도 족제비라든가 두꺼비를 꼽아봤다. 그래도 어쨌든 사람의 손을 빌리지 않고 피아노가 울린 건 이상한 일이었다.

오일쯤 지나 같은 용건으로 그곳을 다시 찾았다. 피아노는 여전히 명아주 수풀 속에 웅크리고 있었다. 분홍색, 하늘색, 연노란색 악보도 요전과 다름없이 널브러져 있었다. 다만 오늘은 무너져 내린 벽돌이나 슬레이트가 청명한 가을 햇살에 반짝이고 있었다.

나는 악보를 밟지 않도록 조심하며 피아노 앞으로 다가갔다. 가까이서 보니 상아로 만든 건반도 광택을 잃고 옻칠한 뚜껑도 벗겨져 있었다. 다리에는 까마귀머루 비슷한 덩굴 풀 한 줄기가 휘감겨 있었다. 피아노 앞에 서니 어쩐지 실망스러운 기분이 들었다.

"정말 여기서 소리가 나려나."

나는 혼잣말을 중얼거렸다. 그 순간 피아노가 희미한 소리를 냈다. 흡사 내 의구심을 꾸짖는 듯이. 하지만 나는 놀라지 않았다. 입가에 엷은 미소까지 떠올랐다. 피아노는 여전히 햇살 아래 하얀 건반을 펼쳐두고 있었다. 거기에는 어느 틈엔가 떨어진 밤 한 톨이 굴러가고 있었다.

나는 길가로 나가 다시금 그 폐허를 돌아보았다. 그제야 슬레이트 지붕 사이로 자란 밤나무 한 그루가 비스듬히 피아노 위로 가지를 뻗은 모습이 보였다. 그건 아무래도 좋았다. 나는 그저 명아주 수풀 속 피아노를 응시했다. 작년 대지진 이후, 아무도 모르는 소리를 간직한 피아노를.

• 수록 『신소설新小説』 1925년 5월
• 저본 『日本近代随筆選 大地の声』 岩波文庫, 2016

아쿠타가와 류노스케 芥川龍之介(1892~1927)

소설가. 출생 직후 어머니의 정신이상으로 도쿄 스미다강 하구 인근 외가에서 자랐다. 도쿄제국대학 영문과 재학 중 문예지에 발표한 「코」가 스승인 나쓰메 소세키로부터 극찬을 받았다. 「라쇼몽」, 「갓파」, 「어느 바보의 일생」 등 인간 본성을 예리하게 파고든 소설과 예술지상주의를 표방한 평론 「문예적인, 너무나 문예적인」 등으로 주목 받으며 한 시대의 획을 긋는 작가로 자리매김했다. 신경쇠약에 시달리다 약물자살로 생을 마감했다.

아쿠타가와 류노스케

귤

蜜柑

어느 흐린 겨울 해질녘이었다. 나는 요코스카 발 상행열차 이등실 구석에 앉아 멍하니 발차 기적소리를 기다리고 있었다. 한참 전에 전등이 켜진 객실 안에는 신기하게 나 말고는 승객이 아무도 없었다. 차창 밖을 내다보니 오늘은 웬일로 어스레한 플랫폼에 배웅 나온 사람마저 끊기고, 우리에 갇힌 강아지 한 마리가 이따금 서글픈 듯 울고 있었다. 이 광경이 당시 내 마음과 이상하리만치 잘 어울렸다. 내 머릿속은 말할 수 없는 피로와 권태로 흡사 눈이 쏟아질 듯 무거운 하늘처럼 찌푸려 있었다. 나는 외투 주머니에 두 손을 꾹 찔러 넣은 채, 거기 있는 석간을 꺼낼 힘조차 내지 못하고 있었다.

이윽고 발차 기적이 울렸다. 나는 어렴풋이 안도하며 창틀에 머리 기대고 눈앞의 정거장이 슬금슬금 뒷걸음질 치기를 무심히 기다리고 있었다. 그때 갑자기 요란하기 짝이 없는 히요리게다* 소리가 개찰구 쪽에서 들리는가 싶더니, 잠시 후 차장의 떠들썩한 음성과 함께 내가 탄 이등실 문이 드르륵 열리고, 열서너 살쯤 된 여자애 하나가 황급히 객실 안으로 들어왔다. 그 순간 기차가 한 번 덜컹 흔들리고는 서서히 움직이기 시작했다. 풍경을 칸칸으로 나누는 플랫폼 기둥과, 누가 깜박하고 두고 간 듯 보이는 물탱크 차량, 기차 안 누군가를 향해 감사의 인사를 하는 빨간 모자 짐꾼……, 그 모든 것들이 몰아치는 매연 속으로 미련에 잠긴 듯 사라져 갔다. 나는 그제야 마음이 놓여 궐련에 불을 붙이며 나른한 눈꺼풀을 들고 앞자리 여자애 얼굴을 흘끗 보았다.

윤기 없는 머리칼을 은행잎 모양처럼 옛날식으로 틀어 올리고, 죄 튼 두 뺨이 기분 나쁠 정도로 빨갛게 달아오른 영락없는 시골 뜨기 소녀였다. 때 묻은 연두색 털목도리가 무릎 위에 축 늘어져 있고 그 아래 커다란 보퉁이가 들려 있었다. 보퉁이를 끌어안은 부르튼 손은 빨간 삼등열차표를 소중히 쥐고 있었다. 나는 그 애의 볼품없는 생김새가 마음에 들지 않았다. 지저분한 옷차림도 불쾌했다. 이등칸과 삼등칸도 구분하지 못하는 우둔함에는 더더욱 화가 났다. 궐련에 불을 붙인 나는 이 애의 존재를 떨쳐버리려고 주머니에서 석간을 꺼내 무릎 위에 펼쳤다. 신문을 비추던 햇빛이 갑자기 전등의 불빛으로 바뀌면서, 인쇄 상태가 좋지 않은 기사의 활자가 의외로 선명하게 눈앞에 떠올랐다. 기차는 터널이 많은 요

• 맑은 날 신는 굽이 낮은 게다.

코스카 선을 따라 첫 터널로 들어서고 있었다.

전등불 아래 석간 지면은 나의 우울을 위로라도 하듯 평범한 사건들로 가득했다. 강화문제, 신랑신부, 직권남용, 부고—터널 안으로 들어선 순간, 기차가 거꾸로 달리는 것만 같은 착각을 느끼며 삭막한 기사들을 기계적으로 읽어 내려갔다. 그 사이에도 이 여자애가 그야말로 비루한 현실을 인간에게 실현시킨 듯한 얼굴로 내 앞에 앉아 있다는 사실을 끊임없이 의식하지 않을 수 없었다. 터널 속 기차, 시골뜨기 여자애, 평범한 기사로 도배된 석간, —이것이 상징이 아니고 무엇인가. 이해할 수 없고 비루하고 따분한 인생의 상징이 아니고 무엇인가. 나는 모든 게 다 시시해져 읽고 있던 석간을 내던지고는 다시 창틀에 머릴 기댄 채 죽은 사람처럼 눈을 감고 꾸벅꾸벅 졸기 시작했다.

얼마쯤 지났을까. 문득 어떤 위협이 다가오는 듯해 무심코 주위를 둘러보니, 아까 그 애가 어느 틈에 내 옆자리로 와 창문을 열려고 용을 쓰고 있었다. 무거운 창문은 좀처럼 열리지 않았다. 온통 튼 뺨이 새빨개졌고 이따금 코를 훌쩍거리는 소리가 가쁜 숨소리와 함께 분주히 내 귀에 들어왔다. 아무리 나라도 어느 정도 동정심이 일었다. 하지만 기차가 이제 곧 터널로 들어간다는 사실은, 어스름한 가운데 마른풀만 밝게 빛나는 양쪽 산등성이 바싹 다가온 것만 봐도 불 보듯 뻔한 일이었다. 그런데도 아이는 일부러 닫아둔 창문을 열려고 했고, 나로서는 도무지 그 이유를 알 수 없었다. 아니, 이 애의 단순한 변덕이라는 생각밖에 들지 않았다. 맘 깊은 곳에서 변함없이 험악한 감정이 쌓여갔다. 부르튼 손이 창문을 들어 올리려 악전고투하는 모습을, 내심 그것이 영원히 성공하지 못하기를 바라는 냉혹한 눈으로 지켜봤다. 이윽고 어마어마한 소리를 내며 기차가 터널 안으로 들이닥쳤고, 그때 그 애가 열고자 했던 창문이 툭 열렸다. 검댕을 풀어놓은 듯한 시커먼 공기가 별안간 매캐한 연기가 되어 사각형 구멍 안으로 펄럭펄럭 들이쳐 객실 안에 자욱하게 퍼졌다. 본래 기관지가 좋지 않은 나는, 얼굴에 손수건을 댈 틈도 없이 얼굴 가득 연기를 뒤집어쓴 탓에 숨도 못 쉴 지경으로 콜록거려야 했다. 하지만 그 애는 날 신경 쓰는 기척도 없이 창문 밖으로 고개를 내밀고 어둠 속에서 부는 바람에 귀밑머리를 살랑이면서 기차가 달리는 방향을 똑바로 바라봤다. 그을음과 전등 불 사이로 그 모습을 보는데 순식간에 창밖이 환해지고 차가운 흙냄새, 물냄새, 마른풀냄새가 밀려들어 겨우 기침이 멎었다. 그렇지 않았더라면 이 생면부지의 여자애를 윽박질러서라도 원래대로 창문을 닫게 했을 것이다.

하지만 기차는 이미 무난히 터널을 빠져나와 마른풀 가득한 산과 산 사이의 어느 가난한 변두리 마을 건널목을 지나려 하고 있었다. 건널목 근처에는 어디나 초라한 초가집과 기와집이 너저분하고 옹색하게 늘어서 있고, 건널목 파수꾼의 흰 깃발 하나가 해거름 속에서 나른하게 흔들리고 있었다. 겨우 터널을 빠져나왔구나 싶던 바로 그때, 소삭한 건널목 울타리 너머로 볼이 빨간 남자애 셋이 주르륵 늘어선 것이 보였다. 그 애들은 모두 무거운 하늘에 짓눌리기라도 한 것처럼 하나같이 키가 작았다. 또 이 변두리의 음산한 풍경과 같은 색깔 옷을 입고 있었다. 아이들은 지나가는 기차를 올려다보며 일제히 손을 흔드는가 싶더니 크고 해맑은 목소리로 뜻 모를 함성을 질러댔다. 그때였다. 창문 밖으로 몸을 반쯤 내민 그 애가 예의 부르튼 손을 쭉 뻗어 힘차게 좌우로 흔드는데, 맘이 들뜰 만큼 따스운 햇살에 물든 귤 대여섯 개가 배웅하는 아이들 머리 위로 이리저리 흩어져 내렸다. 나는 엉겁결에 숨이 멎었다. 순식간에 모든 게 이해됐다. 이 아이는, 아마도 남의 집 식모살이를 하러 떠나는 이 아이는, 품속에 넣어온 몇 개의 귤을 창밖으로 던져 애써 건널목까지 배웅하러 나온 남동생들의 노고에 보답한 것이구나.

땅거미 지는 변두리 건널목과, 작은 새처럼 목청을 돋우던 세 아이와, 그 위로 어지러이 떨어지던 산뜻한 귤색과—모든 것이 차창 밖에서 눈 깜짝할 사이에 스쳐 지나갔다. 하지만 내 마음속에는 애틋하도록 선명하게, 그 광경이 각인됐다. 그리고 거기서 뭔가 알 수 없는 명랑한 기분이 솟는 걸 의식했다. 나는 고개를 번쩍 들고 마치 전혀 다른 사람을 보듯 그 여자애를 주시했다. 그 애는 벌써 내 앞자리로 돌아와 변함없이 살갗이 튼 뺨을 연두색 털목도리에 파묻고는 커다란 보퉁이를 감싸 안은 손에 삼등열차표를 꼭 쥐고 있었다. ……

그 순간 나는 비로소, 뭐라 말할 수 없는 피로와 권태를, 이해할 수 없고 비루하고 따분한 인생을, 다소나마 잊을 수 있었다.

• 수록 『신초新潮』 1919년 5월
• 저본 『芥川龍之介全集 3』 ちくま文庫, 1986

아쿠타가와 류노스케

나의 스미다강
大川°の水

나는 스미다강 하구 인근 마을에서 태어났다. 집을 나와 모밀잣밤나무의 새잎으로 뒤덮인 검은 담벼락 골목길을 빠져나오면, 금세 폭 넓은 강줄기가 내려다보이는 햣뽄구이° 강기슭이 나왔다. 유년시절부터 중학교를 졸업할 때까지 나는 거의 매일 그 강을 보았다. 강물, 배, 교각, 모래톱, 물 위에서 나서 물 위에서 살아가는 분주한 사람들의 생활을 보았다. 한여름 오후, 뜨겁게 달궈진 모래를 밟으며 수영을 배우러 가는 길이면 무심결에 풍겨오던 강물 냄새도, 이젠 나이가 들수록 친근하게 떠오르는 듯하다.

• 에도시대에는 아사쿠사 부근에서 도쿄만으로 이어지는 스미다강 하류를 오오강이라 불렀다.
• 백 개의 말뚝이라는 뜻인데 강한 물살로 강기슭이 침식되는 걸 막기 위해 료코쿠 인근 강가에 기다란 말뚝을 무수히 박아놓은 곳을 가리킨다. 강가에 들쑥날쑥 솟아난 말뚝의 모습이 에도시대 때부터 스미다강 풍경의 명물 중 하나였다.

나는 어째서 이토록 그 강을 사랑하는 것일까. 탁하게 흐리고 뜨뜻미지근하던 그 강물에 왜 이리도 알 수 없는 그윽함을 느끼는 것일까. 나 자신도 이 기분을 어떻게 설명해야 할지 모르겠다. 다만 오래전부터 이 강을 볼 때마다 눈물이 날 것만 같은, 말로 설명하기 힘든 위안과 고요를 느꼈다. 내가 살고 있는 세계에서 멀어져, 그리움과 추억으로 만들어진 나라에 들어서는 듯한 기분이 들었다. 바로 이런 점들 때문에 나는 세상 무엇보다 스미다강을 사랑한다.

은회색 물안개와 푸른 기름 같은 강물, 한숨처럼 막연한 기적소리, 석탄운반선에 달린 다갈색 삼각돛, ─한없이 애상에 젖게 만드는 이 모든 강 풍경이, 흡사 강변의 버드나무 잎처럼 어린 날 내 마음을 일마나 진율케 했는지.

최근 삼 년 동안 나는 야마노테 외곽* 잡목림으로 그늘진 서재에서 평화롭게 독서삼매경에 빠져 있는데, 그래도 한 달에 두세 번은 잊지 않고 스미다강 하구를 보러 가곤 했다. 정적인 서재의 공기는 쉴 새 없이 나를 자극하고 긴장시켜 애달플 만큼 마음이 분주해지는데, 그럴 때 유유히 흐르는 스미다강의 빛깔을 보고 있노라면 마치 긴 여행을 떠났던 순례자가 이윽고 고향 땅을 밟을 때와 같이 쓸쓸하고도 자유로운 그리움으로 마음이 누그러든다. 스미다강이 있어, 비로소 나에게 순수한 본래의 감정이 되살아난다.

• 아내와 아이들과 함께 정착해 살았던 도쿄 다바타 마을.

나는 푸른 물가에 하얀 아카시아 꽃잎이 초여름 부드러운 바람에 흔들려 하늘하늘 떨어지는 모습을 수없이 보았다. 나는 안개 짙은 11월 밤 어둔 물 위에서 물떼새가 추운 듯 지저귀는 소리를 수없이 들었다. 내가 보고 듣는 모든 것들이 스미다강을 향한 나의 사랑을 새롭게 한다. 마치 여름날 강물에서 태어나는 검은물잠자리 날개처럼, 쉬 전율하는 소년의 마음은 매번 새로운 경이로움에 가득 차 강을 바라보지 않을 수 없었다. 때론 밤 그물 던지는 배 끄트머리에 앉아 소리도 없이 흐르는 검은 강을 물끄러미 바라보며, 밤과 물 사이를 떠다니는 '죽음'의 호흡을 느끼며, 의지할 데 없는 외로움에 얼마나 몸을 떨었는지.

　흘러가는 스미다강을 볼 때마다 나는, 저물녘 교회 종소리와 백조 울음소리로 물드는 이탈리아 수상도시 베네치아에서, ―발코니에 핀 장미나 백합도 물밑에 잠긴 듯 달빛 아래 파리해져 검은 관을 닮은 곤돌라가 꿈처럼 다리에서 다리로 미끄러져 나가는 풍경을, 온 정열을 쏟아 표현했던 단눈치오의 마음을 새삼 애틋하게 떠올리게 된다.

　스미다강이 부드럽게 감싸고 흐르는 강가 마을은 내게 하나같이 그립고 잊을 수 없는 곳이다. 아즈마 다리에서 강을 따라 아래로 고마가타, 나미키, 구라마에, 다이치, 야나기바시 같은 마을이나, 다다 약사를 모신 절 앞, 매화나무가 늘어선 수로, 요코아미 강기슭―어디든 좋다. 이런 마을을 지나는 사람들 귓가에는, 찬 강물 냄새와 함께 오래전부터 남쪽으로 흘러오는 그리운 울림이 전해지리라. 햇볕 내리쬐는 하얀 흙벽 사이사이, 격자문 달린 어스름한 가정집 사이사이, 반짝이는 갈색 싹이 움트는 버드나무와 아카시아 가로수 사이사이로, 잘 닦인 유리창처럼 푸르게 빛나는 스미다강의 울림이. 아, 그 그리운 물소리, 속삭이듯 비틀리듯 혀를 차듯 풀에서 짜낸 즙과 같이 푸른 물은 밤낮으로 강가의 돌벼랑을 씻으며 나아간다. 한조나 나리히라가 등장하는 아주 오래된 이야기는 몰라도, 멀게는 에도시대 수많은 조루리 작가들부터 가깝게는 메이지시대 가부키 작가 모쿠아미에 이르기까지, 이야기 속 살인 장면을 연출하면서 강렬한 인상을 남기기 위해 센소지 종소리와 함께 종종 사용하던 것이 바로 이 스미다강의 서글픈 물결소리였다. 모쿠아미 작품에서 이자요이와 세이신이 투신할 때나, 겐노조가 샤미센을 켜며 구걸하던 오코요를 보고 첫눈에 반했을 때, 또는 땜장이 마쓰고로가 박쥐 날아다니는 여름밤 저울을 떠메고 료코쿠 다리를 건널 때에도, 스미다강은 지금처럼 낚싯배 매인 부두와 강기슭의 푸른 갈대숲, 나룻배의 길쭉한 뱃머리를 나른하게 어루만지며 출렁출렁 속삭여온 것이다.

특히 이 그리운 물소리를 더욱 잘 들을 수 있는 곳은 나룻배 안이다. 내 기억이 틀리지 않다면 원래는 아즈마 다리에서 신오오 다리 사이에 나루터가 다섯 곳 있었다. 그중 고마가타, 후지미, 아타카에 있던 나루터 세 곳은 언제부터인가 하나씩 사라졌고, 지금은 이치노 다리에서 하마초로 가는 나루터와 미쿠라 다리에서 구라마에로 가는 나루터, 이 두 곳만 옛 모습 그대로 남아 있다. 어릴 때에 비하면 강의 흐름도 변하고 갈대와 물억새로 무성하던 여기 저기 모래톱은 흔적도 없이 묻혀버렸지만, 이 나루터 두 곳만큼은 변함없이 깊이가 얕은 배에 늙은 뱃사공을 태우고, 강가의 버드나무 잎사귀처럼 푸른 강물을 그 옛날 그랬듯이 하루에 몇 번이나 가로지른다. 나는 딱히 용건도 없으면서 이 나룻배를 자주 탔다. 물결의 움직임에 따라 마치 요람 안처럼 가볍게 몸이 흔들릴 때면 기분 좋은 안락함이 나를 감싼다. 해가 저물면 저물수록 나룻배가 주는 쓸쓸함과 기쁨이 절절이 몸에 와 닿는다. ─낮은 뱃전 바깥쪽은 녹색의 매끄러운 물로 금세 청동처럼 둔탁하게 빛나고, 폭이 넓은 강의 수면은 멀리 신오오 다리로 가로막힐 때까지 한눈에 쫙 펼쳐져 있다. 강가의 집들에는 이미 어둠이 내려 온통 잿빛으로 하나가 되고, 그 부근 곳곳은 장지문에 비치는 등불마저 노랗게 안개 속에 잠기어 간다. 밀물을 따라 회색빛 돛을 반쯤 펼친 작은 짐배가 한두 척 드문드문 강을 거슬러 올라오는데, 어느 배나 쥐 죽은 듯 고요하여 노 젓는 사람이 있는지 없는지조차 알 수가 없다. 나는 고요한 배의 돛과 푸르고 널따랗게 흐르는 강물의 냄새를 체험할 때마다 호프만슈탈의 시 「체험」*을 읽었을 때처럼 뭐라 말할 수 없는 쓸쓸함을 느끼며, 동시에 내 마음속에도 정서의

* 세기말을 상징하는 오스트리아의 시인 휴고 폰 호프만슈탈(1874~1929)이 열여덟 나이에 쓴 시.

물길이 들려주는 속삭임이 안개 밑을 흐르는 스미다강과 똑같은 선율로 흘러드는 듯한 기분이 들곤 한다.

그러나 날 매혹시키는 건 비단 이 강의 울림만이 아니다. 내게 있어 스미다강의 빛은 어디서도 찾아볼 수 없는 부드러움과 따뜻함을 가져다주는 어떤 힘이 있다. 바닷물의 경우는 그 빛이 사파이어처럼 지나치게 무거운 녹색을 띠고 있다. 그런가 하면 조수의 간만을 전혀 느낄 수 없는 상류의 강물은 에메랄드색처럼 너무 가볍고 옅게 반짝인다. 담수와 조수가 교차하는 평원의 거대한 강물은 서늘한 청색에 탁한 황색의 뜨뜻함이 섞이면서, 어딘지 모르게 인간미가 있어 친근하고 사람 냄새가 난다는 의미에서 살아 있는 듯한 그리운 구석이 느껴진다. 특히 스미다강은 붉그스름한 갈색 점토가 많은 관동 평야를 관통해 도쿄라는 대도시를 조용히 굽어 흐르기에, 속을 알 수 없고 주름이 가득한 까다로운 유대인 늙은이처럼 투덜투덜 불평을 털어놓으며 흘러간다. 빛깔은 그야말로 침착하고, 사람을 그리워하게 하며, 감촉이 좋은 느낌을 가지고 있다. 마을 안으로 굽어 흐르는 다른 강도 많지만, 스미다강은 바다라는 거대한 신비로움과 맞닿아 끊임없이 교차하고 있기 때문인지, 강과 강 사이를 흐르는 수로와 같이 어둡지 않다. 잠들어 있는 게 아니다. 어딘지 모르게 살아서 움직이고 있다는 기분이 든다. 그 움직임이 시작도 끝도 없는 영원의 불가사의함으로 나아가는 것만 같다. 아즈마 다리, 우마야 다리, 료코쿠 다리 사이에서 향유처럼 흐르는 푸른 물이, 교량의 양끝을 받치고 있는 커다란 화강암과 벽돌을 적시어가는 것을 볼 때 나는 더할 나위 없는 기쁨을 느낀다. 강기슭 가까운 강물에 나룻배 머무는 부두의 하얀 등불이 비치고, 은빛 잎사귀 팔랑이는 버드나무가 비친다. 또 수문에 가로막히면 샤미센 소리 들리는 미지근한 오후 붉은 부용꽃 앞에서 한탄하며, 겁 많은 집오리 날갯짓에도 조바심이 나 출렁이고, 인적 드문 어패류 저장고 아래를 조용히 반짝이며 흘러, 나로 하여금 이 묵직한 물빛에 깊은 온정이 깃들게 한다. 료코쿠 다리를 지나 강 하구를 향해 신오오 다리, 에이타이 다리로 내려갈수록 강물이 점차 난류가 지닌 깊은 쪽빛으로 변하는 모습이 두드러진다. 소음과 연기와 먼지가 가득한 공기 아래로 하얗게 햇살이 비쳐 강물은 흡사 양철지붕처럼 반짝반짝 빛을 반사시킨다. 석탄 실은 너벅선이나 하얀 페인트가 벗겨진 고풍스런 증기선은 어쩐지 울적하게 강물 위에 흔들린다. 자연의 호흡과 인간의 호흡이 서로 만나 어느새 뒤섞이니, 도시의 물빛이 지닌 따스함은 쉬 사라지지 않는다.

특히 저물녘 수면 위 자욱한 수증기와 차츰 어스름해지는 저녁 하늘 희미한 빛은, 다른 무엇과도 비교할 수 없이 미묘한 색조를 띤다. 나는 나룻배 뱃전에 홀로 턱을 괴고 앉아, 이미 안개가 내려앉은 황혼의 수면을 하염없이 바라보았다. 저 암녹색 물 저편, 어두운 집들을 굽어보는 하늘에 크고 붉은 달이 나온 것을 보며 나도 모르게 눈물을 흘리던 일은 아마 내가 살아 있는 동안은 내내 잊을 수 없을 것이다.

'모든 도시는 그 도시 고유의 냄새가 있다. 피렌체의 냄새는 아이리스의 흰 꽃과 먼지와 안개와 오래된 그림에서 풍기는 니스의 냄새다.'(드미트리 메레시콥스키)

만약 누가 나에게 도쿄의 냄새를 묻는다면, 나는 아무런 주저 없이 스미다강의 냄새라고 답하리라. 그저 냄새뿐만이 아니다. 스미다강의 색과 울림은 내가 사랑하는 도쿄의 색이자 소리여야만 한다. 나는 스미다강이 있기에 도쿄를 사랑하고, 도쿄가 있기에 삶을 사랑한다.

•수록 『고코로노하나心の花』1914년 4월
•저본 『芥川竜之介随筆集』岩波文庫, 2014

이즈미 교카

따뜻한 물두부

湯どうふ

어제는 밤을 새웠다.

오늘 아침……이라기보다는 점심 나절 고타쓰에서 꾸물거리고 있으려니, 항상 와서 재잘대는 말괄량이 장난꾸러기 참새들이 어디로 싹 날아갔는지 고요하기만 하고, 동박새 한 마리가 응석을 부리듯 쩍쩍 외롭게 울고 있다.

꽃이 한창인 뒤채 비파나무에서 울고 있나 했는데 더 가깝다. 지붕은 아니겠지. 뒷문에 자란 키 작은 동백나무 같은데 싶어, 스윽 툇마루로 나와 서니 비파나무에서 후드득 소리가 나며 소나기가 왔다.……

동백나무 가지 끝에는 불과 며칠 전 마른 덤불 가지를 치다가 드러난 나팔꽃 열매 대여섯 개가 차갑게 조마조마한 모습으로 젖어갔다.

생각해보라. 진정한 풍류인이라면 휘파람새를 바라보는 데도 예절이 있어야 하리라. 새소리가 들린다고 단박에 장지문을 열어서는 동박새가 가만히 있을 리 없다. 조용히 스윽 밖을 내다봤지만 어디에도 새의 모습은 보이지 않고, 진노랑 은행잎 한 장만 팔랑팔랑 떨어졌다.

옷을 어깨에 걸치고 팔짱 끼고 있으려니 팔뚝이 서늘하다.

이런 날이면 진눈깨비가 내리든 눈이 내리든 언제나 따뜻한 물두부가 좋다. —오래전부터 책에서나 소문으로나 평판이 자자했다. 하지만 ……이 맛은 중년 이후가 아니면 알기 힘들다. 어느 집이든 아이가 물두부를 좋아하는 일은 잘 없으리라. 열너덧 살 소년이, 저는 물두부를 좋아합니다, 따위의 대답을 한다면 부모님의 주의가 필요하다. 오늘 반찬이 두부라고 하면, 스무 살 언저리 인간이 떨떠름한 표정을 짓는 건 당연하다.

유명한 노가쿠* 연주자였던 외삼촌은 따뜻한 물두부는 물론이거니와 어떤 두부요리든 다 좋아했는데, 덕분에 집안 식구 모두 두부를 즐겨 먹었다. 외삼촌은 십 년 전쯤 71세에 고인이 되셨지만, 그보다 한참 전에……쌀이 한 냥에 엿 되가 됐다고 소동이 일만큼 물가가 저렴하던 시절, 월말 두부가게에 지불하는 돈이 칠엔을 넘었다. ……아무래도 내가 서민이라 너무 돈 계산에 집착하는 것 같아 부끄럽지만, 무슨 일이든 이 방법이 이해가 빠르긴 하

• 춤·노래·이야기, 3요소로 구성된 전통극으로 고도로 훈련된 배우와 북과 피리 연주자, 가면과 의상 등 화려한 소품이 가미된 무대.

다. ……두부 한 모 가격이 오 푼에서 팔 푼, 일 전 내지는 이 전 정도다. ……많이도 먹었다! 감사합니다. ……두부가게에 장부를 두고 먹는 건 아마도 외삼촌 집뿐일 거라는 소문도 있었다. ―공연 연습이 한창일 때면, 맥주에 물두부를 순식간에 세 모나 후딱 해치우셨다. 이 집에서는 냄비에 그대로 젓가락을 넣는 게 아니다. 부글부글 끓는 물두부를 그릇에 덜어내고 작은 사기잔으로 떠먹는다. 몇 십 년이나 이어온 관습이라 간장의 비율도 더할 나위 없이 훌륭하지만, 그 집 아이들은 다들 모른 척하고 생선을 먹었다. 물론 그러는 외삼촌도 이십대에는 아이들과 같았음은 말할 것도 없다.

오자키 고요*선생도 처음에는 "두부와 언문일치가 세상에서 제일 싫다"고 입버릇처럼 말씀하셨다. 아직 문예지 가라쿠타문고가 발행되기 전이지 싶은데…… 고요 선생이 대학에 다닐 때 하숙집 아주머니가 거리에서 두부 파는 사람에게 "두부 아저씨" 하고 부르는―하숙집이 작아서 잘 들렸다―소리가 들리면 "아주머니, 또 두붑니까. 자꾸 두부만 먹이려 들면 다 엎어버릴 거요" 하고 소리치며 사닥다리 위에서 발을 쿵쿵 굴렀다고…… 선생이 직접 한 말은 아니지만 당시 친구들이나 이웃 노인들이 그런 얘길 하며 쓴웃

• 소설가(1868~1903). 물질만능시대의 사랑을 그린 소설 『금색야차』로 대중의 사랑을 받았으며, 서구화에 대항한 전통미와 근대적 사실주의를 내세운 문학모임 겐유샤를 결성해 메이지시대 문단을 풍미했다.

음을 짓곤 했다. 선생의 건강이 나빠진 후로는 물두부를 드시면서 이렇게 말했다. "옛사람들은 참 대단해. 정말 훌륭한 요리를 만들 어줬어."

아, 선생의 기일은 10월 30일, ……돌아가시기 이주일 전쯤으로 기억한다. ……바람이 선선하던 가을날, 2층 병상에서 내려와 아래층 툇마루 앞 창가에 앉아 따뜻한 물두부를 드시고 있었다. 선생이 "어이, 거기 도롱이벌레가 있지. ……보게" 하셨다. 밤새 선생의 병간호를 한 나는 "네" 하며 뜰로 달려 나갔지만 도롱이벌레는 그림자도 보이지 않았다. 뜰이 조금 넓기도 했고 나무도 여기 저기 있었다. 잎은 아직 지지 않았다. 선생의 성미가 급하다는 건 익히 알고 있다. 게다가 병을 앓고 계신다. 뭔가 위로가 될 만한 것을 빨리 찾아야 해. 하지만 찾을 수 없었다. 도롱이벌레가 가슴에 사무치게 그리울 정도였다.

"저기 있네, ……저 백일홍 나무 왼쪽 가지에." 선생은 우에노의 신사 돌계단에서 시노바즈 연못 너머 아득히 대학 시계탑 시계를 보실 정도로 눈이 좋았다. 이날도 역시 날카로웠다.

힘없이 가느다란 털을 붙이고 조그만 낙엽을 몸에 뒤덮고서 도롱이벌레는 매달려 있었다. 가만히 집어서 잎이 달린 채로 손바닥 위에 올리니 야윈 얼굴의 선생이 한 손에 젓가락을 들고서 말했다.

"어젯밤은 한밤중부터 잘 울더구나. 찌르찌르 하고. ……가을은 참 쓸쓸해. 그래, 저쪽으로 가져다 놔라. ……죽이지 말고."

다른 문하생 동료도 선생 옆에서 창가에 손을 짚고 내다보았다.

"네. 이파리 위에 놓겠습니다."

선생은 가볍게 고갤 끄덕이더니 말씀하셨다. "자네들, 술 한잔 하세." ……찌르찌르, 어머니 돌아가신 후로 내가 바란 것은 단 하나, 선생이 오래 사시는 것. ……선생 댁 문지기 시절부터 내게 익숙한 친구인 감나무 아래 징검돌을 밟는데, 여전히 의기소침하고 초라한 내 모습이 도롱이벌레 같다.

다만 그 당시는 아직 물두부 맛을 알지 못했다. 근처에 물두부 요리 명소가 있다고 들었는데 장소나 방향을 전혀 알지 못했다. 몰래 그 지역 배달꾼에게 물어보니, 냄비요리를 시켜놓고 한잔할 여유가 있으면 차라리 요시와라˙로 가라고 했다. 다들 젊었고, 혈기왕성한 이십대가 물두부로 배를 채우진 못했다. 크게 썰어 넣은 떡이 든 단팥죽이 일 전, 더 주는 것 없음. ……그게 아니면 국수 한 그릇을 뚝딱하고 국수 끓인 국물을 계속해서 더 달라고 한다고 했다.

물두부라고 해서 다 고상하기만 한 것은 아니다. 애처로운 물두부도 있다. 내가 아는 사람 중에 간판은 료칸이지만 사실은 값싼 하숙집에 사는 이가 있다. 가을장마가 이어져 햇살도 안 들고 기분 나쁜 질병이 유행하는데도 밥상엔 구운 멸치 몇 마리와 생두부가 나온다. ……그런 걸 두고 매정하달 수는 없다. 그냥 생두부다.

˙에도시대에 크게 번성했던 아사쿠사 인근 화류계 거리.

보기만 해도 오한이 들지만 먹지 않을 수 없다고 한다. 양철통에 넣고 푹 쪄서, 아니 삶아서 간장을 슥 뿌려 먹는다고 한다. ─이렇게 되면 따뜻한 물두부도 참담한 지경이다……

……라고 하는 나도 사실 물두부를 정식으로 맛볼 의지는 없다. 잘게 썬 파, 고추, 강판에 간 무 등등 텃밭 채소들을 미리 준비하는 데 꽤나 노력이 들기도 하고, 전부 다 날것이라 나로서는 난처하다. ……게다가 정식으로 다시마를 냄비 바닥에 깔면 불을 세게 해도 끓는 게 늦다. 졸졸, 졸졸, 풀밭에서 맑은 샘물이 솟는 듯하면, 두부를 아래로 하고 아래 있던 다시마를 위로 뒤집어씌운다. 잠시 후 부글부글 물이 끓으면서 홋카이도의 눈이 다시마조각을 쓰고 춤추듯 하면, 두부를 스윽 떠서 입가로 가져가다가 앗 뜨거 당황하며 후후 불어 후루룩 삼켰다. 남들 보기에도 좀 그렇고 소리도 바보 같다.

하지만 맛은 둘째 치고 덜 익은 것을 먹는 것보다는 이게 더 낫다.

가끔씩 부인 잡지에 실린 요리법을 보면, 물두부를 위한 적당한 연구들도 나오고, 머리를 짜낸 듯 보이는 투고도 실려 있다. 예를 들어 돼지고기를 잘게 다져 절구에 넣고 국자로 떠서 손바닥 위에 올리고 동그랗게 만들어 밀가루를 묻히고 그걸 반죽해서…… 아아, 잠깐만요, 저기요……손 씻으셨나요, 손톱은 자르셨는지요, 주린 배를 움켜쥐고서도 꼭 하고 싶은 말들이 많다.

아사쿠사의 한 여자 왈, ─우리는 우동사리를 사서 유부와 파를 잘게 썰어 함께 펄펄 끓이고는 후후 불며 먹습니다, 뜨거운 게 좋아요. ―그래요, 뭘 숨기겠습니까, 저는 이 여자를 멀리서 흠모했습니다.

아니, 사랑타령은 나중이고 정말로 배가 고프다. ……물두부라. 집사람 지갑을 슬쩍 보며 유추해보건대 저렴한 도미가 있으면……쏨뱅이도 괜찮다. 냄비 요리였으면 좋겠다.

소나기는 금세 그쳐 희미한 햇살이 쏟아졌다. ……단풍나무 잔가지에 남은 잎만 붉게 젖어 아름답다. 한꺼번에 지는 것들은 모두 아쉽다. 손을 뻗으면 좁은 뜰에 진 단풍잎에 금세 닿을 듯하다.

책 상자에서 『겐지모노가타리』* 제7첩 단풍의 하례를 꺼내 읽어볼까. ……고타쓰를 끌어안고 기소 지역 기행문을 슬쩍 끼워 읽은 뒤에……

• 수록 『조세이女性』1924년 2월
• 저본 『鏡花随筆集』岩波書店, 2013

---

* 이상적 남성상인 히카루 겐지를 중심으로 사랑과 권력암투, 번영과 몰락의 헤이안시대 귀족사회를 그렸다. 하급귀족여성인 무라사키 시키부가 1008년 54첩을 완성한 이래 꾸준히 현대어로 번역되고 있다.

이즈미 교카泉鏡花(1873~1939)

소설가. 환상문학의 선구자. 서북방 해안도시 가나자와 출신으로 아버지는 금속 세공 장인이었다. 어머니를 일찍 여의고 감수성이 풍부한 소년으로 자라 훗날 고향과 어머니에 대한 추억을 작품에 많이 남겼다. 오자키 고요의 소설을 좋아해 그의 문하생으로 들어가기 위해 상경, 고요의 작업실 문지기를 시작으로 문학공부를 시작했다. 「외과실」, 「수도승」 등 기괴하고도 따뜻한 시선이 녹아든 로맨티시즘으로 많은 이에게 사랑 받았다.

모리 오가이

사프란

サフラン

이름을 들어도 누군지 모를 때가 꽤 있다. 사람만 그런 건 아니다. 사물도 그렇다.

　나는 어릴 때부터 책을 좋아했다. 소년이 읽을 잡지나 동화도 없는 시대에 태어났기에 할머니가 시집올 때 가져오셨다는 백인일수*나, 할아버지가 읊조리던 조루리며 요곡 줄거리를 엮은 그림책 같은 걸 닥치는 대로 읽었다. 연날리기도 한 적이 없고 팽이치기도 안 했다. 이웃집 아이들과 끈끈한 교류도 없었다. 그렇게 서서히 책에 탐닉하면서, 그릇에 때가 끼듯 다양한 사물의 이름이 기억에 남았다. 그렇게 이름은 익혔지만 사물을 몰라서 한쪽 날개만 가진 사람이 됐다. 거의 모든 사물의 이름이 그랬다. 식물 이름도 마찬가지다.

---

* 대표적인 와카 시인 백 명의 시를 한 수씩 모아 엮은 책.

아버지는 에도시대에 네덜란드 의술을 배운 의사였다. 네덜란드어를 알려주서서 어릴 때부터 조금씩 배웠다. 문법책이란 걸 읽었다. 전편과 후편이 있었는데 전편은 단어를, 후편은 문법을 설명한 것이었다. 그걸 읽을 때 사전을 빌렸다. 두 권으로 된 네덜란드어 일본어 대역사전이었는데 크고 두꺼운 옛날식 서책이었다. 그걸 반복해 읽다가 사프란이라는 어휘에 봉착했다. 아직 『식학계원』*이라는 책이 유통되던 시대의 사전이라 음역音譯에 한자를 끼워 맞춘 단어였다. 지금도 그 글자를 기억하고 있는데, 사프란이라는 세 글자 가운데 첫 글자가 지금은 활자에서 사라진 물 수水 변에 스스로 자自 자가 붙은 글자이고, 가운데가 지아비 부夫 자, 마지막이 쪽빛 남藍 자다.

"아버지, 사프란이 풀이름이라는데 어떤 풀인가요?"

"꽃을 꺾어 말려서 물을 들이는 풀이란다. 보여주마."

아버지는 약상자 서랍에서 거무스름하고 오그라진 물건을 꺼내서 보여줬다. 아버지도 생화는 본 적이 없는지도 모른다. 어쩌다 이름뿐만 아니라 사물을 보게 되더라도 말린 것밖에는 볼 수 없었다. 이것이 내가 사프란을 본 첫 경험이다.

이삼 년 전의 일이다. 기차로 우에노역에 내려서 인력거를 타고 집으로 돌아가는 길에, 길가 좌판에서 보랏빛 꽃이 막 피기 시작한 화초를 늘어놓고 파는 걸 봤다. 아이 때 이후로 노인이 다 되도

• 서구의 식물학을 소개한 일본 최초의 식물도감.

록 사프란에 대한 지식이 거의 늘지 않았는데, 도록에서 살아 있는 꽃 형태는 본 적이 있어서 "오, 사프란이구나" 하고 알았다. 언제부터 도쿄에서 화초로 기르게 됐는지는 모르겠다. 아무튼 사프란을 파는 사람이 있다는 건 이때 처음 알았다. 어딜 다녀온 길이었는지는 잊었지만 아침에 여관을 나섰을 때 서리가 내렸다. 이미 온실 바깥에 꽃이란 꽃은 모두 지고 없었다. 산다화나 차나무 꽃도 없었다.

사프란에 종류가 많다는 것도 어느 책에서 읽었는데, 내가 본 사프란은 대단히 늦게 피는 꽃이다. 그러나 양극단은 서로 만나는 법. 아주 빨리 피는 꽃이기도 하다. 수선화나 히아신스보다 빨리 핀다고도 한다.

작년 12월이다. 집 근처 꽃집에 2전이라는 가격 팻말이 붙은 사프란 꽃이 보였다. 메마른 알뿌리에서 피어난 이삼십 송이 꽃이 죽 늘어서 있었다. 나는 산책하던 길을 멈추고 알뿌리 두 개를 사서 집으로 돌아왔다. 사프란을 나의 것으로 삼은 건 이때가 처음이다. 나는 꽃집 할아버지에게 물었다.

"할아버지, 이거 흙에 묻으면 꽃이 또 필까요?"

"그럼, 싹이 잘 나는 놈이라 내년이면 열 송이는 될 거야."

"그렇군요."

집에 와서 화분에 정원의 흙을 조금 담아 사프란을 심고 서재에 뒀다.

꽃은 이삼일 만에 시들었다. 화분은 꼬질꼬질한 실내의 먼지를 뒤집어썼다. 나는 한동안 거들떠보지도 않았다.

올해 1월이 되자 녹색 실처럼 가는 잎이 무성하게 나왔다. 물도 주지 않고 있었는데 활기 넘치는 싱싱한 잎이 가득 자랐다. 식물이 살아가는 힘은 깜짝 놀랄 만큼 강하다. 온갖 저항을 이겨내고 살아남아 다시 자란다. 필시 꽃집 노인이 말했듯 알뿌리도 더 많이 번식하리라.

창문 밖에는 눈과 서리를 이겨낸 복수초가 노란 꽃을 피웠다. 히아신스와 패모 꽃도 화단의 흙을 뚫고 잎을 내기 시작했다. 서재 안에는 사프란 화분이 변함없이 파릇파릇 자라고 있다.

화분의 흙은 꾀죄죄한 먼지를 덮어쓰고 있지만 그 파릇파릇한 색을 보면 무정한 주인도 가끔 물 정도는 주지 않을 수가 없다. 이 것은 내 눈을 슬겁게 하려는 이기주의Egoismus일까. 내가 아닌 외부의 것을 사랑하는 이타주의Altruismus일까. 인간이 하는 일의 동기는 자유자재로 얽히며 자라는 사프란 잎처럼 스스로도 쉬 알 수가 없다. 이걸 억지로, 담뱃진 핥은 개구리가 창자를 꺼내 씻듯 씻어내고 싶진 않다. 지금 이 화분에 물을 주는 것처럼 내가 새로운 일에 손을 대면 안 어울리는 짓을 한다고 한다. 하던 일에서 손을 떼면 독선이라고 한다. 잔혹하다고 한다. 냉담하다고 한다. 이것은 타인의 말이다. 남의 말을 다 듣고 있으면 어디에도 손 둘 곳이 없어진다.

이것은 사프란이라는 풀과 나와의 역사다. 이로써 내가 얼마나 사프란에 대해 아는 게 없는지 알 수 있으리라. 하지만 아무리 나와 소원한 존재도 오다가다 옷깃이 스칠 수 있는 것처럼, 사프란과 나 사이에도 접점이 없는 것은 아니다. 이야기는 오직 여기서 발생한다.

우주 안에서 사프란은 사프란의 생존을 해왔고, 나는 나의 생존을 해왔다. 앞으로도 사프란은 사프란의 생존을 이어가리라. 나는 나의 생존을 이어갈 것이다.

• 수록 『반코카番紅花』1914년 3월
• 저본 『鴎外全集 第26巻』岩波書店, 1989

모리 오가이森鴎外(1862~1922)

소설가, 번역가, 의사. 이와미노쿠니(오늘날 시마네현) 출신으로 메이지유신 이후 가족이 도쿄로 이주했다. 양의였던 아버지의 뒤를 이어 의학을 공부했으며 고전문학에 관심이 많았다. 독일에서 유학하며 의술을 배우는 동안 사랑에 빠졌던 일을 소재로 한 소설 「무희」로 근대문학의 새 장을 열며 주목 받았으며, 괴테의 『파우스트』와 이탈리아 각지를 돌며 로맨틱한 사랑에 빠지는 안데르센의 『즉흥시인』 등을 처음으로 일본어로 번역해 젊은이들에게 많은 영향을 미쳤다. 문예지를 만들어 번역과 창작을 발표하고 만년에 『아베일족』 등 역사소설에 매진하는 등 다양한 분야에서 괄목할 업적을 쌓았다.

마사오카 시키

램프 그림자
ラムプの影

병상에 똑바로 누워 하릴없이 천장을 노려보고 있노라면 천장의 나뭇결이 사람의 얼굴처럼 보인다. 널빤지에 난 옹이구멍 하나가 사람의 눈처럼 보이고 그 주변 나뭇결이 신기하게 얼굴의 윤곽을 띠고 있다. 그 얼굴이 온종일 눈에 띄어 신경이 쓰여서, 이번에는 오른쪽으로 몸을 틀어 누우니, 벽장에 있는 구름 모양이 괴물 얼굴처럼 보인다. 너무 귀찮아서 그 얼굴을 마음속에서 지워보면, 벽장 아래 구석에 있는 물인지 뭔지가 다시 옆얼굴의 윤곽을 이룬다. 하는 수 없이 시험 삼아 왼쪽으로 누워보면 유리창 너머로 우에노의 삼나무 숲이 보이고 그 수풀 사이로 하늘이 비쳐 보인다. 그 하늘 틈이 사람의 얼굴이 된다. 숨은그림찾기 그림처럼 옆얼굴이 약간 거꾸로 보이는 게 다소 독특한 얼굴이다. 다시 천장을 보고 누워 이번에는 얼굴이 없는 천장 구석을 노려보는데, 불현듯 어마어마하게 커다란 얼굴이 나타난다. 어둠 속에 귀신을 그리며 상상하고 노는 건 평소 버릇이지만, 이렇게 램프 그림자에 얼굴이 나타난 건 오늘 밤이 처음이다.

세밑이라 올해도 늘 그렇듯 바쁘다. 아직 마감 날짜가 보름가량 남았지만 독자가 신문에 투고한 신년 하이쿠를 병상에서 정리하고 있다. 읽는다, 점수를 매긴다. 각 주제별로 분류해 적는다, 초고에 선을 긋고 옆에 던져둔다. 다음 초고로 넘어간다. 또 읽는다, 점수를 매긴다, 미즈이와이*라는 주제 아래 너덧 편을 옮겨 적은 뒤 초고에 선을 긋고 옆에 던져둔다. 같은 일을 반복한다. 밤이 이슥해지고 사위가 벌써 고요하다. 열이 약간 나는 것도 같지만 매일 밤 있는 일이니 신경 쓰지 않고 일을 한다. 하지만 열이 있는 동안은 호흡이 가빠져 일에 진척이 전혀 없다. 그러면 이불 위에 드러누워 오른 팔꿈치를 괴고 왼손에 원고지를 든다. 글을 쓸 때는 원고지를 움직여 오른손 붓끝에 갖다 대는데 그래도 한두 시간 하면 어깨가 아파온다. 밤샘작업을 하면 일이 끝난 뒤 오른손을 뻗으려 해도 잘 뻗어지지 않는다. 오늘도 낮부터 계속 쓴 탓에 너무 지쳐서 붓을 놓고 오른 팔꿈치를 요 밖으로 짚고 턱을 괸 채 잠시 쉬었다. 쉬고 있으니 열도 조금 내려서 멍하니 어딘가로 눈길을 줬는데 유리를 끼운 미닫이에 머리맡 램프 그림자가 비쳐 있다. 유리창과 램프 사이 거리는 2미터쯤인데 불빛이 흔들리며 다소 크게 보인다. 그걸 가만히 들여다보는데 눈물이 난다. 그러자 등불이

• 결혼 후 처음 맞는 설에 친척과 친구들이 신랑에게 물을 끼얹으며 축하하는 풍습.

두 개로 보인다. 하지만 유리에 굴곡이 있는 탓인지 그 두 개의 등불이 서로 떨어져 있지 않고 불규칙적으로 닿아 있는 듯 보인다. 무심코 커다란 빛의 그림자를 보고 있으려니 그 불빛 속에 갑자기 사람 얼굴이 나타났다.

서양화에서 자주 보는, 눈이 동그랗고 날쌘 아이의 얼굴이었다. 금세 바뀌어 중산모를 쓴 신사가 됐다. 아무리 해도 모자 윗부분은 보이지 않는다. 목 아래도 보이지 않지만 어쩐지 서양식 코트를 입었을 것 같다. 얼굴이 세 번째로 바뀌었다. 이번엔 여덟 살이나 아홉 살쯤 된 여자아이 얼굴인데 눈을 내리깔고 있다. 긴 고무밴드를 이마 위로 올려 잔머리가 흘러내리지 않도록 했다. 네 번째로 바뀌었을 땐 귀신 얼굴이 나왔다. 이 얼굴은 며칠 전 교토에서 보내온 소 축제의 귀신 가면을 닮았다. 변하는 속도도 빠르고 내가 생각지도 못한 얼굴들이 나와서, 이번엔 흥미를 갖고 어디까지 변할지 지켜보기로 했다. 흡사 곡예나 마술을 구경하는 기분이었다. 그렇게 마음을 먹고 나니 바뀌는 속도가 조금 느려졌다.

그다음에는 원숭이 얼굴이 나왔다. 그랬다가 옛 서양의 학자인지 호걸인지 얼굴로 바뀌었다. 그 얼굴은 약간 옆얼굴인데 부드러운 머리칼을 어깨까지 길게 늘어뜨리고 있었다. 대단히 상냥한 얼굴인데 그저 본 대로 느낄 뿐 누구의 초상인지 알 수 없다. 그리고 한동안은 불길이 빛날 뿐 아무런 형상도 나타나지 않았다. 가만히 응시하고 있으려니 빛의 한가운데 무척 밝은 점 하나가 보였다. 그게 차츰 커져간다. 마침내 왕방울처럼 거대한 눈 하나가 만들어졌다. 그것이 무너지고 또 한동안 아무것도 만들어지지 않았는데, 이윽고 머리를 둥글게 틀어 올린 여자가 나타났다. 그 여자의 귀밑털이 양쪽으로 잡아당겨지는 것은 사방으로 뻗어나가는 광선이 그렇게 보인 탓이다. 그 광선으로 그려진 귀밑털이 희고 성기어 석고로 만든 여자인가 싶었다. 이 여자는 처음에 아래로 눈을 내리깔고 있었는데 조금씩 눈을 치켜뜨면서 얼굴을 서서히 들어 올렸고, 급기야 무시무시한 인상으로 변하면서 머리칼이 뒤집어진 부뚜막 귀신이 돼버렸다. 부뚜막 귀신이 사라지자 예수가 나타났다. 십자가 위 예수 같은데 고개를 숙이고 눈을 감고 있었다. 머리 주위로 둥근 빛이 빛나고 있다. 예수가 고개를 들어 눈을 뜨자 투구를 쓴 무사의 얼굴로 변했다. 이 무사의 얼굴을 유심히 보고 있자니 그것이 투구가 아니라 입에 호흡기를 달고 있는 폐병환자로 보이기 시작했다. 그다음은 완전히 바뀌어 한냐*의 노 가면이 작게 보였다. 그것이 사라지자 나병으로 볼이 붓고 눈을 부라린 기분 나쁜 얼굴이 나왔다. 그 얼굴을 묘사해보자면, 영국 작가 에드워드 기번의 얼굴을 설탕공예로 만들어 그 얼굴 내부에 숨을 불어넣고 부풀린 듯하다. 불길은 금세 세 갈래로 갈라졌다.

뭔가 더 나올 것 같아 기다리고 있는데 또 예수가 나왔다. 이래선 안 되겠다 싶어 머리를 살짝 뒤로 젖히자 시선이 바뀌면서 유

---

* 질투와 원망으로 가득 찬 분노의 여자 가면. 머리에는 뿔이 달렸고 눈과 이는 금속으로 도금돼 번쩍인다.

리창 얼룩도 바뀌어 불빛 그림자는 가늘고 긴 열쇠처럼 보였다. 이번엔 분명 아주 특이한 얼굴을 볼 수 있을 거라 생각하고 보는데 불빛의 형태가 이상해서인지 아무것도 나타나지 않았다. 조금 지나니 뭔가가 조금씩 나오기 시작했다. 점점 밝아지는 모습을 보니 천장을 보고 똑바로 누운 사람의 옆얼굴 같다. 점점 더 그런 확신이 들었다. 조용히 눈을 감고 있다. 얼굴은 착 가라앉아 활기라곤 없다. 죽은 사람 얼굴이구나. 이쯤에서 구경은 그만두기로 했다.

• 수록 『호토토기스ホトトギス』1900년 1월
• 저본 『飯待つ間』岩波文庫, 1985

마사오카 시키正岡子規(1867~1902)

하이쿠시인, 수필가. 근대 하이쿠 예술을 집대성한 인물. 시키 혹은 호토토기스라
불리는 두견새는 목에서 피를 토하도록 운다는 중국설화 때문에 폐결핵을 상징
하는 새가 됐다. 대학시절 폐결핵이 발병한 이래 줄곧 병상을 멀리 떠나지 못했던
그는 필명을 시키라 짓고 하이쿠 연구와 창작에 몰두했다. 그가 만든 하이쿠 잡지
『호토토기스』는 하이쿠시인을 위한 창작의 장이 됐고 시키와 평생의 벗이었던
소세키의 작품이 처음 발표되기도 했다. 수필집『병상육척』은 고통스런 일상을
위트 있고 아름다운 문체로 써낸 산문으로 이름이 높다.

오카쿠라 덴신

고우야, 외롭니

コーちゃん、淋しいかい

친애하는 고우야.

오랜만이구나. 잘 지내니. 대양을 건너는 백조가 네 안부를 전해
줬단다. 운명이 널 따스하게 대해준 걸 알게 되어 나도 기쁘구나.

네가 사라진 날, 나는 정말 외로웠단다. 밤마다 산책하던 네가
그리워 나의 마음은 너무 아팠어. 어슬렁거리던 네 모습이 없어진
테이블이 얼마나 휑하던지. 지금도 네 사진을 앞에 두고 이 편지
를 쓰고 있단다. 너는 온 세상 고양이를 죽이고 말았어. 넌 내게 단
하나의―유일한 나의 사랑스런 고양이니까.

첫 쥐는 잡았니. 아깝게 놓쳤을까. 분명 즐겁게 다람쥐를 쫓고
있겠지. 도달 불가능한 것을 추구하는 일에는 늘 위대한 즐거움이
따르더구나. 네게도 또 내게도 놀라움은 지극한 행복의 비밀이며,
이성理性과 함께 아름다운 것의 죽음도 다가오리란 것을 알아.

음험한 암고양이들과는 친해지지 않는 편이 좋아. 널 이해하는

척하면서 사실은 그 눈매와 잘 어울리는 손톱을 숨기고 있는 속이 검은 녀석들이니까. 수고양이들과 우정을 맺는 데도 신중을 기하렴. 설령 최상의 짝꿍이라 해도 말이야. 녀석들은 고통을 통해 얻은 것만을 네게 알려줄 거야. 너는 온갖 기쁨의 문을 지나며 배움을 얻어야만 해.

용감해지렴. 용기야말로 생명의 열쇠니까. 결코 자신을 비하하지 마. 너의 자랑스러운 모습을 언제나 당당히 기억하기를.

고우야, 외롭니. 고독은 너와 나보다 훨씬 더 훌륭한 사람들에게 주어진 운명이란다.

건강하렴.

너의 친구로부터

추신. 너에게 일본의 개다래나무를 조금 보내마. 마음에 들었으면 좋겠다.

• 작성 1911년
• 저본 『運命を変えた手紙 あの人が書いた34通』文芸春秋, 2011

오카구라 덴신岡倉天心(1863~1913)

미술사가, 사상가. 근대미술사학 연구의 개척자. 요코하마 출생으로 무역상이던 아버지 밑에서 서양 문물을 보고 자랐다. 6살 때부터 원어민에게 영어를 배워 영어에 능통했으며 중국, 인도 등을 다니며 동양예술의 근원을 찾으려 애썼다. 미국 보스턴미술관에서 동양미술 책임자로 일했으며, 뉴욕에서 영문으로 출간한 『차의 책The book of tea』은 전통적인 차도가 일본인의 정신세계에 미친 선禪의 경지를 서양에 널리 알린 명저다.

가타야마 히로코

여행길 봇짐의 구성

その他もろもろ

아마도 오륙 년 전 일로 기억한다. 나의 와카 동료인 구리하라 게이코 씨가 오노노 고마치*의 무덤가를 찾았다가 와카 열 수 가량을 연작해 어느 잡지에 실은 적이 있다. 무슨 용건인가로 구리하시 근처에 갔다가 오래전 고마치가 여행길에 거기 쓰러져 죽어 있는 것을 마을사람들이 발견하고 묻어줬다는 이야길 들었다고 한다. 고마치는 완전히 몰락해 교토에 더 이상 살지 못하고 고향인 동북부 지방으로 돌아가던 길이었다. 무덤이 진짜일까 가짜일까, 어쩌면 다른 사람의 무덤인지도 모른다고 노래한 와카였다. 시도 아름다웠지만 나는 '고마치의 무덤'에 깊은 흥미를 느꼈다. 고마

• 헤이안시대 여성 와카 시인으로 정열적인 연애감정을 주로 다뤘다. 와카는 5·7·5·7·7 음수율 안에 서정적 시심을 담은 일본 전통 정형시. 당대 와카모음집에 실린 고마치의 대표작을 소개한다. "그대 그리다 / 까무룩 잠든 탓에 / 나타났을까 // 꿈인 줄 알았다면 / 깨지 않았을 것을"

치는 교토의 귀족 출신 귀부인은 아니었다. 동북부 지방에서 자란 어린 소녀는 뛰어난 재색을 지닌 까닭에 궁녀로 발탁돼 교토로 왔고 궁궐로 들어가 재원이 됐다. 각 지역 지방관의 딸 가운데 재색이 뛰어난 여인들을 천거했다고 하니 나름대로 품위 있는 집안의 아가씨였으리라. 한 시대에 이름을 남길 만큼 아름다운 사람이 얼마나 지친 모습으로 여행을 했을지 생각해봤다. 헝클어진 머리칼을 길게 늘어뜨리고 잿빛 기모노에 지팡이를 짚고 방랑하는 고마치의 모습을 어느 그림에서 본 적이 있는데, 그토록 단아한 얼굴을 한 여성이 지팡이를 짚고 들판을 걸을 때, 그녀의 작은 봇짐 속에는 무엇이 들어 있었을까 하는 것도 생각해봤다.

지난 전쟁 동안 우리 모두의 작은 피난 보따리 속에는 종이, 빗, 비누, 수건, 속옷, 다비*, 백미 다섯 홉, 성냥 정도가 들어 있었다. 고마치가 작은 봇짐을 들고 있었다면 빗, 종이, 향료 꾸러미, 속옷 정도밖에는 생각나지 않는다. 교토를 떠나 먼 길을 걷는 동안 돈은 다 써버렸을 것이다. 화려했던 그녀의 과거를 둘러싼 그 모든 아름다운 물건들, 시와 사교와 연애와, 그 밖의 여러 가지 좋은 물건은 여행을 떠나는 날 모두 버렸다. 그때 그녀의 마음도 이미 죽었으리라.

고향으로 길을 떠났다가 죽은 그녀와는 반대로, 우리는 모두 미지의 내일을 향해 여행길에 오르고 있다. 이 여행길의 작은 봇짐

• 엄지발가락만 분리된 일본식 버선.

속에 무엇을 넣을까? 매 끼니 먹을 음식이나 침구, 이불이나 옷가지는 아니다. 우리가 가장 원하는 물건, 사고 싶은 물건, 그런 건 각자 다르니까 필수품 말고 생활에 윤기를 더해줄 작은 물건이나 커다란 무엇, 그 밖의 여러 가지 것들. 피난 보따리 속에 넣었던 물건도 아니고, 오래전 고마치의 작은 봇짐 속에 들어 있던 물건도 아닌, 그 밖의 여러 가지 마음에 드는 물건.

너덧이 모여 차를 마시며, 각자 원하는 무언가를 이야기했다. 토라야의 양갱을 대여섯 개만. 누군가 소박하게 소원을 말했다. 아름답고 따뜻한 외투를. 젊은 사람이 말했다. 향이 좋은 비누를. 이렇게 말하는 사람도 있었다. 담배 열 갑쯤으로 견뎌보겠다는 사람도 있었다. 각자 꿈이 있었고, 다들 조금씩은 이룰 수 있는 꿈이었다.

작은 봇짐도 있을까 말까 한 맨몸으로 거친 들판을 걸었던 오래전 여인과 달리, 우리들의 매일에는 무언가 좋은 향기, 아름다운 멋, 풍부한 맛, 그런 것이 조금씩 주어지는 시대가 됐다. 『생활의 수첩』*에 수록된 이런저런 좋은 물건들 같은. 의식주가 아니라 의식족衣食足이라 했던 옛사람들은 꿈에도 모를 오늘날 우리의 생활을 생각하며, 가난하다 할지라도 조금씩 지혜를 짜내어 꿈과 현실을 뒤섞은 그 밖의 여러 가지 좋은 것들을 찾아가며 살고 싶다.

• 1948년 창간한 이래 오늘날까지 이어오는 종합생활잡지. 디자이너 하나모리 야스지가 긴자의 작은 사무실에서 처음 발간했으며 아름답고 신선한 형식과 생활인에게 밀접한 접근으로 큰 사랑을 받았다.

· 수록『도카세쓰燈火節』暮しの手帖社, 1953
· 저본『燈火節』月曜社, 2007

가타야마 히로코片山広子(1878~1957)

시인, 수필가, 아일랜드문학 번역가. 외교관의 장녀로 도쿄 아자부에서 태어났다. 아일랜드문학에 매력을 느껴 예이츠, 존 싱, 그레고리 부인 등의 작품을 번역했다. 자기 삶의 소소한 단상을 절제되고 우아한 문체로 엮은 만년의 수필집『등화절』은 근대여성의 아름다운 산문으로 이름이 높다. 아쿠타가와 류노스케와 깊은 문학적 교류를 통해 서로 사랑의 감정을 느끼기도 했는데, 아쿠타가와가 『어느 바보의 일생』「나보다 나은 사람」편에서 "재능 면에서 나와 겨룰 수 있는 여자를 우연히 만났다"며 "어찌 내 이름을 아낄까, 아껴야 할 것은 그대 이름인 것을"이라 노래한 대상으로 알려졌다.

가타야마 히로코

계절이 바뀔 때마다

季節の變るごとに

계절이 바뀔 때마다 무사시노들판에는 가장 먼저 봄가을 바람이 불고 시리와 눈노, 여름 초목이 우거지는 것도 빠르다. 이 들판 근처에서 몇 년인가 살면서 매일의 생활에는 제철 음식이 가장 맛있고 가장 경제적이라는 것도 알았다.

겨울에서 봄에 걸쳐 가장 손쉽게 얻을 수 있는 채소는 일본인이 가장 좋아하는 무와 배추, 순무, 시금치가 있고, 과일은 사과와 귤을 6개월쯤 쭉 먹는다. 12월과 1월 사이에 곶감이 나온다. 신년에 먹는 회무침에 곶감을 섞은 음식은 세계 어디에도 없다. 겨울의 파는 도심 서북부 밭에 빈약한 것들밖에 나지 않는다. 오모리나 이케우에 근처에서 나는 길고 흰 뿌리에 풍부한 맛을 지닌 파를 손에 넣기 어려워 방한용 요리에 파를 넣는 유쾌함도 잊었다. 이건 내 경우이고. 봄이 되면 우선 기대되는 건 딸기. 봄이 깊어지면 누에콩과 완두콩. 집집이 뜰이나 담장에 흰색, 자주색 완두콩 꽃이 눈을 기쁘게 하고 여름 무렵까지 듬뿍 먹을 수 있다.

죽순은 일본 특유의 맛에 모양도 훌륭하지만 계절의 향기를 느끼는 것일 뿐, 매일 마구 먹고 싶은 음식은 아니다. 다케토리 설화•나 『겐지모노가타리』에도 나오는 것으로 보아 오래된 식재료 같다. 머위는 죽순보다는 전원풍이라, 뜰 구석에 난 머위를 뜯고 있으면 젊은 순례자의 노래가 들려올 듯한 착각마저 든다. 머윗대는 휘파람새 소리보다 먼저 봄을 알린다.

초여름 공기에 여름 귤 향기, 과일가게는 노랗게 물든다. 연중 신 과일이 이 계절에 가장 필요한 탓인지 몰라도 조금 많이 시다. 그다음은 귀여운 햇감자. 작은 것들은 생물이나 채소나 모두 유쾌하다. 비파, 복숭아, 여름 과일은 사과나 귤만큼 잔뜩 먹진 못한다. 요시미 복숭아밭도 지금은 예전처럼 맛있는 물복숭아가 안 나지 싶다. 5월, 6월, 7월, 우리에겐 토마토가 있다. 아무리 많이 먹어도 질리지 않는다. 그리고 오이. 이 근방은 덩굴성 오이나 땅을 기며 자란 오이 모두 다 훌륭해서 가을까지 간다. 가지는 겨울의 무처럼 도쿄나 시골이나 일본식 갖가지 요리에서 가장 깊은 맛을 내며 가장 가정적인 맛이기도 하다. 이윽고 배와 포도가 나오고 푸른 사과가 눈에 띄면 가을이 온다. 양배추, 고구마, 단호박, 밤과 감. 거기에 송이버섯 향기가 과거 일본의 여유와 아름다움을 떠오르

• 노부부가 대나무 속에서 발견한 작고 아름다운 여자아이 가구야 공주를 기르면서 벌어지는 신비한 이야기. 이를 소재로 한 『다케토리모노가타리』는 현존하는 최초의 가나산문이다.

게 한다.

청과물 팔듯 채소와 과일 이름을 늘어놓았는데 그나저나 우엉과 당근은 어느 계절에 넣어야 할까? 반찬에 서양음식에 꽃놀이 도시락에 설날 조림에 거의 일 년 내내 계속 먹는다. 우엉의 검은색, 당근의 빨간색, 색조도 활기차고 맛도 복잡하다. 깜박 잊은 건 8월의 수박. 글라디올러스 꽃을 닮은 불그레한 과육에 녹아내릴 듯한 미각. 입 안에서 녹는 건 아이스크림과 숏 케이크도 있지만 수박의 달콤하고 상쾌한 맛이 물처럼 흘러내리면 아득한 기분이 든다. 전쟁을 겪고 살아남으니, 이렇게 먹을 것을 사랑하게 됐다. 꽤 오래 친하게 지내온 B부인은 서양요리와 일본요리를 용기에 나눠 담아 우리에게 대접했다.

사계절 내내 B부인의 집에는 너덧 명의 제자들이 초대를 받아 항상 비프스테이크파이를 먹었다. 부인은 미국에서 일본으로 혼자 건너와 가정주부들에게 영어를 가르치고 대사관 사무일을 도왔다. 그 당시 내겐 그런 집에 드나들 여유가 있었다. 전쟁이 발발하기 십 년도 더 전 오래된 이야기다.

B부인은 비프스테이크파이를 좋아했는데 일본인 요리사도 부인의 미감을 손에 익혀 그걸 맛있게 만들 줄 알았다. 부인들을 런치에 초대할 때는 언제나 비프스테이크파이가 주식이었고 거기에 여러 음식을 곁들였다. 처음 방문한 때는 가을, 날이 좋은 오후. 수프는 대합을 뽀얗게 우린 국물이었고, 큰 접시에는 비프스테이크파이. 고소한 향료와 송이버섯으로 삶은 비프를 파이 반죽에 여

러 겹 끼워 구워낸다. 부인은 그걸 여러 개로 잘라 작은 접시를 돌려가며 다 같이 자유롭게 나눠 먹었다. 작게 자른 생선을 데리야키처럼 구워낸 것(맛은 서양식), 한 입 크기 가지조림, 토란줄기 흰참깨 초절임(샐러드 대용), 쿠키와 커피. 파이를 몇 개나 더 먹어서 다들 배가 불렀던 기억이 있다.

그다음 초대를 받은 건 봄이었는데, 수프는 일본식 차완무시*에 흰살 생선이 가득 들어 있었다. 비프스테이크파이에는 갓 수확한 표고버섯이 섞여 있었다. 생선은 없이, 자고를 갈아 달걀과 섞어 노랗게 튀겨내고 죽순과 연근을 달콤하게 졸였다. 약간의 샐러드. 연홍빛 아이스크림, 갓 찐 만주와 커피. 색 배합이 훌륭했고 런치를 뛰어넘는 요리였다. 다음은 7월 무렵, 파이는 나오지 않고 냉육이었던 걸로 기억한다. 풋콩 검은깨 무침. 잔새우, 아스파라거스, 특별 음식은 바나나, 파인애플, 복숭아와 오렌지에 건포도와 호두가 섞인 호화로운 과일 샐러드, 후식은 나가사키 카스텔라와 녹차였다.

부인이 귀국할 때 송별회를 위해 작은 음식점에 친구와 함께 그녀를 초대했다. 자그마한 방에 사이좋게 앉아 음식을 먹었다. 부인은 도미회, 은어구이, 밤과자를 먹으며 기뻐했다. 해삼과 순무 된장국을 칭찬했다. 해삼이 어떤 생물이냐고 물어서 나보다 영어

• 생선과 다시마 등을 우린 국물에 계란을 풀고 닭고기, 표고버섯, 은행 등을 더해 오목한 그릇에 넣고 찐 음식.

를 잘하는 친구가, 해삼은 바다에 있을 땐 검고 몰랑한 생물인데 그걸 말린 거라고 주절주절 설명했는데, 그 검고 몰랑한 생물을 B 부인은 도저히 상상할 수 없을 거라고 생각했다. "메밀국수는 좋아하세요?" 내가 묻자 그녀는 "음!" 하며 생각에 잠긴 눈빛으로 말했다. "맛은 좋아요. 하지만 길이가 우릴 난처하게 해."

얼마 전에 짧은 면을 배급 받아 먹다가 메밀국수 길이가 우릴 난처하게 한다던 B부인이 떠올랐다. 짧은 면발은 우릴 외롭게 한다. 그렇게 나는 움직이는 나날을 생각하고 있었다.

• 수록 『도카세쓰燈火節』暮しの手帖社, 1953
• 저본 『燈火節』月曜社, 2007

다섯 송이 장미

ばらの花五つ

오래전 나는 꽤 한가한 인간이었다. 왜 그리 한가했을까 생각해보니 꼭 해야 하는 이런 저런 일들을 하지 않았기 때문인 것 같다.

그렇게 게으른 인간이 어쩌다 바쁜 일이 생기면 금세 지쳐버렸고, 지칠 때는 산책을 했다.

하루는 우리 집에서 그리 멀지 않은 마고메언덕을 오르락내리락하며 걷고 있었다. 마고메 구십구 언덕이라고 오르막과 내리막이 몇 개나 이어져 어딜 가도 각기 다른 빛과 색을 띠어서 산책하기 즐거운 길이었다. 그날 내가 걷던 곳은 지금은 학교가 들어선 언덕길에서 동남쪽으로 향하는 경사면이었다. 그 부근은 거의 대부분 밭이었고 어쩌다 가끔씩 별장 같은 작은 집이 보였다. 나의 발길이 잠시 멎은 곳에는 널따란 경사면 뜰에 장미정원을 꾸미기 시작했는지 커다란 장미나무가 여러 그루 있고 작은 나무도 그 주변에 가득 자라 있었다. 마침 6월 초라 커다란 나무에는 장미꽃이 듬뿍, 지나칠 정도로 많이 피어 있었다.

  새로운 장미정원의 주인처럼 보이는 사람이 그 근처에서 청소를 하고 있었다. 마흔 정도 돼 보이는 키가 크고 시원스런 풍채의 신사였다. 옷차림은 장미정원 주인다워 보였지만 남의 옷을 빌려 입은 듯한 느낌이었다. 담장도 없는 길가에 서 있던 나는 주인과 눈이 마주쳐 가볍게 목례를 하며, 꽃이 정말 아름답네요, 하고 초심자에게나 어울릴 법한 말을 건넸다. 주인은 약간 수줍은 듯이, 아뇨, 막 시작한 참이라 그렇게 좋은 꽃은 아닙니다, 하고 겸손하게 말했다. 나는 그냥 지나가려다 한 마디 덧붙였다. 꽃을 조금 나눠주실 수 있을까요? 그럼요, 몇 송이나 드릴까요? 다섯 송이쯤. 주인은 허리춤에서 가위를 꺼내 꽃을 자르려다가 조금 주저하듯이 말했다. 이건, 값을 받아도 될까요? 네, 그럼요, 드릴게요, 하고 나도 얼굴을 붉혔다. 이 커다란 장미꽃 다섯 송이를 그냥 뻔뻔하게 받아갈 맘은 없었지만, 새로운 장미정원 주인은 느긋한 얼굴을 하고 있으면서도 장미 값을 받는 일이 무척이나 어려워 보였다. 그럼 한 송이에 8전씩 받겠습니다, 라고 하더니 꽃을 자르기 시작했다. 내가 50전짜리 은화를 내미니 그는 여기 잔돈, 하며 주머니에 손을 넣었다. 아뇨, 잔돈은 괜찮습니다. 내가 말하자 그는 그럼 꽃을 더, 라고 하며 막 피기 시작한 봉오리 두 송이를 잘라 주었다. 세상에, 이 귀여운 복숭아색 꽃봉오리 두 개가 10전만큼의 잔돈이었다. 나는 꽃봉오리를 받는 게 기쁜 듯도 하고 슬픈 듯도 하여 발걸음을 옮겼다.

나중에 들은 소문으로는 이 장미 주인이 도카이도 부근 어느 현의 공무원으로 지사 다음 정도 위치에 있던 사람이었는데, 어느 날 세상을 떠들썩하게 한 의옥사건 때 부하로 인해 화를 입어 퇴임하고 이곳 언덕에 은거했다고 한다. 가을 장미가 필 무렵 나는 다시 그 근방 밭길을 걸어봤는데, 그날은 정원사로 보이는 젊은 남자가 일을 하고 있고 주인은 보이지 않았다. 2년쯤 지나 그 남자는 다시 떳떳한 몸이 되어 기존 세계로 화려하게 복귀했고 마고메 밭은 다른 이의 집이 됐다. 그로부터 20년 이상이 흘렀는데 그 사람은 아마도 전쟁 때 죽은 것 같다.

전쟁이 끝나고 전쟁에 대한 두려움은 사라졌지만, 좁은 그릇 속에서 휘저어신 우리는 모두기 나락으로 떨어졌다. 반대로 상황이 좋아진 사람도 있긴 있지만 대부분의 사람들은 생활을 위해 열심히 몸을 움직여 일하지 않으면 살아남을 수 없게 됐다. 그중 하나인 나도 일을 하고 싶다, 직업을 갖고 싶다고 바라고 있는데 바라고 바라면 생각지도 못한 길이 열리는 것 같다. 나는 내내 잊고 있던 언덕 위의 장미 주인을 다시금 떠올렸다. 장미꽃을 잘라, 봉오리 하나를 자르고 두 개를 잘라, 작은 이익과 작은 손실을 쌓고 쌓아 나의 새로운 일을 키워나가야 한다고, 요즘 절실히 느끼고 있다. 꽃이나 차 선생이나, 재봉일이나, 달걀을 파는 일도 즐거우리라. 세탁부가 되는 것도 시원시원한 기분이 들어 괜찮을 것이다. 뭐든 일을 하며 남에게 의지하지 않는 생활을 하고 싶다. 그리고 무엇보다 먼저 우리의 탄식을 버리자. 하지만 생각해보면, 이 짧은 글이 전부 하나의 탄식인지도 모른다. 혹시 그랬다면, 죄송합니다.

• 수록 『도카세쓰燈火節』暮しの手帖社, 1953
• 저본 『燈火節』月曜社, 2007

꽃보다 경단

花より団子

센조쿠 연못가에 자리 잡은 우리 집 너머는 도쿄 근교의 벚꽃 명소다. 공습을 피해 가루이자와로 피난을 간 1944년 이래 십 년 넘게 한 달에 한 번은 반드시 도쿄의 집에 들렀지만, 벚꽃이 만개하는 시기가 짧아 볼 기회가 없었다. 최근에 이곳으로 거처를 옮기면서 만개한 벚꽃을 오랜만에 아침저녁으로 충분히 볼 수 있게 됐다. 날씨가 급격히 따뜻해지면서 순식간에 활짝 피었다. 다니자키 준이치로의 『세설』에 나오는 한 여성은 무슨 꽃을 제일 좋아하느냐는 질문에 "그야 벚꽃이지" 하고 답한다. 먹는 생선 중에는 뭘 제일 좋아하느냐는 질문에 도미라고 대답했다. 이것이 일본인의 평균적인 기호이리라.

세토내해 연안 태생인 나는 어릴 때부터 세상에서 가장 맛있는 생선은 도미구이라고 생각했다. 갓 잡은 도미를 해변의 소금가마에서 쪄낸 것이야말로 인류 최상의 미식이라고 여겼고, 꽃 중의 꽃은 벚꽃이라고 어린 마음에도 굳게 믿었다. 삼분의 일쯤 피나 싶더니 반쯤 피었다가 금세 만개하면서 바삐 흐드러지게 피는 한 무리의 벚꽃을 내 방에서 정면으로 내다보며, 벚꽃은 꽃 중의 왕이며, 도미는 생선 중의 왕이라고, 일찍이 깨우친 어린 날을 떠올린다. 이제껏 내가 본 벚꽃 명소들을 하나하나 추억하며 여가의 즐거움을 누리자니, 그래도 오래전부터 여러 시인들이 보증해온 교토의 요시노산이야말로 일본에서 가장 훌륭한 벚꽃 명소가 아닐까 싶다. 요시노산은 세 번쯤 갔는데 그중 처음이 제일 좋았다. 그즈음에는 꽃 피는 계절에도 그다지 혼잡하지 않았다. 취객들 추태가 요즘만큼 맹렬하진 않았다. 세상이 쇠락한 후로 두세 번 보러 갔을 때는 차라리 꽃이 진 뒤가 더 낫겠다는 생각마저 들었다. 벚꽃은 하이쿠나 시에서도, 소설이나 그림, 음악에서도, 고대부터 지금까지 최상의 찬사를 받아왔다. 새로운 찬사의 어휘 따위는 남아 있지도 않으리라. 도미는 생선의 왕, 벚꽃은 꽃의 왕, 사자는 짐승의 왕, 인간은 만물의 영장.

'신은 천지를 주재하며 인간은 만물의 영장이다.' 유년시절 내가 배운 최초의 교과서에 쓰여 있던 말이다. 이런 어려운 문장을 설명도 없이 봉독奉讀하며 암기했는데, 미국 초등학교 교과서를 직역한 것이라고 한다. 이와 동시에 도덕 교과서에는 '술과 담배는 건강에 해롭다' 같은 훈계가 적혀 있었는데, 예닐곱 살의 우리에게는 최초의 인생교훈이나 마찬가지였다. 이런 걸 학교에서 배우고, 또 나 같은 사람은 봉건시대부터 이어오는 서당에 끌려가

『효경』『논어』『맹자』 등을 뜻도 모르고 음독해야 했는데, 돌이켜보면 그때 독서가 조금은 정신의 소양이 되어 훗날 어딘가에 쓸모가 있었던 듯하다.

그 무렵 작문 수업을 시작했는데 '천황 탄생을 축하하며'라든가 '춘계 천황신령축일에 산을 오르며' 같은 주제로 글을 써보라고 했다. 그런데 난 쓰고 싶은 게 아무것도 없었다. 어찌어찌 머릴 굴려 마을 구석구석 국기가 걸렸다든가, 하늘은 청명하고 바다는 고요하다든가 하는 걸 쓰면 뭔가 대단한 일을 해낸 듯한 기분이 들었다. 국기를 내건 집이 극히 일부였는데도 그렇게 썼다. 그 당시 작문은 그걸로 족했다. 호리병 하나를 들고 산에 올랐다고 쓰기만 하면 됐다.

한 번은 꽃놀이 일기가 과제였다. 신에도 들에도 벚꽃은 피니 그걸 보고 뭔가 쓰자 싶었는데, 열중해서 쓰다보니 나도 모르게 벚꽃은 어째서 저렇게 아름다울까 하고 신기한 생각이 들었다. 우리 집 바깥뜰에 겹벚나무 한 그루가 있었는데 다른 벚나무에 비해 늘 꽃이 늦게 피었다. 할머니가 도시락을 싸서 손자들과 꽃놀이를 할 때도 있었다. 나는 그걸 소재로 꽃놀이 일기를 쓸 생각이었다. 아직 꽃이 피지 않은 바깥뜰 겹벚나무를 올려다보며 글을 쓰려는데 막상 쓰려고 하니 머릿속이 엉망이 되어 아무것도 쓸 수가 없었다. 아름드리 벚나무 아래서 할머니와 나의 형제들이 둘러앉아 계란말이와 어묵과 조림반찬이 있는 도시락을 먹은 건 작년이다. 올해는 아직 안 먹어서 먹은 척하며 쓰려고 했지만, 먹지도 않았는데 먹은 척하며 쓰는 일이 시시하게 느껴졌다. '벚꽃은 어째서 저렇게 아름다울까' 하고 올해 처음 신기하게 생각한 일을 쓰려고 했지만, 그런 걸 쓰면 안 될 것만 같은 기분이 들었다. 그래서 하는 수 없이 아무것도 쓰지 않고 선생님 앞에 백지를 냈다.

"왜 안 썼어. 아무것도 안 쓰면 빵점이다."

"어쩔 수 없었어요."

"아무거나 써봐라. 요즘 벚꽃이 한창인데. 꽃 중의 꽃은 벚꽃, 인간 중의 인간은 사무라이, 이런 말은 너도 들어봤을 거 아니냐."

"모릅니다."

"꽃이 활짝 핀 벚나무에 망아지를 묶었네, 망아지가 날뛰면 벚꽃이 지네. 이런 노래 들어본 적 없어?"

"없습니다."

"그렇다면 꽃보다 경단은 어때. 너도 경단은 좋아하겠지. 꽃놀이를 갔다가 경단을 먹었다고 쓰면 되지 않겠냐."

선생님 말씀을 듣고 나니 그대로 써볼까 하는 생각이 들었다. 벚꽃을 즐기는 것보다야 경단이라도 먹는 게 낫다는 심정으로 글을 쓰는데 벚꽃이 경단처럼 보이기 시작했다. 경단꽂이에 경단이 꽂혀 죽 늘어서 있는 게 만개한 벚꽃 모양과 비슷하지 않나. 이런 생각을 하다보니 재미가 생겼다. 꽃놀이 일기가 경단 일기가 됐다. '경단이 활짝 피었습니다'라고 썼다. 선생님은 거기에 후한 점수를 줬다. 익살스런 선생님이었다.

하지만 내게도 경단은 경단, 벚꽃은 벚꽃. 경단은 입에 달고, 벚꽃은 눈에 아름다운 것. 어느 날 옆집에서 받은 경단을 배불리 먹은 나는 바깥뜰에 띄엄띄엄 피기 시작한 꽃을 혼자 보고 있었는데, 경단으로 부풀어 오른 위를 소화시킬 요량이었을까. 그 벚나무로 스르륵 올라가 막 피어난 꽃을 한 움큼 뜯어 입속에 넣었다. 맛이 있고 없고를 떠나 아름다운 것을 입에 넣고 목을 통과시켜 배 속에 넣은 듯한 기분이 들었다. 그리고 두 번이고 세 번이고 우적우적 먹었다. 더 이상은 먹을 수 없을 것 같았다. 나중에 나무에서 뛰어내려 꽃들을 올려다보려니 '이렇게 아름다운 꽃 맛을 아무도 모를 거야' 하는 생각이 들면서 재미가 생겼다. 아무리 아름답다 해도 이것은 인간이 먹는 음식이 아니라고 여겨져 아무에게도 말하지 않았다.

이튿날 점심을 먹고 나서 바깥뜰에 나갔다가 어제보다 훨씬 색이 짙어진 꽃잎에 마음을 빼앗겨, 다시 나무에 올라 두 번 세 번 꽃을 뜯어 입안에 넣고 삼켰다. 맛이 어떻든 아름다운 것을 배 속에 넣었다는 기분에 유쾌해졌다. 식구들이 눈치채기 전에 얼마나 더 먹을 수 있을까 하는 게 아무도 모르는 나만의 이상한 즐거움이 됐다.

• 수록 『주오코론中央公論』 1957년 5월
• 저본 『正宗白鳥全集 第11卷』 新潮社, 1968

마사무네 하쿠초正宗白鳥(1879~1962)

소설가, 평론가, 수필가. 일본 근대문학사에서 메이지시대와 다이쇼시대, 쇼와시
대에 이르기까지 누구보다 긴 시간에 걸쳐 문학가로 활동했다. 요미우리신문에
문학, 미술, 음악, 연극, 종교 등 다양한 분야의 평론을 썼으며 「어디로」, 「포구 근
처」, 「올해 가을」 등 자연주의 경향의 소설을 썼다. 특유의 절제되고 초탈한 문체
로 니힐리즘에 가까운 수필을 많이 남겼으며 아쿠타가와 류노스케에서 안도 슈
사쿠에 이르기까지 문인들이 사랑한 작가들의 작가였다.

한 가지 비밀
一つの秘密

최근『뒤마 이야기』*의 번역본을 읽는데 문득 마음을 자극하는 문구가 눈에 들어왔다.

"인간은 누구나 과거에 자기가 한 짓을 털어놓느니 죽음을 택하겠다고 여길 만한 일을 적어도 한 가지는 갖고 있다고 플루타르코스*는 썼다."

세상 모든 인간에겐 무덤까지 갖고 가는 비밀이 있다고『뒤마 이야기』저자는 이 책의 프롤로그에 언급했다. 그리스 로마의 위대한 영웅들의 행동을 탐구한 플루타르코스 같은 인물이 말한 인생비평이라면 우리도 귀 기울여봄 직한 이야기라고 생각했다. 볼테르가 "어떠한 자기 고백 속에도 영구히 털어놓지 못하는 범죄

• 미국의 소설가 가이 엔도어가 프랑스 소설가 알렉상드르 뒤마를 소설화한 작품.
• 고대 로마의 철학자로 그리스와 로마의 위대한 인물 50명을 선별해 방대한 양의 일대기를 기록한『영웅전』을 남겼다.

가 있다"고 한 것도 플루타르코스의 주장과 일맥상통한다고 『뒤마 이야기』 저자는 말한다. 하지만 나는 그런 뜻으로 플루타르코스의 인간비평을 받아들인 건 아니다. 내가 자극을 받은 건 그 부분이 아니다. 어쩌면 플루타르코스도 각자 몰래 저지른 범죄를 두고 그렇게 말했을 수도 있겠으나, 내가 문득 자극을 받은 건 범죄와 관련이 없다. 자동차 운전자가 뺑소니를 했다거나 폭행 강도 살인 등 갖가지 국법을 어긴 행동을 염두에 둔 건 아니다.

'무덤까지 가져갈 비밀'을 친구에게 털어놓으면 웃음거리만 될지도 모르고 마음이 후련해질지도 모르지만, 그런 비밀을 누구나 하나둘쯤은 갖고 있고 그걸 품은 채 무덤까지 갈 것도 같다고 나는 공상한다.

"나한테는 그런 비밀 없네."

많은 사람들은 이렇게 말할 것이다.

"되도록 비밀로 해두고 싶은 일이야 몇 가지 있지만, 그걸 고백할 바에는 차라리 죽음을 택하겠다고 할 정도로, 그런 거창한 비밀은 없어."

많은 사람들은 이렇게도 말할 것이다.

과연 그럴까. 자기 일생을 되돌아봤을 때 과연 그럴까. 나는 그런 비밀다운 비밀, 절대 털어놓고 싶지 않은 비밀을 한두 가지는 가지고 있다. 일본의 근대소설에서는 자연주의 부흥과 함께 사소설이라는 것이 유행하여, 작가 자신의 실제 생활과 실제 심경을 철저하게 표현하고자 한 작가들이 속출했는데, 과연 그 모든 작가가 무덤까지 가져가고 싶을 만큼의 비밀을 작품 속에 낱낱이 털어놨을까. 다야마 가타이의 『이불』* 같은 작품은 보통 사람이라면 되도록 비밀로 하고 싶은 일을 정면으로 고백했는데, 플루타르코스가 말한 의미의 비밀은 이런 것이 아니리라. 시마자키 도손의 『신생』* 같은 작품도 무덤까지 갖고 갈 비밀을 폭로했다고 하겠지만, 도손은 도손답게 그 비밀을 문학으로 변모시킴으로써 자기 구제를 달성했다.

그러나 내가 가지고 있는 비밀, 아무에게도 털어놓지 않고 무덤까지 가져갈 비밀은 이런 게 아니다. 다양한 사소설 작가들이 넉살 좋게 털어놓는 그런 종류의 비밀이 아니다. 내가 타인에게 어떤 해를 입힌 것이 아니라 그저 나의 심신과 관련된 일인데, 이걸 털어놓을 바에는 차라리 죽음을 택하겠다는 기분이 드는 것이다. 나의 심리가 이상한 것일까. 그 비밀을 상기할 때면 자기혐오와 자기모멸로 몸이 떨린다. 죽고나서 심판의 자리에 끌려 나갈 때도 이것만큼은 빼주길 바랐다.

세상의 수많은 사람들이 이런 비밀로 고뇌하고 있는 건 아닐까. 이런 비밀로 고뇌하지 않는 사람들은 행복할까. 이런 비밀로 고뇌하지 않는 사람들의 마음은 흡사 청명한 가을하늘처럼 맑고 깨끗할까.

• 저자의 실제 연애 감정을 낱낱이 드러낸 소설로, 성적 번민을 묘사한 수법이 당대 큰 파장을 불러왔다. 일본 사소설의 출발점으로 평가 받는다.
• 아내와 사별한 후 집안일을 도와주러 들어온 친조카 시마자키 고마코와 연인 사이로 발전한 저자의 실제 이야기를 모델로 한 작품.

소설가는 인간의 마음속 비밀을 파헤치려 한다. 과학자는 우주의 비밀을 파헤치려 한다. 그러나 인간의 지혜를 아무리 동원한다 한들 미처 다 파헤칠 수 없는 비밀이 영원히 존재하는 것은 아닐까. 내가 가진 한 가지 비밀 역시 나와 가까운 사람 그 누구도 간파하지 못한다. 나로서는 이것을 털어놓을 바에야 차라리 죽음을 택하리라. 인간이 노년에 접어들면 기억이 희미해지고 과거 희비애환의 경험도 환영처럼 사라지는데, 나의 비밀만은 오래전부터 독기를 품고 내 앞에 나타난다.

이 특별한 비밀. 플루타르코스의 말처럼 무덤까지 가져갈 나의 비밀은 그렇다 치고, 세상 어디에나 있는 흔한 비밀은 누구나 일상에서 몇 개쯤 갖고 있고 누구에게도 알리지 않은 채 세월을 보낸다. 가족과 친구에게도 알리지 않음으로써 평화가 유지된다. 수십 년씩 친하게 지낸 친구도 나의 진상을 모른다는 걸 체험하고 있다. 우리는 지인에게 오해 받고 있다고 탄식하는 일이 종종 있지만, 오히려 오해 받고 있기에 가까이 지낼 수 있으며 진실을 안다면 서로 서먹해질 수도 있다. 그런 의미에서 인간은 모두 고독하다고 할 수 있겠다. 고독을 싫어하고 두려워하면서도 고독에 잠기기가 얼마나 어려운지 나는 지금 이 순간 생각한다. 가끔 도시의 번화한 거리를 산책하다가 군중 속에서 고독감에 휩싸여 고독 지옥을 그려볼 때가 있다. 문득 인류애라는 상투적인 말을 끊임없이 부정하는 나를 발견한다. 이런 마음은 저절로 내 안에서 끓어

오르기 때문에 옳고 그름은 논외로 물러난다.

　나는 때때로 열차여행을 하는데 거의 혼자 떠난다. 아직 혼자만의 여행을 즐기는 듯하다. 다양한 빛깔의 가을 풍경을 보고 있으면 지옥도라고 하긴 어렵고 오히려 누가 봐도 상투적인 천상도라 할 법하다. 나는 다양한 사람들의 여행기를 읽는데 그 여행가가 국내외 자연경관을 보며 "이 세상 것이 아닌 것 같다"는 상투적인 말로 격찬하는 걸 종종 마주한다. 이들 여행가는 자기도 모르게 이 세상 것이 아닌 풍경을 동경하는 걸까. "자네도 이 세상 것이 아닌 풍경을 동경하나. 이 세상 밖, 한참 더 훌륭한 풍광 속으로 들어가고 싶다면 그곳으로 데려다줄까." 천사인지 악마인지 환청이 들렸다.

　그 목소리에 마음을 빼앗겨 무덤까지 가져갈 비밀을 사정없이 뿌리치고 목소리가 나는 쪽으로 달려가려 했지만 갑자기 기가 꺾여 발을 멈췄다. 이 세상에서 배운 모든 지식이란 지식이 나의 발목을 잡으며 "가봐야 아무 소용없을걸" 하고 내게 현명해지라고 말하는 듯했다. 산과 강과 호수를 보며 "이 세상 것이 아닌 것 같다"고 즐거워하는 정도로 만족해야 할 것 같다.

• 수록 『주오코론中央公論』 1960년 11월
• 저본 『白鳥文集 一つの秘密』 新潮社, 1962

다카무라 고타로

촉각의 세계

触覚の世界

나는 조각가다.

아마도 그런 까닭에 나에게 세상은 촉각이다. 촉각은 가장 유치한 감각이라고들 하지만, 같은 이유로 가장 근원적이라고도 할 수 있다. 조각은 가장 근원적인 예술이다.

나의 약지 안쪽은 매끈매끈한 거울 표면에서도 요철을 느낀다. 이건 최근 우연히 알게 된 사실인데, 유리에도 가로세로가 있다. 눈을 감고 평범한 유리의 표면을 어루만져보면, 흡사 나뭇결이 살아 있는 오동나무 나막신 같은 무늬가 느껴진다. 잘 닦인 거울 표면 같은 경우는 나막신까진 아니지만, 겨우 15센티도 안 되는 너비에 두 개가량의 물결무늬가 있다는 걸 손끝은 알고 있다. 약지에는 경사를 느끼는 감각이 있는 것 같다. 거울 표면의 파동을 느낄 땐 흡사 배가 파도에 부드럽게 흔들리는 느낌이다. 약간 기분 좋은 현기증이 날 정도다.

인간에게는 오감이 있다지만, 내게는 오감의 경계가 확실하지 않다. 하늘은 푸르다고 한다. 하지만 나는 말할 수 있다. 하늘은 촘촘한 결을 가졌다. 가을 구름은 희다고 한다. 하얀 건 맞지만 동시에 은행나무 목재를 사선으로 자른 듯한 광택이 있어 편백나무 결이 있는 봄날 뭉게구름과는 완전히 다르다. 생각해보면 색채가 촉각인 것은 당연하다. 광파의 진동이 망막을 자극하는 것은 순수하게 운동의 원리에 따른 것이리라. 화폭에서 느껴지는 톤도 그러고 보면 촉각이다. 말로 표현할 순 없지만 톤이 있는 화폭에는 헤아릴 수 없는 촉각의 그윽함과 오묘함이 있다. 톤이 없는 그림에는 손끝에 걸리는 털실 같은 게 지저분하게 비죽 튀어나와 있거나, 발꿈치로 유리 파편을 밟는 통증 같은 게 느껴진다. 색채가 촉각이 아니라면, 화폭은 영원히 납작하게 눌려 있을 것이다.

음악이 촉각의 예술임은 새삼스레 말할 것도 없으리라. 나는 음악을 들을 때, 전신으로 듣는다. 음악은 전존재를 두드린다. 그래서 음악에는 소리의 방향이 필요하다. 축음기나 라디오에서 흘러나오는 음악이 제대로 역할을 해내지 못하는 건 소리가 가진 방향의 부재 때문이다. 아무리 정교한 기계라도 복제된 음은 밋밋하다. 음악당에서 듣는 실물 음악은 설령 변변치 않은 소리라 해도 살아 있다. 소리가 종횡으로 날아 전신을 감싸며 두드린다. 음악이 나를 푹 빠져들게 만드는 힘을, 난 그저 추상적으로만 받아들이진 않는다. 어마어마한 운동의 힘이 뿌리에 있다. 나는 오래전, 이탈리아의 한 성당에서 부활절 전후에 들었던 거대한 오르간 소리를 잊을 수 없다. 나는 그 소리를 발바닥으로 들었다고 생각했다. 그 소리는 내 몸 아래서 나를 꿰뚫고 들어와 복부 어딘가에 공명음을 만들어내며 나의 마음에 닿은 것으로 기억한다.

음악의 힘이 생리적 요소에서 온다는 것은 다 아는 사실이다. 한 젊은 독일남자는 바그너의 어떤 음악을 듣다가 자기도 모르게 사정을 했다고 한다. 내게 그런 경험은 없지만 그에 가까운 황홀경을 느끼는 건 사실이다. 음악에 취하는 것은 속되게 말해서, 술에 취한다기보다는 차라리 수음에 취하는 것에 가깝다. 때로는 성에 취하는 것이다. 절정에 닿아 영혼을 울리기에 그와 같은 직접성이 존재하는 것이리라. 나는 한때, 하룻밤이라도 음악을 듣지 않으면 초조해서 견딜 수 없던 시기가 있었다. 돌이켜보면 내가 성욕억제제 루블린을 먹으며 하루하루 겨우 버티던 시절의 일이다. 그런 시기에 느끼는 음악을 향한 갈망은, 순수한 음악으로 귀의하는 입장에서 본다면 신성모독이다. 하지만 그 효과는 차치하고라도, 작곡가가 교향악 연주자의 수를 몇 명 이상으로 희망하는 이유가 거기 있다는 건 근거 없는 이야기다.

나는 예전에 제국극장에서 슈만하잉크* 할머니의 노래를 들었다. 노래를 잘하고 못하고를 떠나 그녀의 목소리 결이 가진 섬세함, 치밀함, 향기 그리고 흡사 칼을 벼를 때 쇠를 구부렸다가 때리

• 에르네슈티네 슈만하잉크(1861~1936). 아름다운 음색과 풍부한 성량, 폭넓은 음역으로 세계에서 인정 받은 알토 성악가. 프라하 출신으로 훗날 미국으로 귀화해 영화에도 출연했다.

고 다시 구부렸다가 제련하듯 뭐라 말할 수 없이 듬직하고 강력한 끈기와 심오함에 감탄했다. 그 목소리를 들은 뒤로는 다른 노래가 내 몸을 너무 쉽게 빠져나가 연기 흩어지듯 공허하게 울렸다. 나의 촉각은 언제나 음악을 듣는 가장 첫 번째 관문이 된다.

냄새는 미분자라고 한다. 썩은 내가 나는 건 썩은 것의 미분자가 날아오른 탓이다. 그런 까닭에 나는 냄새도 피부로 맡는다. 만물은 냄새를 가진다. 만물은 항상 미분자를 퍼뜨리고 있는 것이다. 스스로 형태를 소멸시키고 있는 중이다. 소멸의 단계가 급속한 것을 향수라 부른다. 미분자가 한꺼번에 너무 많이 날아들면 압박을 받는다. 모든 향료는 말하자면 밀도가 희박하다. 향수의 원료는 악취다. 오리지널에서는 사체 썩는 냄새가 나며, 사향은 구토를 유발하고, 침향沈香의 연기는 매캐한 그을음에 불과하다. 백합의 꽃가루는 통증을 일으킨다. 후각이란 생리적으로도 코 점막의 촉각이다. 그러므로 연상 작용에 따른 형용사로서가 아니라 두툼한 냄새, 까칠까칠한 냄새, 미끌미끌한 냄새, 끈적끈적한 냄새, 수다스러운 냄새, 우뚝 솟은 냄새, 불에 덴 냄새가 존재하는 것이다.

미각은 물론 촉각이다. 단맛이나 매운맛, 신맛도 너무 대략적인 명칭이며 맛을 따지는 진정한 관념이라고 보기 어렵다. 밤과자의 달콤함은 밤과자만이 가진 일종의 미적 촉각에 불과하다. 설탕을 얼마나 넣었느냐 하는 것과는 다른 문제다.

마른 설탕은 젖은 설탕이 아니다. 인도인이 카레라이스를 손가락으로 맛보고, 메밀국수를 좋아하는 사람이 메밀국수를 목으로 느끼고, 초밥을 손으로 집어먹는 사람이 있다는 건 누구나 안다. 조리의 묘란 톤과 같은 것이다. 색채에서 말하는 톤과 다르지 않다.

오감은 서로 공통점이 있다기보다는 거의 다 촉각으로 일치를 이룬다. 이른바 여섯째 감각이라 불리는 위치 감각도 물론 같은 뿌리다. 조각가는 엎드려서도 수평과 수직의 감각을 느낀다. 목수는 저울추와 곡자로 기둥과 들보를 잰다. 조각가는 눈의 촉각으로 그것을 측정한다. 베어 들어가는 조각칼의 기세를 알지 못하면 조각은 형태를 이루지 못한다.

조각가는 사물을 움켜쥐고자 한다. 움켜쥔 느낌으로 만상을 보고자 한다. 조각가의 눈에는 만상이 소위 '그림처럼' 보이진 않는다. 조각가는 달을 만진다. 모닥불을 쬐듯 태양을 쬔다. 수목은 한 그루씩 서 있다. 지면은 확실히 듬직하게 거기 버티고 있다. 풍경은 어딜 보더라도 미묘하게 잘 짜여 있다. 인체와 같이 골조가 있다. 근육이 있다. 피부가 있다. 균형이 있고, 메커니즘이 있다. 묵직함이 있고, 가벼움이 있다. 끝까지 파고드는 것이다.

그곳에 한 편의 시가 있다. 이렇게 한 사람의 조각가는 인생마저 들여다본다.

한 남자가 예수의 옆구리에 손을 넣고 두 개의 상처를 만져보았다
어느 완고한 조각가는
만상을 자기 손으로 직접 만져본다

물을 가르고 들여다보며

하늘을 찢고 들어가고자 한다

실제로 그대를 움켜쥔 뒤에야 비로소 그대를 그대라 여긴다

조각가가 당신을 파악한다고 할 때, 그것은 당신의 나체를 파악함을 의미한다. 인간끼리는 의외로 서로의 벗은 몸을 잘 모른다. 정말이지 이루 말할 수 없을 만큼 많은 것을 껴입고 산다. 조각가는 부속물을 모두 떼어낸 당신 자신만을 보고자 한다. 한 사람의 석학이 있다. 그의 깊고 넓은 학문이 그 사람 자신은 아니다. 그 사람의 나체는 더욱 안쪽에 따뜻하게 살아 있다. 칸트의 철학이 칸트 자신은 아니다. 칸트 자신은 그 철학을 관통하는 중축中軸 안에 하나의 존재로 살았다. 구리야가와 하쿠손°의 해박한 지식이 그 사람 자신은 아니다. 그 자신은 별개의 존재로 저서의 퇴적물 뒤 어딘가에 응어리져 있다. 사람의 몸이 그 자신의 학문과 분리될 수 없을 만큼 위대한 경우도 있다. 또 학문은 훌륭한데 실제 행동은 추하고 괴이할 때도 있다. 세상에서 인간이 인간을 바라볼 때 많은 경우 그 이력을, 그 훈장을, 그 업적을, 그 재능을, 그 사상을, 그 주장을, 그 도덕을, 그 기질, 혹은 그 성격을 본다.

조각가는 우선 이런 것을 제거한다. 뗄 수 있는 건 마지막까지

• 문학평론가(1880~1923). 서구 근대문예사조를 일본에 체계적으로 소개한 학자로, 『근대문학 10강』으로 주목 받았으며 서방세계의 영향을 받은 근대일본인의 새로운 연예관을 다룬 『근대와 연예관』으로 큰 인기를 끌었다. 관동대지진 때 사망했다.

다 떼내고 맨 뒤에 남은 것을 움켜쥐고자 한다. 거기까지 파고들지 않는 한, 그대를 그대라 여기지 않는다.

인간의 최후에 남는 것, 아무리 해도 떼어낼 수 없는 것, 외부에선 손이 닿지 않는 것, 당사자 본인도 어찌할 수 없는 것, 자기 안에서 키울 수밖에 없는 것, 그렇기에 종횡무진하는 것, 아무것도 아니면서 실존하는 것, 이 형언하기 어려운 인간의 나체를 조각가는 간파하고자 한다. 그러나 일반적으로 나체는 매몰되거나 정성스레 감추어지는 것이 보통이다. 좋든 싫든 그것이 사실이다. 제아무리 이상가라 해도 인간에게 즉시 나체로 걸어 다니라고 할 수는 없으리라. 참으로 인간 세상이란 나체를 매몰시키는 수련장이 아닐까 싶을 정도다. 그러나 옷을 많이 입건 적게 입건 사실 그런 건 상관이 없을 만큼, 결국 인간은 다 드러난다. 가치를 초월한 곳에 그 사람의 진정한 모습이 드러난다. 조각가는 이 무가치에 닿기를 원한다.

인생에는 적과 아군이 있다. 또 그런 까닭에 사회는 전진한다. 하지만 조각가의 촉각은 그보다 훨씬 더 안쪽에 숨겨진 투박한 것을 찾고자 한다. 따라서 조각가의 세계관은 대개 현세를 역행한다. 현세를 촘촘히 쪼개는 세계관이다. 거기까지 가지 않으면 마음이 놓이지 않는다. 인생의 나체를 파악하지 않고는 인생을 인생이라고 생각할 수 없다. 인생의 나체가 그저 세상의 진상만을 의미하는 것은 아니다. 소위 현실폭로적인 상태를 논하는 문제는 아니다. 천만 가지 현상 그 자체에서 곧바로 실체를 직시하는 힘을 원한다. 적외선 사진에는 눈에 보이지 않는 것이 찍힌다고 한다. 조각가의 촉각은 뿌연 안개를 없애고자 한다. 또한 안개가 안개라는 사실을 선연한 촉각으로 알고자 한다.

인생 그 자체에는 반드시 나체가 있다. 오히려 시각을 달리하면 인생 그 자체가 이미 나체라고 할 수 있으리라. 하지만 인간의 손으로 만든 건 꼭 그렇다고는 할 수 없다. 인간의 손으로 만든 작품을 보며, 그 안에 실존하는 나체의 힘에 가닿는 것이 유쾌하다. 만드는 법의 힘을 말하는 게 아니다. 또한 그 경향의 힘도 아니다. 만드는 법이나 경향 모두 충분히 고려할 가치는 있지만 이는 결국 시대와 관련이 있다. 근원에 존재하는 움직이지 않는 무언가를 찾아내는 데는 촉각이 가장 먼저 작동한다. 근원이 수상쩍은 것, 혹은 근원이 존재하지 않는 것은 붙잡으면 찌부러진다. 아무리 연약하고 허술한 형태라 해도 근원이 존재하는 것은 찌부러지지 않는다. 시에서 보자면, 예를 들어 베를렌의 탄식은 찌부러지지 않는다. 화이트만의 시 아닌 시로 불리는 시도 찌부러지지 않는다. 그런 것이 있든 없든 상관없는 시대가 와도 찌부러지지 않는다. 통용되지 않아도 살아 있다. 그러나 성격과 기질과 도덕과 사상과 재능 언저리에 뿌리를 둔 작품은 위험하다. 도무지 어쩔 도리가 없는 근원에 뿌리를 둔 것, 그것만이 반응을 보인다. 이 반응은 정신을 새롭게 한다. 그 후에야 천차만별의 길이 열린다.

내게 촉각은 지독하게 치명적인 무언가다.

• 수록 『지지신뽀時事新報』1928년 11월 30일
• 저본 『高村光太郎全集 第5巻』筑摩書房, 1995

다카무라 고타로高村光太郎(1883~1956)

조각가, 시인. 목조 조각가 다카무라 고운의 장남으로 뛰어난 조각가이자, 시집 『치에코 이야기智惠子抄』등이 큰 사랑을 받으면서 문학사에도 족적을 남긴 시인 이다. 이 시집에는 그의 아내이자 영원한 사랑인 치에코를 처녀시절부터 죽기까 지 30년에 걸쳐 곁에서 지켜보며 쓴 시와 산문이 수록돼 있다.

나카야 우키치로

눈을 만드는 이야기

雪を作る話

이것은 정말로 자연 그대로의 곱고 아름다운 눈 결정을 실험실에서 인공으로 만든 이야기다. 영하 30도의 저온실에서 육각형 눈 결정을 만들어 현미경으로 들여다보는 생활은 늦더위로 고생하는 사람들에게 부러움을 살 일인지도 모른다.

눈 결정 연구를 시작한 건 벌써 오 년도 더 된 이야기인데, 마침 갖고 있는 현미경을 바람이 잘 통하는 복도로 가지고 나와 처음으로 완전한 결정을 들여다봤을 때의 광경은 좀처럼 잊을 수 없다. 수정 바늘을 한데 모아놓은 듯한 실물 결정이 지닌 치밀함은 흔히 교과서 같은 데 실린 현미경 사진과는 완전히 다른 느낌이었다. 비할 데 없이 냉철한 결정 모체, 첨예한 윤곽, 그 안에 아로새겨진 변화무쌍한 꽃 모양, 이것들이 완전히 투명하고 탁한 색이라곤 조금도 찾아볼 수 없었기에 그 특별한 아름다움을 비유할 말은 찾기 어려웠다.

그날 이후 매일같이 현미경을 들여다보며, 그토록 아름다운 눈 결정의 종류가 문자 그대로 무수히 많다는 사실을 알았다. 심지어 그것들이 사람의 눈에 거의 띄지 않은 채 사라져버린다는 게 안타깝다는 생각이 들었다. 실험실 안에서도 언제든 이 같은 결정을 만들 수 있다면, 눈 생성 요인 연구 같은 문제를 떠나 무척 즐거울 거라고 생각했다.

아무튼 눈의 결정은 온도가 대단히 낮은 대기층 높은 곳에서 수증기가 응결하며 만들어지는 것이 틀림없기에, 그걸 흉내 내기만 하면 만들 수 있다고 생각했다. 우선 길이 1미터가량의 원통 동판을 만들어 차갑게 식힌 뒤 위에서 수증기를 쐬어봤다. 하지만 그 정도로는 좀처럼 눈이 내리지 않았다. 첫해 겨울은 그런 시험을 하다가 끝나고 말았다. 이듬해 겨울에는 크기가 더 작은 동판 상자를 만들어 액체 공기로 내부를 영하 20도 정도까지 냉각시키고 거기에 따뜻한 수증기를 넣어봤다. 완전한 육각형 결정을 만드는 건 아직 가능성이 희박하다고 판단하고 우선은 결정의 가지 몇 개만 동판 표면에 피어나게 할 계획이었다. 하지만 추운 아침 유리창에 얼어붙은 서리꽃 같은 것들이 생길 뿐, 공중으로 뻗어나는 결정의 가지는 아무리 해도 만들어지지 않았다. 그러는 사이 두 번째 겨울도 순식간에 지나가버렸다.

눈이란 완전한 천연 조건에서 만들어지는 것이구나, 인공적으로 만들기란 여간 어려운 일이 아니구나 하는 생각이 들기 시작했다. 실험실 내 실패 말고도 그즈음 등반을 시작한 도카치다케

산 체험도 그런 생각이 들게 하는 데 한몫했다. 도카치다케산 중턱에서 바라본 눈의 결정은 삿포로에 알려진 결정에 비해 한층 더 치밀한 모습을 띠고 있었다. 종류 또한 지극히 복잡다단해서, 꿈에도 생각지 못한 신기한 모양의 결정이 얼마든지 더 내리는 날도 있었다.

수정 결정 같은 육각기둥은 물론, 북극 탐험에서 최초로 발견됐다는 피라미드형도 여러 번 봤다. 때때로 각진 기둥 양끝에 육면체 꽃이 핀 장구 같은 모양이나, 그게 차례로 겹쳐진 라이트형제의 비행기 모양 같은 게 온 산을 뒤덮은 날도 드물지 않았다. 독특한 눈 결정을 보면서 어느새 자연의 신비에 압도당했고, 이런 것을 인공적으로 만들어보겠다고 한 기획조차 왠지 자연에 대한 모독처럼 여겨졌다.

세 번째 겨울에도 지난해 했던 실험을 타성적으로 반복했다. 그러다 문득 생각나 차가운 동판 면을 거꾸로 위에 두고 아래쪽에 물을 넣은 용기를 둬봤다. 수증기는 수면에서 증발해 자연의 대류현상으로 위로 올라가 응결한다는 원리가 떠올랐던 것이다. 그렇게 했더니 동판 면에서 하얀 가루가 폴폴 내리기 시작했다. 현미경으로 들여다보니 눈 결정의 반쪽을 닮은 모양이 제대로 만들어져 있었다. 어째서 더 빨리 생각나지 않았을까. 수증기를 알맞게 눈 결정 구석구석까지 도달하게 하려면 자연의 대류현상을 이용하는 게 가장 쉽다는 건 누구나 생각할 수 있는 일이었는데. 자연에서도 하늘은 위에, 땅은 아래 있는 것이건만. 하지만 아래 있는 것을 위로 올리거나, 가로로 돼 있는 것을 세로로 두거나 하는 일을 생각해내는 게 의외로 어렵다는 건 비단 물리학 연구에 국한된 것은 아니다.

네 번째 겨울에는 전년도 실험으로 완전히 기운을 되찾아 비슷한 실험을 계속해나갔다. 하지만 아무리 해도 자연에서 생기는 눈의 결정만큼 아름답지 않았다. 그것도 생각해보면 당연한 일인데, 자연의 경우는 공기가 차가워서 대류와 복사로 열을 빼앗겨 결정이 자라는 것이었다. 그런 환경을 만들기 위해서는 실내 전체를 차갑게 만드는 게 가장 간단하다. 하늘에는 동판이 없다는 사실을 깨닫는 데 다시 일 년이 걸린 꼴이다. 완전히 처음으로 되돌아가, 천연 눈 결정이 생성되는 방법 그대로만 흉내 내면 된다는 지극히 평범한 결론에 도달했다.

마침 올겨울, 내가 몸담고 있는 홋카이도대학에 영하 50도까지 내려가는 저온실이 생겼다. 그 안에서 수증기의 자연대류를 적당히 안배하여 결정을 만들어보니 천연의 것에 지지 않을 정도로 아름다운 눈 결정 조각의 일부가 수월하게 완성됐다. 조각의 일부라한 건, 금속이나 나무 표면에 응결시켜서 눈 결정을 만들기 때문에 결정 육면체 줄기가 두세 개쯤만 생성됐다는 걸 의미한다. 허나 육각형 꽃 모양의 천연 결정과 똑같은 눈을 만들지 않으면 어쩐지 맘이 후련하지 않을 듯싶었다. 그래서 아주 가는 털끝에 눈 결정을 만들어볼 것을 조수인 S군에게 부탁했다.

이삼일 지나 "드디어 눈이 생겼습니다"라는 S군의 말에 서둘러

저온실로 들어갔다. 과연 토끼털 끝에 육각형 꽃 모양 결정이 희게 빛나고 있다. 가만히 꺼내 현미경으로 들여다보니, 갓 만들어진 눈은 천연의 눈보다 한층 더 아름다웠다.

여기까지 오자, 그 뒤는 순조롭게 흘러갔다. 물의 온도를 이리저리 바꿔가며 수증기의 공급을 더하고 뺐더니 각기 정해진 모양의 결정을 얻을 수 있었다. 예를 들어 수증기가 많으면 깃털 꼴로 발달한 섬세한 결정이 되고, 중간 정도면 예쁜 뿔 모양이 됐다. 그리고 과감히 수증기 공급을 줄였더니 아주 서서히 각기둥 모양이나 피라미드형 결정을 생성했다. 육각판 끝마다 깃털 모양의 줄기가 달린 결정이 천연에서는 눈에 잘 띄는데, 이런 결정을 만들기 위해서는 맨 먼저 각판을 만든 다음 갑자기 수온을 높이고 그 끝에 깃털 모양 줄기를 달면 됐다. 장구 모양 결정 같은 게 정교하게 만들어지면 어슴푸레한 저온실 안에서 꽁꽁 언 손끝에 하얀 입김을 불며 나도 모르게 히죽 웃곤 했다. 흥미롭게도 이렇게 만들어진 눈 결정은 대개 천연의 눈과 크기가 거의 비슷했다. 손바닥만하게 큰 눈을 만들어보고 싶었지만 좀처럼 만들어지지 않았다.

이 일을 하면서 한 가지 힘든 점은 건강 문제다. 바깥 기온이 높아지면 아무리 모피 방한복으로 몸을 꽁꽁 싸맨다 해도 50도 이상 급격한 기온 변화에 시종 노출됐다. 아무래도 기온차 때문에 몸에 무리가 가는 모양이었다. 나는 제일 먼저 나가떨어졌고 나머지는 젊고 건강한 조수와 학생들에게 맡겨야 했다.

이 작업은 분명 재미있지만 단 한 가지, 지나치게 시원하다는 결점이 있다고, 무더위가 한창이던 8월의 어느 날 친구에게 이야기를 해서 부러움을 샀지만, 사실은 그리 만만한 실험이 아니다.

• 수록『도쿄아사히신문東京朝日新聞』1936년 9월 17, 18일
• 저본『中谷宇吉郎随筆集』岩波文庫, 2011

나카야 우키치로中谷宇吉郎(1900~1962)
물리학자, 수필가. 이시카와현 출신으로 도쿄제국대학 물리학과에서 공부하며
실험물리학자의 길을 선택했다. 홋카이도대학 교수로 있으면서 눈에 관심을 갖
게 되어 눈을 연구하는 데 평생을 바쳤으며, 세계에서 처음으로 인공눈 제작에 성
공했다.

영국 해안

イギリス海岸

여름방학이면 보름의 농장실습 동안 작업이 일단락될 때마다 이삼일에 한 번씩 놀러가는 곳이 있습니다. 우리가 영국 해안이라고 이름 붙인 곳입니다. 진짜 해안은 아니고 어딜 보나 해안처럼 생긴 강가였습니다. 기타카미강 서쪽 강변입니다. 기타카미산지*를 가로질러 오는 차가운 강물과 합류하는 곳에서 조금 더 아래 하류 서쪽입니다. 영국 해안에는 창백한 응회질 이암이 강가를 따라 꽤 넓게 펼쳐져 있어서, 그 암석 남쪽 끝에 서면 북쪽 끝에 있는 사람이 새끼손가락 끝보다도 작아 보였습니다. 특히 이 이암층은 강물이 넘칠 때마다 깨끗하게 씻겨서 뭐라 형용할 수 없이 파르스레하고 산뜻한 빛을 띠었습니다.

---

* 동북지방 이와테현, 아오모리현 일대에 펼쳐져 태평양을 마주한 산지로 일본에서 가장 오래된 고생대, 중생대 지층이 넓게 분포한 곳이다. 러시아대륙과 붙어 있다가 삼천만 년 전즈음부터 현재의 위치로 이동했다.

강물이 넘칠 때마다 생긴 작은 구멍의 흔적과 그것이 여러 개 이어 붙어 생긴 얕은 도랑, 아갈탄 조각, 마른 갈대 토막이 한 줄로 죽 이어져서 불어난 물이 어디까지 차올랐는지 알 수 있었습니다. 볕이 강할 때는 바위가 말라 새하얗게 보였고, 가로세로로 금이 간 곳도 있어서, 커다란 모자를 쓰고 그 위에서 고개를 숙이고 걷노라면 새까만 그림자까지 드리워, 그야말로 영국 해안 부근 백악 지대를 걷는 기분이 드는 것입니다.

마을 소학교도 보름 동안이나 학생들을 데리고 근처 해안으로 갔고, 이웃한 여학교도 해변의 여름학교를 시작했지만, 우리 학교는 그럴 수가 없었습니다. 그래서 태어나 줄곧 기타카미골짜기 상류를 떠나본 적 없는 우리는, 누가 뭐래도 이 새하얀 이암층을 영국 해안이라 부르고 싶었습니다.

게다가 그곳을 해안이라고 부르는 게 실제로 완전히 엉터리는 아니었습니다. 왜냐하면 그곳은 제3기 지질시대가 끝날 무렵 분명히 몇 차례나 바닷가였기 때문입니다. 그 증거로 첫째, 그곳 이암은 동쪽 기타카미산지 부근에서 서쪽 중앙 분수령 기슭까지 하나의 판처럼 죽 이어져 있었습니다. 다만 홍수 때 쌓인 붉은 자갈이나 풍화 퇴적층, 흐르는 물에 운반돼 온 자갈과 점토와 그 무언가로 뒤덮여 거의 보이지 않을 뿐입니다. 하지만 여기저기 강둑이나 벼랑 허리에는 분명 이암이 드러나 있고, 또 곳곳에 파인 우물 속을 들여다봐도 금세 이 이암층을 만날 수 있습니다. 둘째, 이 이암은 점토와 화산재가 섞인 것으로 대부분은 고요한 물속에 잠겨 있던 것이라는 사실이 밝혀졌습니다. 예를 들어 물속에 잠기면서 생긴 줄무늬가 바위에 있다는 점, 오래된 나무줄기나 뿌리가 묻혀 있다는 점, 다양한 습지에서 자라는 식물이 화석 상태로 여기저기 상당히 많이 끼어 있다는 점, 또 산 가까이로 자잘한 자갈이 있다는 점, 특히 기타가미산지 언저리와 이암층 사이에 바닷가 모래언덕과 같은 흔적이 있다는 점 등이었습니다. 그러고 보면 지금 기타카미평야가 된 곳은 오래전 가늘고 긴, 폭 30리쯤 되는 커다란 고인 물이었습니다. 심지어 셋째로, 거기 고여 있던 물에 소금기가 있었다는 증거도 있었습니다. 또한 기타카미산지 부근 붉은 자갈에서도 해수가 아니면 살 수 없는 굴이니 뭐니 하는 조개류 화석이 발견됐습니다.

제3기가 끝날 무렵, 그것은 어쩌면 지금부터 오륙십만 년 혹은 백만 년 전인지도 모릅니다. 그즈음 지금의 기타카미평야에 해당하는 곳은 길고 가느다란 만이나 바다호수로 비교적 염분이 덜한 곳이었습니다. 몇 만 년이라는 긴 시간 동안 수면 여기저기로 얼굴을 내밀거나 집어넣으며 화산재와 점토가 쌓이거나 깎였습니다. 점토는 서쪽과 동쪽 산지에서 강물이 운반해준 것이었습니다. 화산재는 서쪽 석영조면암으로 이뤄진 화산이 겨우 차분해진 참이었지만 그래도 가끔씩 분화하거나 폭발했기 때문에 거기서 떨어진 것이었습니다.

그즈음 세계에는 아직 사람이 살지 않았습니다. 특히 일본은 극히 최근인 삼사천 년 전까지 사람이 전혀 살지 않았다고 하니, 물론 아무도 그것을 보지는 못했겠지요. 아무도 본 적 없는 그 옛날 하늘이 흐렸다 맑아지기를 반복하고, 바다 수위가 얕아져 차차 물 위로 얼굴을 내밀고, 거기에 풀과 나무가 자라서 호두나무가 잎을 팔랑이며 편백나무와 주목이 새카맣게 우거지고 우거졌나 싶으면 금세 서쪽 화산이 검붉은 혀를 날름거리고, 분화구에서 분출한 자갈은 하늘이 컴컴해질 정도로 떨어지고, 나무는 찌부러지고 파묻혀 이윽고 다시 물이 끼얹어지면서 점토가 그 위에 쌓여, 완전히 컴컴한 곳에 묻혔겠지요. 생각해보면 참 이상합니다. 그런 일이 정말 있었을까 하는 생각밖에 안 듭니다. 하지만 변함없는 건 우리들의 영국 해안에 석탄으로 변해가는 커다란 나무 그루터기가 뿌리를 이암 속에 뻗고 있고, 화산 자갈층에 찌그러진 기둥과 가지들이 죽 늘어서 있다는 사실입니다. 햇살에 금세 너덜너덜 찢어지고 몇 번이나 흘러든 물로 계속해서 깎여갔는데 또 새로운 것도 나왔습니다. 어느 날 우리는 밑동 근처에서 거의 탄화한 마흔 개 가량의 호두열매를 주웠습니다. 그것은 길이 6센티, 폭 3센티 정도로 굉장히 길고 가늘고 뾰족했습니다. 처음에는 무거운 지층에 찌부러진 거라고 생각했는데, 세로로 묻힌 것도 있는 걸 보면 역시 처음부터 그런 모양이었다고밖에 생각할 수 없습니다.

오리나무 열매도 발견했습니다.

작은 풀의 열매도 가득 나왔습니다.

백만 년 전 바닷가였던 이곳에 오늘은 기타카미강이 흐르고 있습니다. 오래전 커다란 파도가 덮치고 쥐 죽은 듯 고요했다가 아무도 보지 않는 곳에서 이런저런 변화를 거듭한 거대한 바닷물의 계승자는, 오늘날 파도에 찰랑찰랑 불을 붙이고, 찰싹찰싹 옛 바다의 기슭을 때리며 밤이고 낮이고 남쪽으로 흘러갑니다.

어째서 이곳을 해안이라 이름 붙이면 안 되는 걸까요.

더군다나 이곳을 해안이라고 생각해도 좋은 이유가 한 가지 더 있습니다. 아주 조금이기는 하지만, 강물이 흡사 바닷물처럼 왔다 갔다 파도를 칩니다. 저쪽에서 흘러드는 강물과 이쪽 강물이 부딪히기 때문인지, 아니면 상류가 꽤나 험준한 여울이라 이곳 이암층 절벽에서 역류하기 때문인지, 아니면 완전히 다른 원인이 있는 것인지, 어쨌든 날마다 물결이 바닷물처럼 파도를 칩니다.

그렇습니다. 마침 한 학기 시험이 끝나 채점도 마쳤고 남은 건 31일에 성적을 발표하고 가정통신문을 나눠주는 것뿐, 제가 할일은 그 정도입니다. 농장 일인 보리 운반도 오전에 끝나고, 뭐 대략 일단락이 지어진 그날 오후였습니다. 우리는 올 들어 세 번째로 영국 해안에 갔습니다. 강 철교를 건너 우엉이나 양배추의 파르스름한 잎 뒷면이 팔락이는 좁다란 밭길을 지났습니다.

길에는 이삭이 자란 새포아풀이 뒤덮여 있었습니다. 우리는 거기서 제판소 안으로 들어갔습니다. 제판소 안에는 뭉게뭉게 새로 팬 톱밥이 깔려 있고 정신없는 톱 소리가 들려왔습니다. 톱밥에 햇살이 비쳐 마치 모래 같았습니다. 모래 너머 푸른 물과 구조구역의 붉은 깃발과 멀리 양철색 구름을 보았을 때, 우리는 갑자기 스웨덴 피오르 해안이라도 온 것처럼 가슴이 뛰었습니다. 분명 다들 그런 기분이었던 것 같았습니다. 제판소 오두막 안은 남빛으로 그늘져 하얗게 빛나는 둥근 톱이 서너 개 벽에 걸려 있고, 그중 하나는 축에 걸려 유령처럼 돌고 있었습니다.

우리는 제판소 옆을 지나 강가로 갔습니다. 풀이 자란 돌담을 지나니 구조구역 붉은 깃발 아래 마침 뗏목이 와 있었습니다. 마을 학생들이 수영을 하고 있었습니다. 원래 우리는 영국 해안에 가려고 했기 때문에 묵묵히 그곳을 지나쳤습니다. 하지만 그곳은 이미 영국 해안 남쪽 끝이었습니다. 우리가 아니더라도 애써 강가까지 와서 그렇게 기분 좋은 곳에 오지 않을 사람은 없습니다. 마을 잡화점과 철물점 아들들, 여름방학이라고 시골로 돌아온 중학생들, 그리고 점심시간에 나온 제판소 사람들이 발가벗고 두세 명씩 새하얀 바위에 앉아 있기도 하고, 줄무늬 셔츠나 헐거운 푸른 반바지를 입고 커다란 하늘색 밀짚모자를 쓴 채 걸어가는 모습을 보는 것은 정말로 기분 좋은 일입니다.

사람들이 모두 우리 쪽을 보고 조금씩 웃었습니다. 특히 제일 좋았던 건 어마어마하게 큰 외국 개가 저쪽에서 검은 그림자를 드리우며 쏜살같이 달려온 것이었습니다. 정말로 로버트라는 이름이 어울릴 법한 텁수룩하고 커다란 개였습니다.

"와, 좋다." 우리는 일제히 외쳤습니다. 여름 해안에 놀러가고 싶지 않은 사람이 어디 있을까요. 게다가 갈 수 있다면, 잘못돼서 방적공장 따위에 팔려가 끔찍한 일을 겪지만 않는다면, 프랑스나 영국 같은 먼 곳으로 가고 싶다고 누구나 생각합니다.

우리는 서둘러 구두와 바지를 벗고 그 차갑고 약간 탁한 물속으로 잇달아 뛰어들었습니다. 흔들리는 물결이 얼마나 멋지고 고상했는지 모릅니다. 그 물에 반쯤 얼굴을 잠그고 헤엄을 치며 곁눈으로 해변을 바라보니, 이암 너머 녹음이 우거진 높은 절벽 위로 나무도 흔들리고 구름도 새하얗게 빛났습니다.

우리는 너르게 펼쳐진 이암에 매달려 조금씩 올라갔습니다. 한 학생이 휘파람으로 스위밍 왈츠를 불었습니다. 우리 중에는 진짜 오케스트라를 보거나 들은 사람이 별로 없었기 때문에 물론 마을 양품점 축음기에서 흘러나온 연주를 흉내 낸 것이지만, 마침 그렇게 차가운 물소리가 흘러나왔습니다.

우리는 이암층 위를 이리저리 걸었습니다. 곳곳에 둥그런 구멍이 있고 그 속에 원형 자갈이 들어 있었습니다.

"자갈이 구멍을 파고듭니다. 물이 그 위로 흐르지요. 돌이 물 밑에서 도톨도톨 움직입니다. 빙글빙글 돌기도 하지요. 바위에 점점 깊은 구멍이 생깁니다."

또 빨간 산화철이 끼인 바위틈을 따라 지층이 도랑이 되어 움푹 파인 곳도 있었습니다. 그것은 흡사 수많은 구멍을 연결해 표주박을 이어놓은 것처럼 보였습니다.

"이런 도랑은 물이 범람할 때마다 점점 깊어집니다. 왜냐하면 물살에 흐르는 자갈은 위로 올라오기 힘들기 때문이죠. 도랑 속에서만 굴러다닙니다. 도랑은 깊어만 갑니다. 물속을 들여다보세요. 바위에 온통 세로줄이 가 있지요. 모두 그렇게 생긴 것입니다."

"아, 기병이다, 기병." 누군가 남쪽을 보며 소리쳤습니다.

강 하류 새파랗게 맑은 물 위로 검은 교각 하나가 선명하게 걸려 있고, 그 난간 사이를 흰 상의를 입은 기병들이 줄지어 걸어갔습니다. 말의 발걸음이 아지랑이처럼 깜박깜박, 깜박깜박 빛났습니다. 한 중대 정도로, 교각 위를 달리는 기차보다는 천천히, 소풍 가는 아이들 발걸음보다는 조금 빠르게, 중대장처럼 보이는 사람을 선두로 조금씩 다리를 건너갔습니다.

"어디로 가지?"

"수마연습을 하러 가겠지. 흰 상의를 입었으니 말안장도 없을걸."

"이리로 오면 좋을 텐데."

"분명 올 거야. 저쪽 벼랑 풀숲에서 나오겠지. 병정들이든 누구든 기분 좋은 곳으로 오고 싶은가보다."

기병이 조금씩 다리를 건너 마지막 한 사람이 반짝하고 빛나자, 모두 보이지 않게 되었습니다. 그런가 싶더니 다시 이쪽 기슭에서 한 사람이 말을 달려갔습니다. 우리는 말없이 그를 배웅했습니다.

하지만 눈에서 완전히 보이지 않게 되면 점점 잊히기 마련입니다. 우리는 다시 차가운 물로 뛰어들어 작은 만을 이룬 곳을 헤엄치고 바위 위를 달렸습니다.

누군가가 바위 속에 묻힌 작은 식물의 뿌리 근처에 수산화철의 갈색 고리가 몇 겹이나 둘러진 것을 발견했습니다. 그것은 처음부터 여기저기 많이 있었습니다.

"이 고리는 왜 생겼나요?"

"설명하기 어렵네요. 콜로이드 입자를 자세히 알아야만 이해할 수 있어요. 아무튼 이것은 일종의 전기 작용입니다. 리제강 고리 라고 부릅니다. 실험실에서도 만들 수 있죠. 나중에 토양을 배울 때도 설명하겠습니다. 부식질단층도 비슷한 원리로 만들어지니 까요." 나는 매일 이어진 실습으로 피곤했기 때문에 긴 설명이 귀 찮아서 이렇게 대답했습니다.

얼마 후 문득 강 너머 벼랑을 바라보았습니다. 키 큰 전신주 두 개가 서로를 의지하듯 가로대 하나로 이어져 있었습니다. 그 바로 아래 푸른 풀 언덕 위에 카키색 복장의 장교와 커다란 갈색 말 머리가 나왔습니다.

"왔다, 왔어. 드디어 왔다." 다들 소리를 질렀습니다.

"수마연습을 하러 왔어. 저쪽으로 가보자." 그렇게 말하며 새하얀 영국 해안 상류로 올라가 거기서 건너편으로 헤엄쳐 가는 사람들도 있었습니다.

병사들은 일렬로 서서 벼랑을 비스듬히 내려갔는데, 그중에는 끝에 검은 갈고리가 달린 긴 장대를 든 사람도 있었습니다.

잠시 후 다들 건너편 풀이 자란 강변으로 내려가 6열인가 횡대로 서서 말에서 내려 장교의 훈시를 듣고 있었습니다. 훈시가 너무 길어서 우리는 사실 질려버렸습니다. 얼마나 있어야 병사들이 말갈기를 붙들고 이쪽으로 헤엄쳐 올까 하염없이 기다리다 지쳐버린 것입니다. 아까 구경하러 강을 건넜던 사람들도 강가에 서서 장교의 훈시를 듣고 있었는데, 굉장히 재미있는 듯도 하고 지루한 듯도 했습니다. 촉촉한 여름 구름 아래입니다.

그러는 사이 드디어 배 두 척이 강 아래에서 올라와 강 한가운데 멈췄습니다. 병사들은 제일 끝 열부터 말을 끌고 조금씩 강으로 들어갔습니다. 말발굽이 자갈을 밟는 소리와 첨벙첨벙 물이 튀기는 소리가 머나먼 꿈속에서 들려오듯 이쪽 강가의 물소리를 누르고 들려왔습니다. 우리는 병사들이 점점 더 깊은 곳으로 들어갈수록 당장이라도 말갈기를 붙들고 헤엄치기 시작할 거라고 기다리고 있었습니다. 하지만 첫머리에 선 병사들은 배가 있는 곳까지 오자 빙 돌아 다시 원래 있던 강가로 돌아갔습니다. 다들 그렇게 했기 때문에 대열은 하나의 원을 이뤘습니다.

"에이, 오늘은 그냥 말이 물에 익숙해지게 하려는 거구나." 우리는 어쩐지 별거 아니라는 생각에 실망했지만, 한편으로는 저렇게 얕은 곳까지 말이 들어가게 하려고 배를 두 척이나 준비한 걸 보고 마음이 놓였습니다. 우리는 양봉 일을 해야 했기 때문에 서둘러 학교로 돌아갔습니다.

다음번에는 딱 다섯 명이서 영국 해안으로 갔습니다.

처음에는 지난번 갔던 만에서만 수영을 했지만 그러는 사이 강에 점점 익숙해져서, 파도가 거친 상류 여울에서 해안의 가장 남쪽 뗏목이 있는 곳까지 갔습니다. 피곤한 데다 약간 추워져서 해안의 서쪽 경계에 있는 오래된 그루터기와 속돌이 쌓인 자갈층이 있는 곳으로 갔습니다.

그날 우리는 완전한 호두알 두 개도 발견했습니다. 화산이 분출

할 때 터져 나온 용암층 위에는 얼마 전 불어난 물이 늪처럼 여기저기 고여 있었습니다. 우리는 고인 물에 둑을 쌓아 폭포를 만들고 발전소를 만들고 물이 넘친다 어쩐다 하며 한참을 놀았습니다.

그때 하류의 붉은 깃발 꽂힌 곳에서 팔뚝에 늘 붉은 천을 감고 사람들이 헤엄치는 모습을 지켜보던 서른 즈음의 남자가, 쇠 지렛대 하나를 들고 올라오는 모습이 보였습니다. 물에 빠진 아이들을 구해주기 위해 마을에서 고용한 사람이었는데, 무척 한가해 보였습니다. 오늘도 너무 한가해서 저렇게 쓸모도 없는 쇠 지렛대 같은 걸 짊어지고 이유도 없이 커다란 돌을 움직거리는구나, 마침 우리가 노는 발전소 흉내를 내며 지렛대로 벅벅 바위를 파서 부석지층에 고인 물을 없애려나 보다 하며, 우리는 실제로 조금 우습게 생각했습니다.

그래서 일부러 진지한 표정으로,

"물을 좀 없애고 싶은데, 지렛대를 빌릴 수 있을까요?" 하고 말을 거는 아이도 있었습니다.

그러자 그 남자는 지렛대로 여기저기 쿵쿵 쑤시며,

"여기는 바위도 부드러운 것 같네"라며 순순히 우리에게 지렛대를 빌려주고 자기는 다시 물결이 거센 상류에 모여 있는 아이들 쪽으로 갔습니다. 그러자 아이들은 거친 양철 빛 물결 속에 팔을 뻗고 다리를 구르며 다들 뿔뿔이 흩어졌습니다. 우리는 하하하 역시 저 남자 어딘가 부족하네, 그래서 애들이 귀신같다고 무서워하나봐, 라고 하며 멀리서 웃었습니다.

그 다음날도 우리는 영국 해안에 갔습니다.

그날 우리는 아예 흐르는 강물의 심정이 되어 계속해서 물살이 빠른 상류에 뛰어들어 완전히 지칠 때까지 하류 쪽으로 헤엄쳤습니다. 하류 밖으로 나와 다시 야만인처럼 새하얀 바위 위를 달려 상류의 여울로 뛰어들었습니다. 그것도 완전히 지쳐버리면 어제 갔던 속돌층에 물이 고인 곳으로 갔습니다. 구조대원은 이미 그곳에 와 있었습니다. 팔뚝에 붉은 완장을 두르고 쇠 지렛대를 들고 있었습니다.

"너무 덥군요." 내가 인사를 건네자 그 사람은 약간 쑥스럽다는 듯이 웃으며, "댁의 학생들 키 정도면 크게 위험할 일도 없겠습니다만 그냥 한번 와봤습니다." 하고 대답했습니다. 사실 우리 중에 수영할 줄 아는 사람은 아주 적었습니다. 경쟁이라도 하다가 누가 물에 빠졌을 때 틀림없이 그 학생을 구해줄 만한 실력이 있는 사람은 아무도 없었습니다. 더 이야기해보니, 이 사람은 꽤나 우리를 세심하게 배려해주고 있었습니다. 구조구역은 한참 하류의 뗏목이 있는 곳이었지만, 이렇게 기분이 좋은 영국 해안에 오는 걸 막을 수도 없고 해서 가끔 핑계를 대며 와줬던 것입니다. 조금 더 이야기하는 사이 우리는 완전히 어색해지고 말았습니다. 왜냐하면 누구나 자기만 똑똑하고 남이 하는 일은 바보같이 보이는 법이지만, 이날 영국 해안에서 나는 그런 생각이 틀렸다는 것을 여실히 느꼈습니다. 몸이 쿡쿡 찔리는 듯했습니다. 벌거숭이가 되어 학생들과 함께 흰 바위 옆에 서 있었는데, 마치 하얀 태양빛에게

벌을 받고 있는 것처럼 여겨졌습니다. 이 사람은 구조구역이 하류라 영국 해안까지 도무지 손이 미치지 않았는데, 우리뿐만 아니라 사람들이 다들 이쪽으로 왔던 것입니다. 특히 어린 아이들까지 아무리 혼이 나도 이 위험한 여울로 와서, 구조대원이 멀리서 나타나면 도망쳐 제방 그늘이나 골짜기 오리나무 뒤로 숨었기에, 이 사람은 마을로 가서 한 사람을 더 고용해주지 않으면 구조 부이를 띄워달라고 요청했다고 합니다.

그러고 보니, 어제 커다란 돌을 이유도 없이 움직이던 것도 부이의 저울추로 쓸 심산에서였습니다. 게다가 그 여울은 종종 물에 빠지는 사람이 있었고 하류 구조구역에서도 올 들어 두 명이나 구조했다고 했습니다. 어제까지 제아무리 헤엄을 잘 치던 사람도 오늘은 몸 상태에 따라 언제 물속에서 움직이지 못하게 될지 모를 일입니다. 아무렇지도 않게 웃으며 그 사람과 이야기를 하고 있었지만 나는 혼자 열심히 나의 경솔함을 자책했습니다. 사실 나는 그날까지도, 물에 빠지는 학생이 생기면 내가 도무지 구할 수 없을 테니 같이 물에 빠져서 죽음 저편까지 함께 데려가자는 생각만 했을 뿐이었습니다. 정말이지 우리에게는 영국 해안의 여름날 한때가 그토록 즐거웠던 것입니다. 그리고 나는 그것이 나쁜 일이라고는 조금도 생각하지 않았습니다.

아무튼 그 사람과 우리는 헤어졌지만, 이번에는 좀 더 경계심을 갖고 너무 멀지 않은 곳에서만 수영을 했습니다.

그때 영국 해안 제일 북쪽 끝까지 올라갔다 온 학생 하나가 곧장 우리한테 달려왔습니다.

"선생님, 바위에 이상한 발자국이 있어요."

나는 바위에 난 작은 구멍일 거라고 생각했습니다. 제3기의 이암은 어차피 오래전 늪으로 된 물가였기 때문에 어느 포유류의 발자국이 있다고 해도 이상할 것이 없지만, 교실에서도 칠판에 동물의 발자국을 그린 적이 있고, 어차피 그것이 머릿속에 남아서 구멍까지 그렇게 보였던 것이라고 생각하며 별 기대 없이 거기로 갔습니다. 하지만 나는 움찔하여 그 자리에 멈춰 섰습니다. 다들 낯빛이 변해 소리를 질렀습니다.

하얀 화산재 지층의 한 부분이 평평하게 물로 깎여 있고 깊이가 얕고 폭이 넓은 골짜기처럼 돼 있었습니다. 그 바닥에 두 개씩 짝을 지어 길이 1.5센티의 발자국이 몇 개나 이어서 나 있었습니다. 큰 것과 작은 것들이 이것저것 뒤섞여 있었습니다! 그 안에는 엷은 산화철이 침전되어 바위에 매우 선명하게 보였습니다. 분명 발자국이 찍히자마자 화산재가 날아와 그것을 그대로 보존한 것입니다. 처음에 나는 점토로 그 모양을 뜨자고 생각했습니다. 한 학생이 파란 점토를 가져왔지만 발자국이 너무 깊어서 아무래도 잘되지 않았습니다. 나는 "내일 석고를 준비해오자"고 했습니다. 하지만 그것보다 더 좋은 건 역시 발자국을 떼어내 그대로 학교로 가져가 표본을 만드는 것입니다. 어차피 또 물이 넘치면 화산재 지층이 벗겨지며 새로운 발자국이 나올 것이고, 오늘 본 것은 그대로 두면 망가져버릴 게 분명했습니다.

다음날 아침 일찍 나는 실습을 게시하는 칠판에 다음과 같이 적었습니다.

8월 8일

농장실습	오전 8시 반부터 정오까지
제초, 뒷거름	1조, 7조
순무 파종	3조, 4조
양배추 사이같이	5조, 6조
양잠 실습	2조

(오후 영국 해안에서 제3기 우제류 족적 표본을 채취할 예정이니 희망자는 참가할 것)

여기서 솔직히 말씀드리면, 이 짧은 '영국 해안' 원고는 8월 6일 발자국을 발견하기 전날 밤 숙직실에서 반쯤 쓴 것입니다. 저는 그 구조대원이 커다란 돌을 쇠 지렛대로 움직이는 지점부터 나머지는 마음대로 제 공상을 써내려가자고 생각했습니다. 하지만 다음날 이암 속에서 상상했던 것보다 훨씬 더 이상한 발자국이 나왔던 것입니다. 반쯤 쓴 부분을 실습이 끝나고 교실에서 모두에게 읽어줬습니다.

그것을 다 읽어내려 갔을까 말까 한 시점에서 우리는 일제히 자리를 박차고 나가 영국 해안으로 달려갔습니다.

마침 이날은 교장선생님도 출장에서 돌아와 학교에 나와 계셨습니다. 칠판을 보고 웃고 계셨습니다. 교장선생님도 누에고치 판매가 끝나면 뒤따라오겠다고 말했습니다. 우리는 강철로 된 세발갈고리와 자와 신문지 등을 챙겨 나왔습니다. 해안 입구에 와보니 물이 무척 탁해져 있고 비도 내릴 것 같았습니다. 구름이 대단히 험악했습니다. 구조대원에게 약간의 감사의 표시를 할 요량으로 이것저것 준비해왔지만 그 사람은 늘 있던 곳에 보이지 않았습니다. 우리는 곧장 영국 해안의 어제 그곳으로 갔습니다. 그런 다음 정성스럽게 그 이상한 화석을 파내기 시작했습니다. 정신을 차려보니 다들 주머니에 제초용 낫을 가져왔습니다. 바위가 무척 부드러웠기 때문에 그걸로 깎일 거라고 생각해서입니다. 벌써 여기저기서 파내고 있습니다. 나는 재빨리 그것을 멈추게 하고 두 개의 발자국 사이의 폭을 재고 스케치를 했습니다. 발자국 두 개를 이어서 동시에 파내려는 사람도 있었고 아쉽게도 마지막 순간에 부숴버린 사람도 있었습니다.

상류 쪽에 또 다른 종류가 있다고 한 학생이 말하더니 달려갔습니다. 나는 너무 더워서 수영할 때처럼 거의 벌거숭이 차림으로 곧장 그 흰 바위로 달려가봤습니다. 그 발자국은 지금까지 것과는 완전히 모양이 다르고 무척 작았으며 어떤 것은 물속에 있었습니다. 물이 빠지면 훨씬 더 많이 나오겠구나. 상류 쪽에 서서, 남쪽의 영국 해안 한가운데서 다들 열심히 발자국을 파내는 모습을 보니, 이번에는 그곳이 영국이 아니라 이탈리아 폼페이 화산재 속처럼 여겨지는 것이었습니다. 특히 너덧 명의 여자들이 요란한 색깔의 수영복을 입고서 걸어 다녔고, 한술 더 떠 점점 옅어지는 구름에 햇살이 새하얗게 비치기 시작했기 때문입니다.

어느새 교장선생님도 노란색 실습복을 입고 와 계셨습니다. 그리고 완전한 발자국을 벌써 네 개나 파내셨습니다.

우리는 그것을 물가로 가져가 씻은 다음 가만히 신문지에 쌌습니다. 큰 것은 10킬로가 족히 넘을 것입니다. 다 파낸 뒤에 거센 여울로 뛰어드는 아이도 있었습니다. 하지만 나는 물에 빠질 것을 걱정하지 않았습니다. 왜냐하면 학생들보다 먼저 교장선생님이 뛰어들어 아주 여유롭게 수영을 하고 계셨기 때문에.

잠시 후 우리는 다 함께 그것을 들고 학교로 돌아갔습니다. 아까도 말했다시피 이것은 어제 일입니다. 오늘은 실습 아흐레째입니다. 아침부터 비가 내려 밖에서 일을 할 수가 없습니다. 안에서 지도라도 펼쳐보며 놀 생각입니다. 우리에게는 아직 보리이삭 터는 일이 남아 있습니다. 날이 흐려 잘 마르지 않으니 걱정입니다. 보리이삭 터는 일은 까끄라기가 까끌까끌 몸속으로 들어와 괴롭습니다. 농사일 가운데 가장 까다로운 작업이라고 다들 이야기합니다. 이 근방에선 이 작업을 여름의 질병이라고까지 이야기합니다. 하지만 그렇게만 생각하면 끝이 나지 않습니다. 우린 어떻든 재미있게 일하고 싶습니다.

• 작성 1923년 8월 9일
• 저본 『宮沢賢治全集 第6巻』 ちくま文庫, 1986

미야자와 겐지 宮沢賢治(1896~1933)

동화작가, 시인. 죽음은 우주로의 여행이라는 시적 은유를 아름다운 동화로 엮은 『은하철도의 밤』과 「비에도 지지 않고」, 「봄과 아수라」 등 위대한 시를 남기고 요절한 겐지는 가뭄과 쓰나미 등으로 척박한 삶을 사는 고향 이와테현 아이들과 농민에게 삶의 기쁨을 노래하는 예술을 전하고자 애썼다. 불교 신앙과 농민생활을 기반으로 창작활동을 펼쳤으며 식물, 광물, 지리, 종교 등 세상을 이루는 다양한 물성과 정신에 관심이 많았다. 생전에는 자비로 동화와 시집을 출판할 정도로 무명에 가까웠지만 사후에 독창적이고 아름다운 작품 세계가 일본 사회에 큰 반향을 불러일으켰으며 오늘날까지 그를 사랑하고 지지하는 팬이 많다.

쇠락하는 것도 나쁘지 않다

おちぶるも結構

나의 친우, 호사카 가나이에게

쇠락하는 것도 나쁘지 않다고 생각합니다.

쇠락하지 않는다고 해서 크게 대단한 것도 아니니까요.

배가 부르고 따뜻하면, 제 경우엔 올바른 생각이 들지 않습니다.

지금은 아버지 덕분에 따뜻하고 부족함 없이 지내고 있어서

정말이지 교활한 생각밖에 들지 않네요.

…………

　나의 세계에는 검은 강이 빠르게 흘러가고, 거기에 수많은 죽은 자와 푸른 산 자가 함께 흘러갑니다. 푸른 산 자는 긴 손을 뻗어 격렬히 발버둥치며 흘러갑니다. 푸른 산 자는 길고 긴 손을 뻗어 앞

에 흘러가는 사람의 발을 잡습니다. 또 머리칼을 쥐고 그 사람을 물속에 빠뜨려 자기가 앞으로 나아갑니다. 어떤 이는 분노한 나머지 그 몸의 살을 가운데부터 먹기 시작합니다. 물에 빠진 자의 분노는 검은 쇳조각이 되어 그 옆을 헤엄쳐 가는 사람을 에워쌉니다. 흘러가는 사람이 난지 아닌지는 아직 모르겠지만, 어쨌든 나는 이와 같이 느끼고 있습니다.

• 작성 1918년 10월 1일
• 저본 『宮沢賢治全集 第9巻』ちくま文庫, 1995

2

도서관

図書館

우에노에서 내려 언덕을 올라 예술학교 사잇길로 나왔다. 미술관 옆길로 올라오면 박물관 앞에서 우에노가 훤히 보이는 곳까지 쭉 뻗은 이 도로는, 도쿄 풍경이 이토록 바뀐 요즘도 큰 변화 없이 한산하기만 하다. 미술학교 담장 너머로 단풍 든 거먕옻나무 가지가 뻗어 있다. 초겨울 오후 햇살에 이것이 진짜 다홍색이구나 싶게 타오르는 가지 밑을 지나다 위를 올려다봤다. 멀리선 보이지 않던 부드러운 녹색이 붉은 빛깔에 녹아들어 투명하게 보였다. 단풍이 든 깊은 산속 나무들처럼 잎이 서로 포개지며 다양한 아름다움을 발하는 모습이 놀라웠다.

전차 정거장치곤 너무 거창해서 음산한 기운마저 감도는 게이세이 전차역 입구가 몇 년째 굳게 닫힌 모습을 보며 음악학교 앞으로 나오면, 나무 아래 빨간 우체통이 서 있다. 우에노 도서관 입구는 거기 있다. 혹시 책을 볕에 말리느라 휴관인 건 아니겠지? 너무 오랜만에 오니까 잘 모르겠어. 혼자 중얼거리며 반신반의하는 마음으로 걸었다. 내 앞을 걷던, 어디로 보나 도서관 단골쯤으로 보이는 중년남자 두엇이 잇달아 도서관 뜰 쪽으로 사라지는 걸 보면 오늘은 문을 연 듯하다. 종종걸음으로 언덕을 올라 예전에 입장권 발매소였던 작은 별동의 창구로 올라섰다. 하지만 거긴 이미 사용이 중지돼 있었다. 창구 틈으로 안을 들여다보니 널조각 따위가 어지럽게 쌓여 있다. 7년쯤 전, 봄부터 여름, 가을, 겨울에 걸쳐 틈만 나면 다니던 때는 이 창구에서 티켓을 사서 옛날신문 같은 걸 들춰봤다. 전쟁을 거치며 이곳의 관례도 자연스레 변했나보다.

신발장으로 내려서니 서늘하고 어슴푸레한 분위기는 여전하다. 원래는 신발 지키는 할아버지가 두 사람이었는데, 오늘은 혼자서 몇 켤레 없는 신발을 지키고 있다. 저는 슬리퍼를 가지고 왔는데요, 라고 하자, 그럼 자기 신발은 가지고 들어가세요, 신발장 번호를 잊어버리면 곤란하니까요, 나중에 번호를 모르면 난처해지니까요, 하고 거듭 당부했다. 할아버지는 내가 신문에 싼 신발을 노트가 든 보자기에 넣을 때까지 지켜보고 섰다가 자리에 앉았다. 전에 왔을 때 봤던 그 할아버지인가? 신발장도 뭔가 달라진 기분이 든다. 남의 신을 탐내는 사사로운 탐욕을 잊게 만드는 분위기가 있다. 한동안 못 왔는데 많이 바뀌었네요, 입장권은 저기 드리면 되나요? 내가 묻자 할아버지는, 어어 하고 끄덕이며 다시 일어나, 저기로 들어가서 오른쪽에, 하고 알려줬다.

칸막이 사이를 빠져나오니 테이블 안쪽에 접수대가 있다. 관람

료 십 전을 내시오, 라고 적혀 있다. 특별 관람도 십 전인가요? 검은 유니폼을 입은 초로의 남자는 고개만 끄덕이며, 그래, 하고 대답했다. 이렇게 목에 힘이 들어간 관료 분위기 또한 우에노 스타일이다. 도서관이 용케 불타지 않았다고 기뻐하며 새삼 진기하게 바라보는 마음가짐에도 변함없이 관료적인 모습이 배어나온다.

이층으로 올라가자 층계참에 선반과 의자가 놓여 있고 흡연실이라고 적힌 표지판이 보였다. 외투를 입은 젊은 남자 둘이 서로 반대 방향을 보며 담배를 피우고 있었다. 삼층은 전에도 이렇게 서적 대출창구와 자료실이 있었나. 먼지가 자욱하고 안으로 깊숙한 어둔 서고를 향해 재판소 비슷하게 높은 책상이 있는 건 익숙한 풍경인데, 자료실 쪽이 이상하게 텅 비어 있다. 서적을 빌리는 데는 여전히 시간이 걸리는 모양이었다. 언제부터 있었는지 가죽으로 덧댄 커다란 장의자가 두 줄로 세 개 정도 놓여 있고, 열람자들이 빈틈없이 앉아서 기다리고 있었다. 병원이나 관공서처럼 딱딱한 분위기다. 여성열람자의 대출창구는 따로 칸이 질러 있고 전임이 한 사람 있었다. 이건 예전과 다를 바 없다.

오늘도 나는 옛날신문 열람을 신청하고 기다리면서, 각별한 관심을 갖고 높은 탁자 여기저기서 검은 사무용 덧옷을 입고 사무를 보고 있는 세 남자의 용모를 찬찬히 훑어봤다. 그 사람은 아직도 여기서 일할까? 기억에 남는 사람이 있었다.

맨 처음 이 도서관에 온 건 여중 2학년 때다. 소매 넓은 기모노에 남보랏빛 하카마를 입고 구두를 신은 소녀는 수업이 너무 지루한 나머지 교실에서 달아나 이 도서관으로 왔다. 높은 탁자 앞에 서서 손을 높이 뻗고 대출용지를 내밀었을 때, 그걸 받아든 검은 사무복의 남자가 "너 아직 열여섯 살 안 됐지?" 하고 물었다. 그랬다. 어떻게 답해야 좋을지 몰라 입을 꾹 다물고 있었더니, "여긴 열여섯 살 지나야 들어올 수 있다"라고 하면서도 내가 요청한 책을 건네주었다. 그때 그 사람 인상이 이상하게 나중까지 선명하게 나의 기억에 각인됐다. 특별히 눈에 띄는 점도 없었고 침착하고 차분했으며 약간 거친 얼굴에 아래턱이 살짝 나와 있었다. 특징 없는 그 얼굴에는 그러나, 몇 년 동안 한 가지 일을 해서, 그것도 아침저녁으로 책만 다루는 인간이 갖는 일정한 표정, 어른스러운 강인함 같은 것이 분명하게 느껴졌다.

그 후로 삼십 년 가까이 파란이 일었다. 나는 한 사람의 여자로서 몇 년이나 도서관 같은 곳은 거들떠볼 수도 없는 상태로 살기도 했다. 그런가 하면 다시 불쑥 찾아왔다가 한동안 열심히 다니기도 했다. 그런 식으로 몇 년에 한 번씩 도서관에 가면 그 사람은 언제나 약간 굳은 표정으로 앉아 있었다. 검은 사무용 덧옷의 바짝 조인 소맷부리 따위가 기억났다. 그 사람이 아직 있을까, 하고 책을 기다리는 동안 둘러보면 그 사서는 어김없이 전처럼 사서 자리에 있었다. 그것은 가끔씩 가는 오랜 친구 집 익숙한 기둥마디 같은 것이었다. 특별한 의미는 없다. 하지만 그 집에 가서 그 마디를 보면 어쩐지 마음이 차분해진다. 내게는 그런 느낌으로, 도서관에 첨부된 그 무엇이었다. 서적을 끼고 서고 사이를 오가는 소년과 청년들의 흥미라곤 없어 보이는 저 느릿느릿한 동작이나 찌뿌둥한 낯빛과 마찬가지로.—

마지막으로 왔을 때와 오늘 사이에 7년의 세월이 경과했다. 그 틈에 전쟁이 낀 7년이었다. 그 사서는 있을까. 오른쪽 왼쪽 사서들 얼굴을 들여다봤다. 비슷한 사람은 보이지 않았다. 하얀 턱수염이 무성한 얼굴에 퉁퉁하게 살이 찐 할아버지, 이 사서는 체형만 봐도 다른 사람이다. 젊은 사람은 논외고, 또 다른 사람도 둥그스름한 얼굴을 한 노인이었는데, 등을 동그랗게 말고 책상 아래서 까다로운 옛날 책을 넘겨보고 있다. 이제 그 사람은 더 이상 여기 없는지도 모른다.

흘러간 세월을 느끼며, 시선을 옮겨 앞뒤좌우에서 기다리는 열람인들의 묵직한 얼굴을 둘러봤다. 청년이 많다. 그건 늘 그랬다. 하지만 지금 장의자에 앉아 책이 나오기를 기다리는 젊은이들의 얼굴 생김새를 보며, 나는 뭔가 달라졌다는 걸 깨닫고 적이 놀랐다. 젊은이들의 얼굴이 흡사 목각이나 토우처럼 보였던 것이다. 그저 눈 코 입만 그려진 마스크를 쓰고 있는 듯했다. 얼굴 생김새는 한 사람 한 사람 자기만의 개성이 있었지만, 어느 얼굴에나 기묘하게 무표정한 둔중함이 만연해 있었다. 의대 제모 아래 짙은 눈썹을 가진 얼굴에도. 모자를 쓰지 않고 망토를 입은 깡마른 청년의 얼굴에도. 그 얼굴들은 모두 거리에선 찾을 수 없는 어떠한 풍부함을, 넓은 도서관 홀에 모여 각각의 정신에 흡수하려고 기다리고 있었다. 복잡한 전차 안에서 홀쩍 올라탄 전문학교 학생들과 생각지 않게 바짝 밀착해 서서 흔들리며 갈 때, 그들의 젊은 얼굴이 너무나 거칠고 단조로워 깜짝 놀라는 일이 적지 않다. 전쟁은 산뜻하고 아름다워야 할 청년의 용모를 이렇게 바꿔 놓았다. 전쟁을 겪고 몇 년 만에 도서관에 와보니 그런 청년들 얼굴로 가득했다. 이 얼굴들이 인간다운 유연함, 예민함, 명확함이 흘러넘치는 모습으로 되돌아가길 갈망하고 있었다. 그 무언의 욕구가 여기 이 얼굴들을 모이게 했구나. 이 사람들이 오늘 읽으려고 하는 책은 무엇일까.

그런 생각을 하며 신간이 놓인 선반으로 시선을 옮기는데, 입구 옆에서 옆얼굴을 내 쪽으로 향한 채 작은 책상에 앉아 뭔가 읽고 있는 늙은 사서가 눈에 들어왔다. 검은 사무복을 입고 있다. 소매가 꽉 조여 부풀어 있다. 옆얼굴 아래턱은 내 기억 속에 선명히 남아 있는 대로 침착하고 고집 있게 살짝 나와 있다. 오래전 그 얼굴이었다. 항상 도서관에 있었던 얼굴이다. 하지만 하얗게 센 머리칼은 어떤가. 구부러진 등은 어떤가. 그 사람은 완전히 노인이었다. 문득 그 사람이 내 쪽으로 얼굴을 돌렸다. 나는 더 깜짝 놀랐다. 그 얼굴은 아까 정면에서 봤을 땐 다른 사람이라고밖에 생각하지 않았던 둥근 얼굴을 한 늙은 사서였다. 영양을 충분히 섭취해서 찐 살처럼 보이지 않고, 아파서 부은 듯 혈색이 안 좋은 얼굴이다. 다시 옆으로 얼굴을 돌렸을 때 윤곽을 보니 틀림없이 오래전 익숙한 귀밑 턱선이었다. 그가 살아온 이야기가 그의 얼굴에서 내 마음으로 흘러드는 것만 같았다. 세월이 흐르고 늙으며 변모한

앞 얼굴, 그럼에도 불구하고 변치 않은 그 사람의 분위기가 자그마하게 보존된 옆얼굴. 그토록 긴 세월, 경제적으로 크게 일어설 수준은 아닌 봉급으로 사서 일을 하며 삼십 년 동안 안정적인 생계를 유지했다. 그래서 오히려 더 여유가 있어 보이는지도 모른다. 그렇다 해도 삼십 년이라는 시간은 인생에서 큰 무언가다. 이 사람은 삼십 년 동안 한 가지 직업에 종사하며 높은 탁자 뒤에서 움직이지 않았다.

예전에 왔을 때는 삼층 중앙복도 오른쪽에 여성열람실이 있었다. 무거운 옛날신문 묶음을 껴안고 복도로 나오니, 거기로 가는 큰 문이 닫혀 있고 막다른 곳에 있는 방 하나가 열려 있었다. 신문은 특별자료여서 정해진 열람실에서 봐야 했다. 그 넓은 방 입구에서 학생에게 여성열람실은 어딘가요? 하고 물으니, 이상하다는 듯 잠시 말이 없다가 여기입니다, 하고 대답했다. 이곳은 일반열람실이다. 들어가 보니 남녀 구별 없이 뒤섞여 앉아 독서를 하거나 노트에 무언가를 적거나 졸고 있다. 전쟁은 여러 가지 변화를 가져왔다. 하지만 관료적인 분위기가 강한 도서관이 전쟁을 겪고서야 바깥세상처럼 남녀 공통의 열람실을 갖기로 결정했다는 건 일종의 유머 같다.

일본의 반쯤 관료적인 장소에서는 남녀 구별에 어리석을 만큼 민감했다. 우에노 도서관은 메이지 전반기에 히구치 이치요*가

---

* 근대 이후 첫 여성 소설가(1872~1896). 메이지시대 여성의 애환을 담은 「키 재기」,

자주 다녔다. 이치요의 일기에도 이곳이 종종 나온다. 그땐 아마 한 사람이나 두 사람 정도밖에 없었을 여성열람자는 어떤 곳에서 책을 읽고 공부를 했을까. 내 기억에 남아 있는 가장 첫 여성열람실은 현재 화장실이 있는 긴 복도의 막다른 곳, 빛이 잘 들지 않는 방이었다. 그곳만큼은 정기간행물실이나 일반열람실에서도 멀리 떨어져 있었다. 땅거미 지는 저녁, 어스름한 등이 비치는 긴 복도를 걸어 나올 때의 도서관 분위기는 독특했다. 날이 어두워지고 여성열람실 사람들이 하나둘 줄어들면, 소녀의 마음은 침착하기 어려웠다. 등골이 오싹해지는 기분으로 인적 없는 긴 복도를 나와 어깨에 전등불을 드리우며 앉아 있는 접수인의 모습을 보면, 겨우 인간 세상에 다가왔다는 생각에 안심하며 계단참에 걸려 있는 원형시계를 올려다봤다. 원형시계는 시침이 멎은 채 언제나 그 벽에 걸려 있었다. 이번에 가보니 그 긴 복도 끝에 나무상자가 가득 쌓여 있었다. 속이 깊은 사각형 상자였는데 쌓아 놓은 외관으로 안에 든 책의 중량감이 느껴졌다. 올 여름 스루가다이에 있는 잡지기념관에 갔을 때도 안 쓰는 사무실 바닥 위에 이런 나무상자가 가득 쌓여 있었다. 일본에서 바다 건너 미국으로 보낼 서적이라고 했다. 우에노 도서관 복도에 쌓인 나무상자에서도 그런 인상을 받았다.

「탁류」 등의 소설로 주목 받았으나, 과로로 인한 폐결핵으로 요절했다. 오천 엔권 지폐 속 인물.

일반열람실은 넓고 밝았다. 다만 석양이 집요하게 비쳐들었다. 공부하기에는 적절치 않은 눈부신 반사가 책장 위를 넘실거렸지만, 전문학교 여학생으로 보이는 젊은 여자들이 여기저기서 꽤 많이 책을 읽고 있다. 여성열람실이 따로 있던 시절, 방 안에 여자밖에 없다는 분위기 때문에 여학교 기숙사 자습실 같았다. 친구들끼리 온 사람들의 소곤거림이 꽤나 요란하게 들릴 때도 있었다. 지금 남자와 섞여 일반열람실에 앉아 있는 여자들 중에는 신경 쓰일 만큼 수다를 떠는 사람은 없었다.

그땐 가끔 같은 열람실에서 만나 필요한 책을 찾는 법 같은 걸 물으며 여성열람실 친구가 생겼다. 이를 계기로 도쿄에서 유일하게 흥미로운 여성 모임이 탄생했다. 십 년 전 그때는 각기 학교에 다니는 학생이거나 일을 하는 사람들이었다. 젊은 여성의 뜨거운 열망으로 가득 찬 그들은 제각기 도서관에 와서 학교 과목이나 일을 위한 책 외에 다양한 공부를 했다. 그러면서 서로 낯이 익고 이야기를 꺼내게 되어 도시락 먹을 때 함께 식당에 가거나 하면서 모임이 형성됐다. 서로를 격려하며 공부했고 밤이 깊어 으슥해진 우에노 숲속을 다 함께 무리 지어 집으로 돌아갔다. 젊은 여자들 모임으로는 드물게 가끔 서로 경제적 지원도 했다. 그 당시 가장 빨리 홀로서기에 성공해 개업한 여의사 친구가 모두를 위해 자주 힘써줬다.

십 년의 세월이 흐르는 사이 누구는 결혼하고, 누구는 전문직 자리를 맡고, 누구는 직업을 관두고 자기 개성을 살린 일로 진출

하려고 계획을 세우고 있다. 우에노와 도서관과 내게도 그리운 추억이 있는 이 특별한 모임. 우리는 오랜만에 도서관 인근 사쿠라기마을에 사는 동료의 집에 모였다. 모임의 동료들은 전쟁으로 다뿔뿔이 흩어졌다. 그랬다가 이번에 제각기 여자로서 인생의 방향에 새로운 기대를 걸고, 한 달에 한 번씩 모임을 갖기로 했다.

우리는 보기보다 안으로 깊숙하게 들어간 집 이층에 모였다. 서로에 대한 호감도가 대단히 높은 모임이었다. 다들 생활을 알았고, 이 사회에서 여자가 자립해 일을 한다는 것이 무엇인가 하는현실을 아는 열다섯 명 안팎의 사람들이었다. 어린 딸을 무릎에안고 있는 사람도 있었다. 원래는 어머니가 모임의 일원이었는데어머니가 돌아가시고 딸이 뒤를 이어 회원으로 출석하는 사람도있었다. 이 모임은 우에노 도서관 여성열람실이 밤에 정말 무서웠던 음악학교 숲 근처에서 도서관 본관 삼층으로 옮겨온 뒤 만들어졌다.

여자의 우정이 미덥지 못했던 것도 여성이 사회인으로서 무력했기 때문이었다. 경제적 능력도, 제대로 된 직업과 신분도 갖지못했기에, 친구에게 기대면 함께 흔들릴 수밖에 없는 생존의 발판밖에 갖지 못했다. 여자전문학교나 대학 동료라는 것도 이제까지처럼 부모의 경제력에 따라 생활이 보장되는 소녀들의 모임이 되어서는, 결국 생활의 문제까지 떠안는 동지로서의 우정이 싹트기어렵다.

이제 어느 도서관에서나 여성열람실은 자취를 감추게 되리라.

사회 전반에서 이런 차별을 없애려는 열정으로 불타오르는 여성들의 모임이, 최후의 여성열람실에서 태어났다는 사실은 아이러니하다.

최근 우에노 숲은 도쿄 내에서도 아주 무서운 장소가 됐다. 초겨울 일몰도 빨라져 다섯시만 넘으면 우에노 숲에 깊은 안개가 낀다. 서쪽하늘에 희미한 빛이 남아 있는데도 미술학교의 거망옻나무 가지는 벌써 어둠 속에 잠겨 검고 짙은 그림자로 보일 뿐이다. 이 시각이면 여성열람실 사람들은 거의 다 집으로 돌아갈 채비를 했다. 나도 보자기에서 신을 꺼내 층계 끝에서 바꿔 신었다.

• 수록 『분게이文藝』 1947년 3월
• 저본 『宮本百合子全集 第14卷』 新日本出版社, 2001

미야모토 유리코宮本百合子(1899~1951)

소설가, 사회운동가. 도쿄의 명망 있는 건축가의 장녀로 태어나 유복한 어린 시절
을 보냈다. 열여덟 살에 소설 「가난한 사람들」을 발표해 천재소녀로 주목 받았다.
자본주의 사회의 폐해를 깨닫고 문학으로 민주주의 운동을 펼쳤으며 수차례 투
옥 및 집필 금지처분을 받았다. 패전 후 피폐해진 사회상을 여성의 시선으로 섬세
하게 그려낸 소설 「반슈평야」를 비롯해 「두 개의 정원」, 「도표」 등 역작을 남겼으
며 집필, 강연, 집회 등 다양한 활동을 펼쳤다.

고바야시 다키지

감방수필

監房随筆

　쇠창살 낀 창문 너머로 하늘을 보는데, 푸른색이 점점 말라가나 싶더니 이내 도쿄에 겨울이 찾아왔다.

　하지만 그건 어디까지나 '도쿄의' 겨울이고, 홋카이도에서 이십 년 이상 산 내게는 겨울이라는 느낌이 조금도 들지 않았다. '겨울의 장난감' 정도로 느껴졌다. 오래전 어느 유명한 소설가가 자살 유서에 상당히 실감나게 이렇게 썼다. '적어도 일본의 가을은 보고 죽고 싶다…….' 다음날도 그 다음날도 찬비만 추적추적 내리는 북방의 가을밖에 모르는 나는, 붉은 벽돌로 둘러싸인 도쿄의 가을을 바라보며 적어도 저 하늘 아래서 걸어봤으면 하고 얼마나 바랐는지 모른다.

　인간은 가을이 오면, 독방에 앉은 자기 모습을 처음으로 거울에 비춰 보듯이 진지하게 주변을 둘러보게 된다.

　맑은 날이 이어져, 볕에 이불을 말리는 게 일주일에 한 번에서

두 번이 됐다. 잡역부가 작은 구멍을 열고 눈만 빠끔히 내밀고는,

"이불 준비—!"

하더니 구멍을 탁 닫고 간다.

나는 창 아래 쌓아둔 이불을 복도로 운반할 수 있도록 꺼내놓으며, 하루 종일 푸른 하늘 아래서 햇볕을 가득 받을 이불을 쓰다듬었다.

'이 녀석은 나보다 행복하구나!'

독방에 있으면 이런 생각을 진심으로 하게 된다.

복도 끝에서부터 순서대로 문이 열리고, 웃샤 하고 이불을 꺼내 갔다.

"18번방, 이불!"

철컹 문이 열렸다.

나는 이불을 나르며,

"간수님, 소장 면회 절차를 밟아주십시오!"

하고 자못 심각한 얼굴로 말했다.

"뭐하러?"

담당 간수는 눈을 희번덕거렸다. 공산당사건으로 들어온 자들은 독방끼리 연락을 취해 아무리 작은 일이라도 일일이 '소장 면회'를 하며 처우 개선을 위한 옥내투쟁을 하기 때문에 간수들 신경이 날카로웠다.

"또 눈깔사탕 투쟁인가—?"

간수는 손바닥 위 열쇠를 짤랑대며 이번엔 그냥 좀 넘어가라는 표정을 지었다.

"눈깔사탕 투쟁 아닙니다." 나는 빙긋 웃었다.

"이불보다는 인간이 햇살을 더 좋아하니까 인간도 볕을 좀 쬐게 해달라는 겁니다."

나는 일찍이 '눈깔사탕 투쟁'이란 걸 한 적이 있다.

이 형무소에 들어오고나서 하루걸러 하루는 오 전짜리 눈깔사탕을 구입했는데, 캐러멜보다 저렴하면서도 입에 넣고 빨면서 독방 안에서 책을 읽기에 더없이 좋았다. 그런데 요즘은 중간에서 돈을 가로채는 작자가 있는지 바깥 물건에 비해 말도 안 되게 비싸고, 때로는 개수가 제각각이거나 맛이 없었다. 우리는 여기까지 들어와 필요 이상으로 바가지를 쓰고 있었다. 그래서 소장을 면회하게 해달라고 간수에게 청했다.

"무슨 용건인가?"

간수는 귀찮다는 표정이었다.

"눈깔사탕에 관한 일입니다."

나는 진지하고 차분한 어조로 말했다.

"뭐? 눈깔사탕……이라고?"

간수는 이해를 못했다.

"눈깔사탕 맞습니다."

"어이, 어이!"

간수는 화난 목소리로 말했다. "너 지금 여기가 어딘 줄 아나. 장난하나!"

나는 눈깔사탕의 사정을 상세히 설명했다. 간수에게는 이를 거절할 권리나 이유도 없었기 때문에 소장에게 내 의사를 전할 수밖에 없었다.

다음날, 나는 소장과 면회했다.

"이봐, 나도 이런저런 일이 많아 바쁘다네. 눈깔사탕이 크니 작니 그런 걸로 일일이 찾아오면 곤란해."

소장은 내가 가지고 온 생각지도 못한 용건에 자신의 위엄이 경멸을 당했다는 듯 불쾌한 목소리로 말했다.

나는 말했다. ―"여기서는 눈깔사탕의 크고 작음이 어마어마하게 큰 문제다!"

그 후로 나는 물건을 살 때마다 현미경 대고 보듯 하나하나 손에 들고 꼼꼼하게 검사한다. 이 일은 독방 안에서 지내는 내게 하나의 즐거움이었다. 그리고 매일같이 눈깔사탕 건으로 소장에게 면회를 신청했다. 더구나 면회가 되면 한 번이라도 밖에 나갈 수가 있고, 그만큼 하루의 단순함을 덜 수 있어서 여기선 꽤 귀중한 일이었다.

"뭐야, 또 눈깔사탕인가?"

"맞습니다. 이제 개수가 많아졌다 싶으니까 이번엔 크기가 전보다 작아졌습니다."

소장은 말없이 날 노려봤고 언젠가부터 차차 기가 꺾이기 시작했다.

하지만 이뿐이었다면 투쟁도 뭣도 아니었으리라. 나는 소장실로 가는 길에 다른 동지가 있는 감방 앞을 지나며 되도록 큰 소리로, 눈깔사탕에 지푸라기가 들어 있어서 소장한테 면회를 하러 간다거나, 눈깔사탕 크기가 작아져서 항의하러 간다거나, 어제보다 개수가 하나 적어져서 담판을 지으러 간다는 말을 반복했다. 그러자 이 방법이 닷새도 채 되기 전에 효과를 드러냈다. 다른 감방에서도 눈깔사탕 투쟁에 자극을 받아서 "이봐, 접시 가장자리가 깨어졌으니 바로 바꿔줘"라거나, "이봐, 된장국 속에 벌레가 들어 있어" 하고 그걸 정성스럽게 종잇조각 위에 올려 가져가거나, "이봐, 방이 어두우니 방을 바꿔줘"라거나, "이봐, 발성운동을 허가해줘"라거나, "이봐, 무슨 이유로 나한테 들어온 책이 허가가 안 났는지 설명해주면 좋겠는데"라거나…… 우리가 있는 남쪽 건물에서 용감한 투쟁이 일어나버렸다.

"공산당은 진짜 못 말리겠다!"

간수도 결국엔 그렇게 말했다. 하지만 무엇보다 유쾌했던 일은 둥글고 유머러스한, 유년시절 꿈을 떠올리게 하는 귀여운 눈깔사탕이 하고 많은 가운데 옥내투쟁의 불길을 당겼다는 사실이다…….

아무튼 간수들은 생각보다 훨씬 더 간이 작다. ―내가 또 그런 일을 벌일까 싶어 날 억지로 밀어 넣고 옆방으로 가버렸다.

옆방에는 조선인 동지가 있었다. 우린 가끔 서신을 통해서나, 운동이나 목욕을 다녀오는 길에 이야기를 나눴다. 그는 고향의 가족들이 어떻게 되었는지 알지도 못한 채 도쿄에서 비합법운동을 하다 잡혀왔기에, 동지들도 그가 어떻게 됐는지 아는 사람이 없어서 그에게 뭘 넣어주는 사람이 아무도 없었다. 그래서 미결수인데도 파란 옷을 입고 파란 이불에서 잤다. 내 경우는 가끔 가족들이 필요한 물건도 넣어주고 과일이나 과자도 살 수 있었지만, 이 조선인 동지는 한번도 밖에서 누가 뭘 넣어준 흔적이 없었고 물건을 사는 법도 없었다. 특히 여기서는 어디서 누가 무슨 물건을 받고 샀는지 훤히 알 수 있어서, 내 물건이 들어올 때마다 옆방 동지 생각에 맘이 쓰였다.

언젠가 목욕을 하고 돌아오는 길에 간수의 눈을 피해 그의 독방 문을 두드리며,

"괜찮나? 아픈 데는 없나?"

하고 물었다.

그러자 안에서,

"괜찮소."

조선인답게 또록또록한 발음으로 대답을 해준 적이 있었다.

그 옆방 동지가 이불을 꺼내며 무슨 말인가를 했다. 문득 귀를 쫑긋 세우고 들으니, 이불만 시켜주지 말고, 인간도 햇볕을 쬐게 해달라고 요구하는 게 아닌가. —나는 엉겁결에 미소를 지었다. 그는 내가 아까 한 말을 듣고 곧바로 조직적으로 뒤를 이어준 것이다!

"뭐야, 아까 18번방이 하는 소릴 들은 거냐? 니들한텐 진짜 질렸다."

보라! 나는 생각했다. ─동지란 이런 것이다!

나는 발로 바닥을 쿵쿵 구르며 응원했다.

• 수록 『아사히그래프ｱｻﾋｸﾞﾗﾌ』 1932년 1월
• 저본 『小林多喜二全集 第5巻』新日本出版社, 1992

고바야시 다키지 小林多喜二(1903~1933)

소설가. 홋카이도 출신. 오호츠크해 게 잡이 공선 노동자들의 참상을 폭로한 소설 『게공선』으로 일본 사회를 충격에 빠뜨렸다. 한창 군국주의로 치달으며 노동문학가들을 엄격히 통제하던 일본 정부는 프롤레타리아 문학의 중심에 있던 고바야시 다키지를 검거해 고문하고 학살했다.

오다 사쿠노스케

오사카의 우울
大阪の憂鬱

1

또 오사카 이야기다. 하지만 오사카 이야기를 쓰기란 쉽지가 않다. 요즘 오사카에서 일어난 일 가운데 글로 쓰고 싶은 유쾌한 이야기는 거의 없다. 설령 있다 하더라도 사정이 있어 쓸 수가 없다. '소리로 듣는 오사카 암시장 풍경' 같은 걸 써달라는 주문도 있었지만 부리나케 붓을 들 기분은 들지 않았다.

이런 식으로 서문을 쓰지 않고서는 글이 써지질 않는다. 독자들도 우울하겠지만, 나도 우울하다. 소재인 오사카도 우울하리라.

내 친구 중에 자기 전 향이 진한 커피를 마시지 않으면(마시면의 오자 아님) 잠을 못 이룬다는 까다로운 악습관을 가진 이가 있다. 마시는 사람 입장에서도 수면제로 커피가 필요할 정도라니까 얼마나 우울하겠냐마는, 그런 취급을 당하는 커피 역시 꽤 우울하리라.

오사카에 대해 쓰는 것도 이와 비슷하다. 예를 들어 나가이 가후나 구보타 만타로가 도쿄를 사랑해서 도쿄에 대해 쓰는 것처럼, 향이 진한 커피를 맛보듯 오사카의 정취를 음미하면서 지난날 내 청춘을 떠올린다는 점에서 즐거움과 기쁨도 있다. 일찍이 나는 이렇게 살아왔다. 아직 삼십대 중반에도 못 미치지만 그래도 오사카 이야기를 쓰는 데는 나름대로 청춘의 회고가 있었다. 그러나 내가 지금 회고담을 쓰고자 하는 것은 아니다.

나의 곁에서 가을날 풀꽃들이 이야기하길
쇠락하는 것들은 사랑스럽습니다

와카야마 보쿠스이가 노래한 이 같은 감정에 젖는 것도 내게는 허락되지 않는다. 내가 써야 하는 것은 향기를 상실한 오사카다. 음미할 수 없는 오사카다. 수면제로 쓰이는 커피는 결국 실용적인 커피인데, 오늘날 오사카도 마침내 실용적인 오사카가 되고만 것일까.

그러나 오사카는 원래 실용적이었다고 사람들은 말하리라. 아니다. 오사카 이외의 지역이 지나치게 비실용적이었을 뿐, 오사카는 맛도 있고 향도 있는 곳이었다. 심지어 다른 지역보다 수준이 높았다고 한다면 지나치게 내 고향 편만 드는가 싶지만, 적어도 내게 오사카는 고매한 향과 제대로 된 풍미를 지닌 커피였다.

커피라면 오늘날 오사카의 번화가(다시 말해 암시장인데)에는 긴자와 마찬가지로 향이 훌륭한 모카나 브라질 커피를 마실 수 있는 가게가 꽤 많이 생겼다.

그러나 우리는 그런 커피를 맛보기 전에 우선,

"이제 이런 커피를 마실 수 있는 세상이 됐구나. 하지만 이런 커피 원료를 어떻게 얻었을까" 놀라기 바쁘다.

쓸데없이 놀라지 말자. 그런 사람은 오늘날 오사카 암시장을 말할 자격이 없다.

한 개 120엔짜리 밤과자를 파는 게 오사카 암시장이다. 한 개 12엔이라니 너무 싼걸, 싶어 사려고 보니 120엔이라 간담이 서늘했다는 사람이 있는데, 그 정도 일에 놀라 간담이 서늘해지는 정신력으로는 오사카 암시장에서 이방인이다. 한 통에 만 엔짜리 술도 파는 마당이다.

"남을 놀라게 하면서 자기는 놀라지 않는다는 게 댄디즘의 첫째 조건이다"라는 취지의 말을 보들레르가 했는데, 그런 의미에서 우리는 댄디한 사람이 되는 게 지금 당장 미치지 않기 위해 필요한 첫째 조건이 아닐까.

그만큼 보고 듣는 모든 게 경탄할 만한 것으로 가득하다. 게다가 그런 것이 쉴 틈 없이 다양하게 어수선한 템포로 우리를 덮쳐오는 오늘, 하나하나 너무 정직하게 놀라다보면 내일의 신경이 어찌될지 장담할 수 없다. 속된 말로 놀라고 있을 짬도 없다.

"뭐든지 다 판다."

오사카의 대표적인 암시장―우메다, 덴로쿠, 쓰루하시, 난바, 우에로쿠를 걸어 다니는 사람들은 이구동성으로 말한다.

생각해보면 요즘 일본인들은 어중이떠중이 다들 판에 박힌 말을 하고 살며 심지어 그런 말밖에 하지 않게 됐는데, 어중이도 떠중이도 되고 싶지 않은 나는 되도록 판에 박힌 말을 피하고 싶다. 하지만 오사카 암시장에 대해 쓰고자 한다면 어중이떠중이, 아니 앵무새처럼 판에 박힌 이 말을 쓰지 않을 수 없다.

"뭐든지 다 판다"고.

왜냐하면 오사카 암시장의 특색을 말하기에 이 한 마디만 한 게 없기 때문이다.

쌀을 판다. 담배를 판다. 어둠의 경로다. 돈만 들고 가면, 설령 한밤중이라도 암시장 어딘가에서 쌀밥을 먹을 수 있고 담배를 살 수 있다. 도쿄사람들은 이 얘길 듣고 혀를 내두를까, 미간을 찌푸릴까, 부러워할까.

물론 경찰의 단속은 있다. 일부러 몇 월 며칠부터 쌀과 담배 판매를 탄압하겠다고 예고했고 이미 열 차례 넘게 발표했다. 느닷없는 검거도 있었다. 하지만 여전히 길거리에서 빵과 카레라이스는 모습을 감추지 않고, 우메다의 도로 양옆에서는 거의 집집마다 담배를 암거래 한다.

6월 19일 오사카의 한 신문에 다음과 같은 기사가 났다.

'오사카 소네자키 경찰서에서는 19일 오전 9시, 오십 명가량의 제복경찰을 투입해 우메다 자유시장 담배판매업자를 일제히 단속했다. 때마침 혼잡을 틈타 몽둥이와 벽돌이 뒤섞인 난투극이 벌어졌으며 중경상을 입은 이가 여럿 나왔다. 부상자는 다이도병원에서 치료 중이다.

(목격자 발언) 난투 현장을 목격한 다이와농산공업 쓰다 씨(가명)는 중상에도 굴하지 않고 범인을 검거하려던 경찰의 분투를 보고 다음과 같이 말했다.

—장소는 우메다대로 전찻길에서 조금 들어간 뒷길이었습니다. 사복경찰 하나가 담배판매업자를 연행해가는 중에 골목에서 튀어나온 무리가 그들을 둘러싸 손에 든 각목으로 경찰을 마구 때렸고 무방비상태였던 경찰은 금세 쓰러져 물웅덩이에 얼굴이 처박혔습니다. 죽은 듯이 넘어져 몇 초가 흘렀을까 다시 의식을 되찾은 경찰이 용감히 달려든 순간 기다렸다는 듯이 벽돌 두 개가 연달아 날아들었고, 다시 등뒤에서 각목으로 머리를 강타해 경찰을 꼬꾸라뜨렸습니다.'

하지만 이 사건이 있고 이틀 후 같은 신문에는 벌써 다음과 같은 기사가 났다.

'유혈 검거에도 암시장 담배는 여전하다. 검거를 두려워하는 기색

없이 오늘도 가판대에서는 담배가 날개 돋친 듯 팔려나간다. 경찰의 단속을 비웃기라도 하듯 검거망 한가운데서 당당히 담배를 파는 암시장 상인이 말하길—경찰이나 담배공사가 아무리 담배 판매를 단속해도 하는 수 없습니다. 담배공사가 손수 창고에서 대량으로 꺼내 유통시키고 있으니까요.'

도쿄사람들은 이 기사를 읽고 놀라겠지만 나는 놀라지 않는다. 나뿐만이 아니다. 오사카사람이라면 누구든 놀라지 않을 것이다.

그리고 또 다음과 같은 일에도 놀라지 않는다.

요즘 오사카 암시장에는 '경계경보' '공습경보'라는 단어가 떠도는데, 전쟁 이야기가 아니다. 경찰이 덮칠 때를 '경보'라는 은어로 몰래 알렸다. 제아무리 극비로 진행해도 미리 흘러나간다. 이것이 '경계경보'다. 단속 당일에는 '공습경보'가 날아든다.

6월 19일 검거는 소네자키 경찰서뿐만 아니라 관할지역 전체에서 진행돼 이튿날까지 이어졌는데 우메다에도 '경보'가 떴다. 그러나 도망치기에 너무 늦은 일행이 있었다. 압수된 담배는 이틀간 합계 15만 개비였다고 한다.

도망치다 잡힌 것만 15만 개비니 오사카 전체에 담배가 얼마나 흘러들어갔는지 상상도 할 수 없을 정도다.

빈정대길 좋아하는 누군가가 말했다.

"요즘 잎담배밖에 배급이 안 되는 건 담배공사가 뒷구멍으로 팔려고 창고에 쌓아두기 때문이네."

또 다른 빈정거리는 사람이 말했다.

"7월 1일부터 담뱃값이 인상되는 건 계속되는 담배공사의 내부 도난으로 인한 적자를 막기 위해서라네."

그만큼 도난도 잦고, 또 암시장 상인 말로는 불법 판매가 많다고 한다. 그런 걸 마치 신문 팔듯 당당하게 팔고 신문 사듯 간단하게 사간다. 이것이 오사카다.

기묘한 것은 암시장 다섯 곳의 담배 가격이 모두 일정하게 통제되고 있다는 사실이다. 때에 따라 변동은 있다. 말하자면 시세가 들쑥날쑥한 것이다. 담배의 시세는 딱 한 사람(바로 두목)이 매일 아침 결정하는데, 그가 내린 지령이 암시장 다섯 곳에 날아들어 그날의 시세를 통제한다고 한다. 만약 그렇다면 그 한 사람의 통제력이 이 나라 정부의 통제력보다 위에 있다는 소리니, 차라리 통쾌하지 않은가.

3

나는 지금 교토에서 이 원고를 쓰고 있는데, 불타버린 오사카에 비해 화재를 면한 교토의 아름다움은 슬프도록 눈부시다.

교토는 안 그래도 아름다운 도시였다. 하지만 불타지 않은 유일한 도시라고 생각하니, 참혹하게 불타버린 잿빛 오사카를 본 눈에는 교토가 거짓말처럼 한층 더 아름답게 여겨지고 오사카의 지저분함이 두드러져 보였다.

평범한 사실을 평범하게 말하자면, 오사카 거리는 분명 더럽다. 특히 암시장의 더러움으로 말할 것 같으면 상상을 초월한다. 이제 와서 무슨 말이 더 필요할까 싶을 정도로 더럽다. 나카노지마 일대나 미도스지 부근에 지난날 오사카가 간직했던 아름다움이 겨우 남아 있을 뿐, 나머지는 여길 봐도 저길 봐도 오래된 행주처럼 더럽다. 더군다나 요상하다.

'요상하다ややこしい'는 말을 설명하는 것만큼 요상한 일도 없다. 복잡, 기괴, 미묘, 곤란, 애매, ─끼워 맞추려 해도 맞는 게 없을 만큼 요상한 말이다.

"저 은행 요즘 요상해."

"저 두 사람 사이가 요상한데."

"저 길은 요상하더군."

"다마노이는 진짜 요상한 데야."

"요상한 연극이네."

이토록 의미가 다르고, 그 뜻을 다른 어휘로는 설명할 수가 없다.

하지만 굳이 설명하자면, 요사이 내가 오사카를 '요상하다'고 느낀 건 우메다 암시장을 걸을 때였다. 어디를 어떻게 지나야 빠져나올 수 있을지 알 수가 없다. 똑같은 데를 몇 번씩 가도 완전히 미궁 속으로 내던져진 듯한 불안한 감정이 든다.

일찍이 나는 오사카 번화가 일대만큼은 어느 골목을 빠져나가면 무슨 가게가 있고, 무슨 가게 옆에 무슨 가게가 있는지 속속들이 알고 있었다. 오사카에서 길을 잃는 법은 없었다. 하지만 우메다 암시장에 가면 난 그저 촌놈에 불과하다. 여행에 익숙하지 않은 여행자처럼, 어서 역 앞으로 빠져나오려고 허둥지둥 걸어 나온다. 낯익은 사람도 없다.

다행히 아는 사람을 만나더라도 그 사람 역시 여행자처럼 이리 저리 눈을 굴리고 있다. 상황 파악이 안 되니 당황스럽다. 어쩐지 오사카에게 버림 받은 기분이다. 집 나간 부인이 광산업자나 토목업자 곁으로 가 엄청난 위세를 떨치며 활개를 치고 다니는 걸 마주한 느낌이라 해도 좋다. 네 맘대로 하라고 고개를 돌리는 수밖에 도리가 없다. 하지만 덕지덕지 분을 발랐음에도 문득 코 옆의 작은 점을 발견했을 땐, 역시 그 옛날 그리운 나의 아내다.

요전에 오사카에 갔을 때도 결국 이런 상태가 됐구나 하고 불쾌한 기분으로 밤의 암시장에서 길을 잃었는데, 문득 어둔 구석에서 반딧불 파는 걸 봤다. 두 마리에 5엔. 암시장에서는 구두닦이 다음으로 지저분한 가게지만, 그래도 어둠 속에 가냘프게 반짝이는 푸른 빛무리 주변으로 밤의 고요함이 숨어드는 걸 본 순간, 나는 그곳만이 암시장의 떠들썩함에서 오도카니 떨어져 있으며, 그곳만이 지저분하고 요상한 암시장 안에서 유일한 아름다움—흡사 잊혀가는 아름다움이라는 생각에, 지난날 오사카의 여름밤 번화가 구석과 야시장 변두리가 떠올랐다. 옛 아내를 다시 만났다기보다는 죽은 아내의 꿈을 꾼 듯한 그리운 감상에 젖었다.

4

암시장에서 파는 반딧불을 보고 아름답다고 생각한 건 돌이켜보면 경멸스럽다. 우선 이런 형태의 감상, 이런 형태의 문장은 전쟁 중에 '마음의 양식인 여유를 잊지 말자'라는 명목으로 꽤나 범람했고, '공장에 핀 꽃'이나 '잿더미 위에서 꽃을 파는 소녀'와 같이 이른바 미담제조가가 신파 이야기를 만드는 방식과 닮은 듯하다.

반딧불 풍류도 좋다. 하지만 풍류 같은 건 서둘러 잡문의 재료로 삼을 것이 아니다. 다 큰 어른이 아닌가. 차라리 반딧불을 날려준다면 기온 같은 데로 돌아가 다카세강 위를 날아다니겠지. 절 나무 사이를 누비고 유성이나 도깨비불처럼 퍼뜩 빛났다 퍼뜩 사라져 휘휘 날아다니겠지. 반딧불의 가냘픈 푸름을 묘사하는 편이 한 마리 5엔짜리 암시장 반딧불보다는 멋있으리라. 적어도 아름답다.

그것이 교토의 아름다움이다. 재해를 입어 초라하고 지저분해진 오사카와 헤어진 교토는 오히려 더욱 아름답고 화려해져 덕분에 생생하게 활기를 찾았다. 낡은 장지문에 찢어진 구멍처럼 무기력했던 교토가 새 종이를 바르고 다시 태어난 것이다. 교토에서는 그저 하늘을 나는 반딧불인데, 오사카에서는 이걸 잡아와 두 마리 5엔에 팔고 있다. 비참하다는 말밖엔 나오지 않는다.

하지만 역시 오사카는 오사카다. 교토에서 가장 번화한 시조거리와 가와라마치거리 상점가 자본은 패전 후 대부분 오사카 상인에게서 나왔다는 이야기를 들었다. 최근에 시조와 가와라마치 부근 토지를 신권 오백만 엔에 사들인 오사카 상인이 있다고 한다.

불에 타도 역시 오사카는 오사카다. 이런 시각에서 본다면 오사카와 교토의 번화가와 암시장을 걸을 때도 서로 다른 분위기를 느낄 수 있다. 교토에서 오사카로 간다. 암시장을 걷는다. 뭔가 압도적으로 가슴을 죄어 오는 왕성한 박력이 느껴진다. 강하게 육박해 온다. 느닷없이 습격을 당한 기분이다. 불타지 않은 행복한 교토에는 없는 느낌이다. 이미 교토는 오사카의 여인이 된 건지도 모른다.

도쿄 암시장도 상인들의 고함소리만큼은 위세가 등등하지만 여기저기 산재한 오사카의 암시장과 같은 박력은 없다. 흩어져 있는 대나무 살을 일단 한번 실로 감아 쳐보면 으르렁하듯 큰소리를 내는 힘이 있다.

이 같은 힘이 센니치마에를, 신사이바시를, 도톤보리를, 신세카이를 부흥시켰다. 하지만 나는 당황하지 않는다. 이들 번화가는 부흥했다. 정부와 관청에 맡겨두면 판잣집 하나도 세우지 못하는 요즘 세상에, 자기들 힘으로 잘도 여기까지 재건했다고 생각될 정도로 텅 빈 공간을 메웠다. 호젠지—질리도록 먹는 골목이라 불리던 호젠지 골목의 불탄 곳에도 니카쿠나 그 밖의 옛날 그리운 음식점이 부활했다. 센니치마에의 가부키자 골목—옛날 나카무라 간지로가 무대로 지나다니는 통로였다고 간지로 골목이라 불리던 뒷골목도 전보다 집이 더 많아졌을 정도로 판잣집이 세워지고

먹자골목답게 가게마다 음식점이 들어섰다. 이런 걸 보고 들으면 그리워지지만 그렇다고,

"오사카 말입니까. 센니치마에도 신사이바시도 도톤보리도 신세카이도 아, 그리고 호젠지 골목도 간지로 골목도 모두 부흥했습니다. 오사카는 아주 왕성합니다."

하고 천연덕스럽게 큰소리칠 수 있을까.

언젠가 어느 암시장 식당에서 바짝 마른 청년 하나가 밥을 먹는 장면을 목격했다.

그는 우선 카레라이스를 먹고 튀김덮밥을 먹었다. 그리고 조금 생각하더니 오므라이스를 주문했다.

그걸 다 먹어치우고는 잠시 물을 마신 다음 종업원을 불러 다시 카레라이스를 주문했다. 한참 후에는 볼이 미어지게 초밥을 먹고 있었다.

나는 그의 왕성한 식욕에 감탄했다. 그 씩씩한 기백에 경외감마저 들었다.

"오사카 같은 놈이로군."

하지만 나중에 들어보니 그 청년은 일종의 기아공포증을 앓고 있어서 아무리 먹어도 끊임없이 공복감이 몰려와 정신없이 먹는다고 한다. 왕성한 것은 식욕이 아니라 굶어 죽을지도 모른다는 공포감이었다.

짐짓 아무렇지 않은 척하려 했지만 사실 오사카의 왕성한 부흥을 보면서 이 청년의 기아공포증과 비슷한 게 아닐까 하고, 문득

생각했다.

센니치마에, 신사이바시, 도톤보리, 신세카이, 호젠지 골목, 간지로 골목이 부흥해도, 아니 부흥하면 할수록 오사카가 쓸쓸히 수척해가는 모습은 더욱 눈에 띈다.

암시장에서 담배나 쌀을 파는 것도, 아니 팔지 않으면 안 되는 것도 생각해보면 오사카의 왕성함이라기보다는 차라리 오사카의 서글프고 초라한 발버둥이 아닐까.

▸ 수록 『분게이슌주文藝春秋』 1946년 8월
▸ 저본 『定本織田作之助全集 第8卷』 文泉堂出版, 1976

오다 사쿠노스케織田作之助(1913~1947)

다자이 오사무, 사카구치 안고와 함께 사회통념에서 벗어나 자유로운 저작활동을 펼친 전후 무뢰파 작가. 스탕달의 영향으로 소설을 쓰기 시작했다. 폐결핵으로 일찍 세상을 떠났지만 이미 자신의 몸을 돌보지 않아 건강을 해친 상태였다. 오사카에서 나고 자란 오다사쿠(애칭)는 왁자한 오사카 풍경과 저잣거리 사람들의 삶과 사랑을 생생하게 묘사한 장편소설『메오토젠자이(부부 단팥죽)』로 큰 사랑을 받았다. 한편「수필 오사카」,「오사카의 얼굴」,「오사카의 발견」등 오사카의 감수성을 유쾌하고도 시니컬한 필체로 써내려간 산문을 다수 남겼다.

오다 사쿠노스케

가을에 오는 것

秋の暈

가을秋 아래 마음心을 붙여 시름愁이라 지은 것이 누군지는 몰라
도 참으로 절묘하게 잘 지었다. 시름하는 사람은 정말이지 계절의
변화를 민감하게 느끼며 그중에서도 가을의 기운이 불어오는 것
을 누구보다 사무치게 느끼리라. 나 또한 가을의 기운을 다른 이
에 비해 빨리 느끼는 편이다. 내 경우는 시름하는 탓이라기보다
매일 밤새도록 깨어 있기 때문이다.

　밤을 새우는 나의 버릇은 열아홉 살 때부터 시작돼 십 년 넘게
나을 기미가 보이지 않는다. 최근에는 일에 쫓겨 거의 하루도 빠
짐없이 철야를 한다. 그런 탓에 연중 새벽이라는 새벽은 다 알고
있다 해도 과언이 아닐 정도인데, 새벽이 가장 아름다운 건 역시
가을, 특히 여름에서 가을로 들어가는 길목에서 만나는 새벽이리
라.

　키 175센티 몸무게 49킬로, 이런 깡마른 체구 덕에 더위에 강한

나는, 웃통을 벗고 밤을 지샌 일이 거의 없다. 아무리 더워도 제대로 유카타를 입고 책상 앞에 앉는데, 8월로 접어든 어느 새벽엔 제법 쌀쌀하게 느껴지기까지 했다. 사람들이 무더위로 잠들기 힘든 밤의 고통을 그대로 꿈속으로 지니고 들어갈 때, 나는 싸늘한 밤공기를 피부로 느낀다. 어렴풋한 풍경 소리마저 맑다. 매미 소리도 어느새 들리지 않고, 방 안에 길을 잃은 벌레가 여름벌레인가 싶어 부채를 펄럭이니 찌르찌르 울며 숨을 거둔다. 방울벌레 같다. 8월 8일, 입춘이라 적힌 달력을 보지 않아도 아, 벌써 가을이구나, 나는 느낀다. 남들보다 훨씬 빨리……

사오 년 전 8월 초순, 시나노 지방 오이와케에 간 적이 있다. 오이와케에는 가루이자와, 구쓰카케와 함께 아사마산 3대 여관이 있었다. 지금은 불타버린 아부라야여관은 에도시대 역참의 모습을 그대로 간직한 곳으로 호리 다쓰오, 무로오 사이세이, 사토 하루오 외에 많은 작가가 즐겨 묵었다. 특히 호리 다쓰오 씨는 연중 절반을 여기서 보냈을 만큼, 가와바타 야스나리 씨의 이즈 유가시마온천 못지않게 작가들에게 사랑 받는 여관이었다.

밤 열시가 넘은 시각, 야간열차로 우에노를 출발했다. 군마 인근부터 졸기 시작했는데 갑자기 서늘하게 오한이 들어 잠에서 깼다. 우스이고개로 접어들고 있었다. 달빛 아래 자작나무 숲이 보였다. 참억새 이삭이 차창 밖으로 아슬아슬하게 스치며 지나갔다. 오이풀 꽃도 피어 있었다. 푸르스름한 달빛이 환해 새벽녘처럼 느껴질 정도였다. 하지만 사위는 아직 밝지 않았다.

이윽고 가루이자와를 지나고 구쓰카케를 지나 오이와케에 닿았다.

어둑어둑한 역에 내려서자 역장이,

"시나노 오이와케! 시나노 오이와케!"

흔들리는 석유등 불꽃의 꼬리가 길게 여운을 남기듯, 어딘지 모르게 느슨한 목소리로 역 이름을 외쳤다. 타고 온 기차를 먼저 보내고 선로를 넘어 오이와케 숙소로 향하는 외길을 걸었다. 아사마산이 기분 나쁘게 검은 빛을 띠며 누워 있었는데 그 모양이 잠깐 사이에 더욱 선명해졌다. 조금 있으면 날이 밝는다.

인적 없는 쓸쓸한 외길을 오르니 금세 숲속이었다. 전방 자작나무에 알전구가 걸려 있다. 희미한 불빛 주변으로 가을날 새벽의 외로움이 달무리처럼 모여 있었다. 가슴을 저미는 먼 데 풍경이었다. 밤이슬 젖은 길가에는 고원의 가을꽃이 가련한 빛을 띠며 피어 있었다. 나는 뼛속 깊이 가을을 느꼈다. 달력은 아직 여름이었지만……

일찍이 내게도 지극히 고독한 시기가 있었다. 어느 밤, 어둔 길을 쓸쓸한 나의 게다 소리를 들으며 걷고 있노라니, 문득 어둠 속에서 물푸레나무 냄새가 났다. 나는 무심코 가슴이 뜨거워졌다. 비 온 뒤 거리였다.

이삼일 지나 아파트 방 안에 물푸레나무 가지를 꺾어 꽂아두었다. 그 냄새가 나의 고독을 위로했다. 나는 냄새가 달아날까 두려워 커튼을 쳤다. 커튼 틈으로 쌀쌀한 바람이 파고들어 나의 외로운 가슴속으로 조용히 불어왔다. 그것이 나를 슬프게 했다.

　일주일 지나자 물푸레나무 냄새가 사라졌다. 노란 꽃잎이 마룻바닥으로 똑똑 떨어졌다. 나는 쇼팽의 '빗방울 전주곡'을 듣는 듯했다. 담배를 피우는데 싸늘한 공기가 연기와 함께 입 안으로 들어왔다. 이유도 알 수 없이 그것이 서글펐다.

• 미발표 원고, 집필시기 미상
• 저본『定本織田作之助全集 第8巻』文泉堂出版, 1976

다자이 오사무

아, 가을
あ、秋

본업이 시인쯤 되면 언제 어떤 주문이 들어올지 모르므로 시 재료를 늘 준비해둬야 한다. '가을에 대하여'라는 주문이 들어오면 오 좋았어, 하며 '아' 서랍을 연다. 사랑(아이), 파랑(아오), 빨강(아카), 가을(아키) 각종 노트 가운데 가을을 꺼내들고 신중히 들여다보는 것이다.

　잠자리. 투명하다. 이런 글귀가 있다.

　가을이 되면 잠자리도 힘이 빠져 육체는 죽고 정신만 팔락팔락 날아다니는 모습을 가리킨 말 같다. 잠자리의 몸이 가을 햇살에 비쳐 투명하게 보인다.

　가을은 여름이 타고 남은 것. 이런 글귀도 있다. 불타 그슬린 땅이다.

여름은 샹들리에. 가을은 등롱. 이라고도 쓰여 있다.

코스모스, 무참. 이라고 쓰여 있다.

언젠가 교외의 한 식당에서 메밀국수를 기다리며 식탁 위에 펼쳐진 오래된 사진 한 장을 봤는데, 대지진 때 사진이었다. 온통 불타버린 들판에 체크무늬 유카타를 입은 여자가 지쳐서 혼자 웅크리고 있었다. 나는 비참한 그 여인을 가슴이 타들어가는 심정으로 사랑했다. 무시무시한 정욕마저 느꼈다. 비참과 정욕은 동전 앞뒷면일까. 숨이 멎을 만큼 괴로웠다. 황량한 들판에 핀 코스모스를 보면, 나는 이 같은 고통을 느낀다. 가을날 나팔꽃도 코스모스만큼이나 별안간 나를 질식시킨다.

가을은 여름과 동시에 찾아온다. 라고 쓰여 있다.

이미 가을이 여름 안에 몰래 숨어들어왔는데, 사람들은 무더위에 속아 눈치채지 못한다. 귀를 기울여 주의 깊게 들어보면 여름이 오자마자 풀벌레 울고, 뜰로 눈을 돌려보면 여름과 함께 도라지꽃 피는 걸 발견할 수 있다. 잠자리도 원래 여름의 곤충이며, 감나무도 여름 동안 착실하게 열매를 맺는다.

가을은 교활한 악마다. 여름 동안 모든 준비를 마치고 배실배실 웃으며 웅크리고 있다. 나 정도로 날카로운 안목을 가진 시인쯤 되면 단번에 그걸 꿰뚫어볼 수 있다. 식구들이 여름을 기뻐하며 바다로 갈까 산으로 갈까 들떠서 말하는 것을 보면 가여운 생각이

든다. 벌써 가을이 여름 속에 숨어들어왔는데. 가을은 만만치 않게 끈질긴 녀석이다.

괴담 좋고. 안마. 여보세요.
손짓하는 억새풀. 저 뒤편에는 분명 무덤가가 있습니다.
길을 물으니, 여자는 벙어리였네, 메마른 들판.

나조차 의미를 알 수 없는 것들이 이것저것 적혀 있다. 무슨 메모를 할 생각으로 적어둔 것일 텐데 나도 잘 모르겠다.

창밖에 검은 흙 사이로 바스락바스락 기어가는 못생긴 가을나비를 본다. 유별나게 튼튼해 죽지 않고 살았다. 결코 허무한 모습은 아니다. 라고 적혀 있다.

이걸 쓸 당시 나는 몹시 괴로웠다. 언제 쓴 것인지 똑똑히 기억한다. 하지만 여기선 밝히지 않겠다.

버려진 바다. 이런 글귀도 있다.
가을 해수욕장에 가본 적 있나요. 물가로 떠밀린 찢어진 파라솔, 환락의 흔적, 빨간 랜턴도 버려지고, 머리핀, 휴지조각, 레코드 파편, 빈 우유병, 불그레하게 혼탁한 바다가 철썩철썩 파도치고 있었습니다.
오가타 씨에겐 아이가 있었죠.
가을이 되면 살결이 보송보송했는데 그리워지네요.

비행기는 가을에 타는 게 제일 좋습니다.

이것도 의미를 잘 모르겠지만, 가을날 대화를 몰래 엿듣고 그대로 적어둔 것 같다.

또 이런 것도 있다.

예술가란 언제나 약자의 벗이어야 하거늘.

가을과 상관없는 글인데, 어쩌면 '계절의 사상' 같은 것인지도 모른다.

그 밖에,

농가. 그림책. 가을과 병사. 가을누에. 화재. 연기. 사원.

주절주절 많이도 적어 놓았다.

· 수록 『와카쿠사若草』 1939년 10월
· 저본 『太宰治全集 3』 筑摩書房, 1988

다자이 오사무 太宰治(1909~1948)

소설가. 아오모리 쓰가루에서 고리대금업의 성공으로 부와 명예를 거머쥔 아버지의 11남매 중 열 번째 아들로 태어났다. 학창시절 아버지에 대한 반발로 자기 집안을 고발하는 소설을 쓰며 프롤레타리아 운동에 뛰어들지만 곧 좌절하고 자살 시도를 하는 등 절망으로 가득 찬 청춘을 소설로 써냈다. 때로는 태어나서 죄송하다고, 때로는 인간은 사랑과 혁명을 위해 태어나는 것이라고 외치다, 급기야 자신은 인간 실격이라고 읊조리며 목숨마저 물속으로 끌어안고 세상을 떠났다. 일상에서 보고 듣고 느낀 대부분의 것을 소설의 소재로 삼았으며 여성의 문체와 남성의 문체를 오가는 독특한 방법으로 인간 본질에 다가가고자 했다. 몰락한 귀족 여성의 삶을 그린 『사양』과 일본 특유의 사소설을 예술의 경지로 끌어올린 『인간실격』 등은 전후 일본 사회에 큰 파장을 가져왔다.

온천

温泉

아름다운 물이다, 그래, 흡사 수정을 녹인 듯 아름답다, 나의 몸을 담그기에 어쩐지 과분하다는 생각이 들었다. 가만히 탕으로 들어간다, 졸졸 물이 넘쳤다, 아까운 짓을 했구나, 탕 안에 찰랑찰랑 잔잔한 물결이 일었다. 기분 좋다, 햇살이 불투명 유리 너머로 쏟아져 물 밑까지 비추었다. 물은 다시 잠잠해져 나의 몸을 감쌌다. 정말로 밝다, 밖에서 참새가 쩍쩍 울었다. 무심코 밝은 창문 쪽을 바라본다, 뜰에서 드리운 나뭇잎 그림자가 불투명 유리에 검은 그림을 그렸다. 바슬바슬 미미하게 움직이고 있다. 나뭇잎 한 장이 팔랑팔랑 떨어졌다…… 괜스레 쓸쓸했다. 야릇하게 몸이 나른해졌다. 물에서 하얀 수증기가 느릿느릿 올라온다, 손을 앞으로 쭉 뻗다 문득 손톱을 봤다, 많이 길었네, 잘라야겠어. 정말이지 고요하다, 나의 몸도 영혼도 수증기와 함께 천상으로 피어오를 듯한 기분이 들었다…… 조용히 눈을 감았다……

• 수록 고교시절 문집『신기루蜃気楼』1925년 11월
• 저본『太宰治全集 1』筑摩書房, 1999

다자이 오사무

그날그날을 가득 채워 살 것
その日その日を一ぱいに生きること

히레자키 준 님

'기쁨에 넘쳐 이 편지를 씁니다'라고 했던 그대의 말, 있는 그대로 순수하게, 존경을 담아 읽었습니다.

　책에 그어진 밑줄 따위는 곁가지에 불과합니다. 저는 보다 본질에 다가가 그대를 지켜봤습니다.

　보내주신 편지에는 저도 깊이 공감했습니다. 하루가 한 달처럼 길게 느껴지는 경험은 제게도 있고, 지금도 여전히 그렇습니다.

　그저께 이런저런 문예지를 읽는데 문득 이런 생각이 들더군요.

　'저런, 다들 똑같은 얘길 하고 있잖아.'

　이렇게 혼란스런 판단을 내리고는 혼자 조용히 웃었습니다.

　그런데 지금 그대의 편지를 읽으니 조금 비슷한 감정이 들기도 합니다.

아는 것이 최상의 영예는 아닙니다. 누구나 다 아는 것이지요.

중요한 것은 통나무를 나르고, 벽을 칠하고, 대리석을 조각하는 '힘의 기술'이라고 생각합니다.

"보들레르도 별것 아냐. 세련된 게으름뱅이였지"라고 해도 저는 받아칠 말이 없습니다.

죽기 전에 온 힘을 다해 땀을 흘려보고 싶습니다.

그날그날을 가득 채워 살 것.

옛 중국 죽림칠현*은 아는 것이 가장 많았지만 대숲에 몸을 숨기곤 날마다 주색에 빠져 정신없이 웃다가 결국 굶어 죽은 사람도 있다지요. 제아무리 똑똑한 사람도 일단 대숲에 한번 들어가면 그걸로 끝입니다.

계획을 세웠습니다. (재능은 던져버리고!) 우리는 강을 건너고, 산을 넘어서, 우리의 길을 걸을 뿐입니다.

자살을 해도 좋고, 백세장수를 누려도 좋고, 사람마다 제각기, 나름의 길을 살아내는 일, 자아의 탑을 쌓아올리는 일, 이것 말곤 아무것도 없습니다.

악필, 알아보기 힘들 수 있겠지만 잘 판독하시길.

조만간 또 놀러 오십시오.

어제는 하염없이 가을 바다를 바라보았습니다.

---

* 진나라 정권 교체기에 부패한 권력에 반발해 그들의 위선을 조롱하고 풍자적 비난을 일삼던 7인의 지식인.

해수욕장의, 버려진 바다를.

1935년 9월 30일

오사무 씀

• 저본『太宰治全集 12』筑摩書房, 1999

하야시 후미코

나의 스무 살
私の二十歳

스무 살 무렵 저의 정신적인 가계家系는 아직 종잡을 수 없이 막막하기만 하여, 퍽 미성숙한 인생을 살았던 탓에 걸핏하면 화를 내거나 눈물을 흘렸습니다. 스무 살의 저를 두고 예술 운운하는 것도 뭣하지만, 스무 살에게는 스무 살만의 예술 감응이 있다고 한다면, 저는 예술보다도 먹고사는 일에 전념했던 것 같습니다.

　스물한 살 때 지드의 『배덕자』를 읽고 그해는 정처 없이 서성대며 살았던 기억이 있습니다. 지드를 읽으면서 글쓰기가 어렵지 않게 다가온 탓일까요, 그 무렵부터 저는 제게 위안을 주기 위해 일기를 쓰기 시작했습니다. 나중에 이 일기를 다듬어 『방랑기』라는 제목으로 출판했는데, 그 후로 계속해서 일기를 써온 것이 지금도 제게 무척 도움이 됩니다. ─그즈음 저는 작가가 되겠다는 생각은 꿈에도 하지 않았습니다. 그저 일기를 쓰는 게 즐거웠고, 독서는 제 마음을 위로하고 눈물이 흐르게 하는 데 도움이 됐을 뿐입니다.

보들레르, 랭보, 화이트만, 하이네의 시에 푹 빠져 있었습니다. 손에 잡히는 대로 책을 읽었습니다. 체호프나 푸시킨의 작품도 그즈음 알게 되었습니다. 제가 쭉 노동을 해온 탓인지 몰라도, 저의 독서를 돌이켜보면 사람들이 흔히 말하는 웅장한 장편소설에는 어쩐지 거부감을 가졌던 것 같습니다. 요코미쓰 리이치 씨 같은 신감각파 작가들의 작품보다도 가노 사쿠지로 씨의 소소한 작품들을 즐겨 읽었습니다. 탁상의 예술파보다는 체험의 예술을 동경했던 것 같습니다. 가사이 젠조 씨의 소설은 탐욕스럽게 읽었습니다. 문장의 기교는 시가 나오야* 씨 소설을 좋아했습니다. 무심한 듯한 멋을 사랑했기 때문이겠지요. 저도 비슷한 일을 해서인지 「어린 일꾼의 신」 같은 작품은 오래 잊을 수 없었습니다. 제게도 그렇게 별난 사람이 나타나 초밥을 배불리 먹여주면 좋겠다고 생각했습니다.

무엇이 될까, 무엇을 할까, 그런 생각도 없었습니다. 육친과 멀리 떨어져 도시의 귀퉁이에서 일하던 저는, 그즈음 무엇을 생각하며 살았는지 조금도 기억이 나지 않습니다. 딱히 연애도 하지 않았습니다. 하지만 무척이나 외로운 생활을 했다는 것만큼은 그 무렵 일기에 꽤나 소녀다운 감성으로 쓰여 있어서 혼자 웃음이 납니다.

---

* 소설가(1883-1971). 분명하고 절제된 특유의 문체로 '소설의 신'이라 추앙 받았다. 자아긍정을 기저에 둔 삶의 자세로 『화해』, 『암야행로』 등 심경소설을 주로 남겼다.

한번은 이렇게 아무도 사랑해주지 않는 인생 따위 시시하다 싶어, 받은 월급을 다 끌어모아 우에노역으로 가서 무작정 아무 표나 끊은 적이 있습니다. 이바라기현 하구로라는 곳으로 여행을 떠난 기억이 있는데, 스무 살의 저는 무척이나 고독했던 것 같습니다. 친구 하나 없이 책만 읽었습니다. 스무 살 무렵 기억은 분명하지 않은 것들뿐이고 인생에 대해서도 아무런 신념이 없었던 것 같습니다. 그저 그림과 음악을 좋아했습니다. 그림은 몇 번인가 작은 공모전에 출품했는데 가난 때문에 제대로 된 미술도구를 갖추지 못한 탓인지 색이 무척 지저분했고 항상 낙선의 쓸쓸함을 맛봤습니다. 처음 낙선한 건 열여덟 살인데 그런 짓을 사십오 년이나 계속했습니다. ―정말이지, 작가가 되겠다는 생각은 꿈에도 하지 않았습니다.

• 수록『문학적 단장文学的断章』河出書房, 1936
• 저본『林芙美子全集 第19巻 文學的自敍傳』新潮社, 1952

하야시 후미코林芙美子(1903~1951)

소설가. 가난한 여성이 홀로 세상과 맞서 싸운 자전적 삶의 기록을 간결한 일기체로 써내려간 장편소설 『방랑기』로 남녀노소에게 큰 사랑을 받았다. 당대 인기를 반증하듯 나이 서른다섯에 『하야시 후미코 선집 전7권』이 간행되는 등 국민적인 작가로 사랑 받았지만, 패전 후에는 다소 외롭게 죽음을 맞았다.

하야시 후미코

나폴리의 일요일
ナポリの日曜日

3년 전 6월의 어느 일요일, 나는 나폴리의 길모퉁이에서 혀가 델 듯한 뜨거운 커피를 마시고 있었다. 나폴리의 마을은 층층으로 이뤄져서 어딜 가도 전망이 좋고 케이블카가 있었다. 계단식 거리 광장마다 생선, 채소, 과일, 화초를 파는 노점이 나와 있고, 수도꼭지에서는 시원한 물이 넘쳐흘렀다. 내가 커피를 마시던 카페 앞에는 바이올린, 첼로, 드럼을 갖춘 스무 명 남짓한 악사들이 카페 건물 그늘에서 땀을 식히고 있었다. 카프리 섬에서 돌아오는 배가 산타루치아 항으로 들어오자 웅크리고 있던 악사들이 햇빛이 쨍한 거리로 나와 행진곡 같은 노래를 연주하기 시작했다. 높은 창문 사이로 여자들이 얼굴을 내밀고 내다봤다. 창밖으로 소쿠리를 늘어뜨리고 두레박으로 우물물 긷듯 채소를 끌어올리던 높은 창문 위 노파들도 소쿠리 줄을 멈추고 거리의 오케스트라 연주에 귀를 기울였다. 세상에 이토록 여유롭게 사는 나라도 있구나 싶어

부러운 마음이 들었다.

사마리안 언덕으로 향하는 어떤 저택 안에는 '오솔레미오'를 부르는 소년이 있었다. 앵두색 카네이션이 정원 가득 피어 있는 집이 있었다. 카네이션 꽃밭 너머로 나폴리의 짙은 바다가 보이고 섬 사이를 오가는 작은 배들이 분주히 드나들고 있었다. 아담한 별장도 많이 있었다. 기타를 치며 별장 사이를 걷는 집시도 만났다. 어부들이 부르는 노래도 아름다웠다. 이렇게 일상 속에서 노래를 부르며 사는 그들이 부러웠다.

요즘 일본은 노래 부를 일이 없어졌는지, 노래 부르는 걸 잊어버렸는지, 미묘하게 건조한 느낌이다. 라디오 보급도 골칫거리다. 널빤지로 된 얇은 벽 때문에 아무리 걸어도 마을 건물 전체에 똑같은 노래가 흐른다. 일본에서 거리의 악사들은 사나운 욕을 들으며 쫓겨나기 일쑤다. 내가 어릴 때는 보름달 모양의 월금이라는 악기가 있었다. 흰 머릿수건을 쓴 청년이 이걸 연주하며 걸어 다니던 기억이 있다. 호궁이라는 악기도 있었다. 철사 튕기는 소리 같은 게 나는 현악기도 있었다. 그런 미숙한 악기가 어쩐지 쓸쓸한 향수를 불러일으키며 집집을 돌았는데, 지금은 그런 소리를 들을 기회마저 사라지고 말았다. 일본에는 꽤 오래전부터 음악이 보급됐지만 이상하게 소음과 폭음의 세계만 남아, 결국 우리의 음악은 황폐해졌다.

나폴리의 작은 길모퉁이에서는 마을 사람들이 거리의 훌륭한 교향악에 유쾌하게 귀를 기울인다. 일본에서는 막 라디오를 산 사람이 아침부터 밤까지 기계를 틀어놓고, 축음기가 있는 집은 온종일 사자가 울부짖는 듯하다. 유행가만큼 듣기 불쾌한 것도 없다. 술집의 어린 점원이 휘파람을 불며 자전거 타고 지나갈 때 들리는 유행가는 좋아하지만, 길거리에 쿵쿵 울려대는 유행가는 미칠 것만 같다. 음악 전통이 얕은 나라에서 라디오 소리의 홍수를 무질서하게 거리로 쏟아내는 것은 정말이지 이루 말할 수 없는 민폐다. 노래나 연주는 바람이나 물소리와 함께 숨을 쉬며 들을 때가 가장 아름답다. 라디오나 축음기 소리는 아무리 훌륭한 명곡이라 해도 무미건조하다.

오늘은 일요일이다. 나폴리에는 거리마다 아름다운 음악이 바람과 함께 여기저기 흐르고 있겠지.

• 수록 『문학적 단장文学的 断章』河出書房, 1936
• 저본 『林芙美子全集 第19巻 文學的自敍傳』新潮社, 1952

하야시 후미코

저는 인간을 좋아합니다

私は人間が好きです

지금 저는 분명한 것을 붙잡고 싶다는 생각에 마음이 초조합니다. 그러면서도 그날그날 허무해져서 꿈속 같은 세상을 서성일 때가 있습니다. 하지만 어찌됐든 저는 살아 있습니다. 그리고 격렬했던 기억이 점차 바래가는 일본 땅 위에 멍하니 서 있습니다. 싸움에 패한 쇠락한 동족이 부지런히 살아가고 있는 한, 저도 하루빨리 이 허무의 세계를 벗어나야 한다고 생각은 하는데, 작가로서 제가 어떻게 살아가야 할지 도무지 모르겠습니다. 이 길고 불행한 전쟁을 다른 사람들처럼 그저 쉽게 잊을 수만은 없는 제가 비극적으로 느껴집니다. 저는 이 전쟁을 평생 잊을 수 없을 것입니다. ―저는 이제껏 제가 써온 모든 것에 대해 자신감을 잃었습니다. 송두리째 뽑혀나갔다고 할 정도로⋯⋯. 이십 년이라는 긴 세월 작가로 살다가 여기까지 와서, 제게 이제 남은 것이 아무것도 없다고 하는 문제입니다. 기억 저 멀리 과거를 묻으며 사라져가는 담담한 세월의 힘이라는 것에 얼마나 저항하기 어려운지를 깨달았습니다.

지금 등불로 모여든 벌레들 가운데 교미를 하는 두 마리 작은 날벌레를 가만히 바라보며, 자연의 법칙이 얼마나 아름답고 우아한지를 깨닫고 가슴이 설레었습니다. 인간이 만들어낸 고매한 무언가를 과시하지 않고도 이들 사이좋은 벌레 자체가 훌륭한 문명이며, 그저 단순한 동물의 행위라고 단정 지을 수만은 없는 신비로운 아름다움이 존재함을 느낍니다. 교양 있는 인간의 행위라고 해서 신에 가까운 문명을 가졌다고 단언할 수 있을까요. 요사이 저는 종종 자살을 생각합니다. 저를 고요히 점 하나로 얼려서 바라볼 때가 있습니다.

불현듯 푹 빠져버린 구덩이 속에 서 있습니다. 이제 어디로 가야 할지 스스로도 판단이 서지 않습니다. 이제껏 저는 자연발생적으로 글을 썼습니다. 소설은 제가 가진 본능의 작동으로 썼을 뿐인데, 생각해보면 작가 생활이란 일종의 고문과도 가까운 면이 있어서 독자는 아무렇게나 드러누워 책을 읽을 수 있지만 작가는 좀처럼 그렇게 글을 쓸 수는 없는 것 같습니다. 우선은 대상물과 맹렬히 싸워가야만 합니다.

하지만 완성된 작품은 금세 과거 저편으로 날아가버리고, 아무리 열심히 쓴 작품도 제 경우엔 저라는 사람으로부터 아득히 먼 곳으로 사라져버립니다. 어떤 친구도 필요치 않고, 어떤 모임도 원치 않는다고 강력하게 거부하며 고독을 즐긴다 한들, 결국 문학에서는 글쓰기로 답하는 것 외에 달리 방법이 없습니다. 여기서 이미 저 멀리 사라져버린 저의 오래전 작품을 늘어놓는 건 내키지 않지만……. 본능으로 써낸 제 작품이 한 권의 평전이 되어 독자 앞에 제 모든 걸 털어놓는 게 두려우면서도, 이를 계기로 어서 이 깊은 허무의 세계에서 벗어나고 싶다는 생각도 듭니다.

전쟁이 끝나고 「눈보라」와 「비」라는 단편을 썼는데, 지금 저는 이같이 전쟁 폐해를 다루는 데 집중하고 싶다는 생각이 간절합니다. 전쟁으로 많은 사람이 목숨을 잃었는데, 저는 그 사람들을 그냥 떠나보내고 싶지 않다는 격렬한 감정이 있습니다. 적어도 그들에 대한 글을 쓰며 지금 저의 허무한 관념에서 벗어나고 싶습니다.

이제부터 다시 한번 새롭게 좋은 작품을 써보고 싶습니다. 지금까지 쓴 작품들 가운데 제게 가장 부족한 점이 무엇인지 알았습니다. 얕은 교양만으로는 소설을 쓸 수 없다는 사실입니다. 지식의 찌꺼기로는 소설을 쓸 수 없다는 사실입니다. 마음이 끓어오를 때 자연스럽게 끓어오르게 하며, 차분히 필사적으로 써낸 작품이야말로 오래 살아남아 독자에게 무언가를 이야기할 것입니다.

이제 와서 제 작품에 대해 특별히 할 이야기는 없지만, 일찍이 제 작품집 서문에 이런 글이 있었기에 여기 적어봅니다. 『방랑기』는 말하자면 저의 처녀작인데 지금 읽어보니 너무 고통스러운 작품입니다. 언제 읽어도 제게는 어두운 그림자와 같습니다. 그 시절에서 십 몇 년이 흘렀으니 돌이켜보면 제 청춘의 구토를 보는 듯 쓸쓸한 기분이 듭니다. 「울보 스님」은 아사히신문 석간 소설로 썼습니다. 간사이에 태풍 수해가 났던 해입니다. 유독 글 쓰는 데 시간이 많이 걸리는 제가 일주일 만에 거의 다 써냈습니다. 일관된 모델은 없었지만 제 주위에 연상되는 인물은 있었습니다. 그때 쓴「십오야」라는 단편도 남자아이가 주인공이었는데, 제가 오랜 기간 동화와 시를 썼기에 아이들의 세계를 소설로 써보고 싶다고 생각했습니다.

저는 장편을 많이 썼지만 그래도 단편을 아주 좋아합니다. 살아 있는 동안 천 편 정도는 쓰고 싶다고, 지금도 그런 열정을 갖고 있습니다. 최근 이삼 년 동안 저는 짧은 단편을 썼습니다. 습작하는 기분으로 썼는데 제 작업치고는 꽤 유쾌해서 계속 이어서 하고 싶습니다. 결국은 저의 힘을 시험해보는 것도 이런 일이 아닌가 합니다. 꽤 예스러운 작가 생활을 하고 있긴 하지만 지금까지는 젊음에 힘입어 열중해왔다는 기분이 듭니다. 앞으로는 두부장수가 두부를 만들듯이 성실하게 규칙적으로 아름다운 것을 써나가고 싶습니다.

요즘은 앞으로 작가로서 무엇을 쓰고 싶은지, 어떤 모습으로 변화하고 싶은지 종종 생각하곤 하는데, 결국은 세월과 제 정신생활에 기대를 거는 수밖에 없다는 생각이 듭니다. 이제껏 퍽 부산하게 작업을 했는데 앞으로는 침착하고 조용하게 사물을 응시하고 깊이 고민하는 작가 생활을 영위하고 싶습니다. 저는 죽는 순간까지 작가로 살고 싶습니다. 좋아하는 작가는 체호프와 모파상입니다. 인간을 사랑하고, 인간에 매료되어, 아무런 포즈도 취하지 않

는 소박하고 사랑스러운 시심詩心을 예술의 신이시여, 제게 주소
서.

　저는 인간을 좋아합니다. 이곳저곳 항구를 떠돌며, 인간의 열기
속에서, 눈 내리는 날 강아지처럼 천진난만하게 구르고 싶습니다.
언제 제 생이 다할지 알 수 없지만, 그날이 올 때까지 소박하고 순
수하게 작업에 정진하고 싶습니다.

1946년 5월 오치아이에서

• 수록 『하야시 후미코 선집林芙美子選集』 「저자후기」 万里閣, 1947
• 저본 『林芙美子全集 第10卷 筆がき・暗い花』 新潮社, 1952

이시카와 다쿠보쿠

모래 한 줌
一握の砂

반생을 여행에서 여행으로 걸어온 나 같은 사람은 다양한 기억이 뒤죽박죽 뒤섞여, 뭔가 하나를 기억해내려면 실마리가 여기저기 엉켰다 이어졌다 머릿속이 한바탕 혼잡해진다. 그러다 결국 한 것도 없이 방황만 하며 살아온 내 모습이 눈앞에 선하게 떠오르면, 남의 의리를 저버린 일이나 가는 곳마다 흘러나오던 비웃음 소리—평생을 방치한 채 잊고 지내던 일들이 비수가 되어 가슴에 꽂힌다. 사방팔방에서 독화살이 날 겨냥하고 있는 기분이다. 결국은 늘 그렇듯 습관처럼 내 성격을 저주하다가, 이도저도 다 질려서 힘도 기운도 죄 빠진 채 아무렇게나 픽 드러눕곤 한다.

형편이 좋아 이십 년 가까이 학교생활을 한 친구들은 종종 내게 추억이 많아 좋겠다고 부러워한다. 그럴 만도 하다. 하지만 나로선 그런 소릴 들으면 "불쌍한 녀석"이란 소리 듣는 것보다 더 가슴이 아프다. 어째서 내가 남들의 부러움을 사느냔 말이다! 다양한 경험을 한 건 맞다. 하지만 그 무엇도 내게 득이 된 건 없다. 한 번 뭔갈 시작할 땐 꽤 몰입해서 한다. 이번에야말로 꼭 해내겠다, 하는 각오로 밤잠을 설치며 한다. 하지만 언제나 의욕이 앞서서 일을 그르치거나 도중에 질려 나가떨어지기 일쑤다. 꾸준히 한 우물만 파며 내 일을 지켜나가는 게 나로선 불가능하다. 결국엔 주변과 충돌하거나, 신용을 잃거나…… 그럴 때면 어쩐지 승리한 기분이 든다. 내가 삶의 보람을 느낄 때는, 뭐든 일을 발견한 그 순간과 그 일이 속 시원히 파국을 맞을 때다. 특히나 파국이 심하면 심할수록 스스로도 어쩐지 훌륭해진 것만 같다. 지금까지 한 일을 생각해보면, 나는 처음부터 그 일을 완성시킬 생각 없이 그저 무턱대고 의욕이 넘쳐 최선을 다했던 것이다. 어떤 일이든 혼자 할 수 있는 건 없다. 그런데도 자기 혼자만 열심인 건, 말하자면 그 일을 자기 혼자만의 것으로 만들고 싶기 때문이다. 불가능한 일이다. 난 애초에 파탄의 씨앗을 뿌려온 거나 마찬가지다. 거기다 흙을 뿌리고 물을 뿌리며 실패할 게 빤한 수확을 하루빨리 거둬들이려고 초조해했던 것이다. 그리고 내가 이겼다고 생각할 때는 이미 내 뒤에 비웃는 함성소리가 물 밀듯이 쏟아져 나온다. 사람을 사귈 때도 그렇다. 어딜 가나 내 주위엔 너덧 명의 사람이 모여든다. 가는 곳마다 친한 사람이 생긴다. 손윗사람은 나를 돌봐주고 예뻐한다. 하지만 그런 친밀함도 오래가지 않는다. 상대가 먼저 소원해지거나 내가 폐를 끼치고 떠나거나…… 생각하니 괴롭다! 대체로 나는 사람들이 호감을 갖는 부류다. 어째서 그런지 내 입으로 말하긴 힘들지만 아무튼 호감을 준다. 친구가 되고 싶었던 사람이 내게서 도망간 적은 없다. 한 번만 얼굴을 보면 나와 친해질 사람인지 어떤지 알 수 있다. 마음이 맞는 사람에게는 숨김없이 이야기한다. 이야기가 활기를 띠면 나도 모르게 재미있을 법한 이야기를 꺼낸다. 두 번째 만남부터는 둘이 벌써 오랜 친구 같은 기분이 든다. 시간이 조금 지나면 경력이니 성격 같은 걸 알게 된다. 특히 그 사람의 결점이 너무 심하다 싶을 정도로 잘 보인다. 타인의 장점은 내게 전혀 소용이 없는 법이다. 사람뿐만 아니라 무슨 일이든 다 그렇지만, 일단 알고 나면 흥미가 사라진다. 싫증이 난다. 요컨대 내게는 더 이상 소용이 없게 돼버린다. 남들에게 사랑 받는 남자, 그리고 묵묵히 사랑 받고만 있지는 않는 남자! 이 얼마나 괴로운 성격인가! 처음 만날 때부터 헤어질 날이 올 것을 안다. 알면서도 만나는 동안은 친하다. 괴롭고 힘들어 어쩔 줄 모를 땐 상담도 한다, 호소도 한다. 그들은 기꺼이 도와준다. 도움을 받으면서도 나는 헤어질 때가 오리란 걸 안다. 은혜를 보답하고 싶은 마음은 남들만큼 갖고 있고 꼭 보답하자고 다짐도 하지만, 가난한 나에게는 그게 좀처럼 쉽지 않다는 것도 알고 있다. 이윽고 헤어지는 날이 온다. ―그렇게 나는 여행에서 여행으로 방황하며 살아왔다. 어떻게 왔는지 생각하면 눈물이 날 것 같다. 울 수 없다. 나 같은 사람은 차라리 죽는 게 낫다고 생각한다. 죽을 수 없다. 내가 나를 저주하고 욕한다 해도 나는 역시 나다. 어떻게도 되지 않는다. 토끼란 녀석은 앞다리가 짧고 뒷다리가 길어 언덕을 오르기 쉽다는데, 그러고 보면 나는 앞다리만 무지하게 긴 동물이다. 위로, 위로, 하며 초조해하다가 어느새 떨어지는 신세. 불행한 토끼다. 행복이니 불행이니 하는 걸 생각하면…… 난 이미 나의 장래에 행복이란 게 있을 리 없다고 생각한다. 단념하고 있다. ─아무튼 내 생각에 세상에서 행복한 사람이라 불리는 사람은─세상을 잘 모르는 사람인 것 같다. 내 주변에도 그런 사람이 종종 있는데, 애석하게 어릴 때 재밌는 여행도 못하고, 화려한 사랑도 못하고, 시험에서 시험으로 쫓기며 살다가 문득 정신을 차려보니 자신의 반생이 너무도 평범했음을 깨닫고 놀란다. "외로워, 외로워!"를 외치다 자주 가는 맥주가게라도 달려들어 타락한 옷차림을 한 여인의 눈빛에 빠져 넋을 잃고 술에 취해 집에 돌아갈 때는, 이미 그 사람의 갈 길이 너무 확연히 정해져 있어서 싫고 좋고를 따질 겨를조차 없다. 그래도 그런 생애는 근심 걱정이 없다. 아내도 생기고, 아이도 생기고, 불만족은 있어도 거기서 벗어나려고 발버둥치지는 않는다. 더울 때 얼음물을 마시면 어느덧 극락왕생이 가능한 법이다.

언젠가 그런 부류의 친구를 찾아간 적이 있다. 단것을 무척 좋아해서 혼자 있을 때도 책상 옆에 과자그릇을 두고 먹는 남자였는데, 그때는 드물게 맥주를 꺼내 들었다.

"이상한 일도 다 있군. 자네 요새 술도 마시나?"

"그게 아닐세. 이삼일 전부터 또 충치가 아프기 시작해서 당분간 단걸 못 먹어."

"음, 상당히 지장이 있겠군. 하지만 자넨 아무래도 평생 과자를 먹는 편이 낫겠네. 술은 안 어울려."

"왜?"

"왜긴. 맛있는 과자, 안심이라는 과자를 매일 먹는 사람만큼 부러운 게 없지."

"하하하하."

"난 그리 생각해." 그러면서 나는 문득 진지해졌다.

"요즘은 쭉 그렇게 생각해. 이제껏 다양한 걸 추구해왔는데 다 틀린 거였어. 진짜로 내가 원한 건 딱 한 가지, 안심이라네. 안심의 맛을 잊고 산 지 몇 년이나 흘렀는지 모르겠어—."

"그거야말로 안 어울리는군. 자네답지 않아."

"다들 그렇게 말하니까 내가 슬픈…… 싫은 거야. 사실이라고."

"왜 그리 약한 소릴 하나. 안심은 죽음이네. 활동이 없는 무덤이지. 희망만 있으면 좋지 않은가? 인생은 투쟁이야. 무작정 싸우는 걸세. 이제 와서 안심하고 싶다니, 뭘 어쩔 생각이야? 이래 봬도 난 아직 해볼 생각이야."

"그건 내가 예전에 한 말 아닌가. 요즘도 말상대가 생기면 종종 하는 소리지. 그야 나도 희망이 있어, 물론 있어, 지나칠 만큼 있어. 하지만 말이야, 나의 희망은—나의 희망의 나무에는 암술밖에—아니, 수술밖에 없는 꽃이 핀다네. 세월이 아무리 흘러도 안심이라는 열매는 열리지 않아. 진짜 질려버렸어. ……하루 만이라도 좋아. 조금이라도 좋으니, 편히 몸을 뒤로 쭉 뻗고 정말로 잠을 자는 것처럼 자보고 싶어. 아무것도 안 해도 좋으니까."

"여기서 자고 가면 어떻겠나?"

"빈대는 없나?"

"하하하. ……하지만 그러고 보면 다 똑같아. 우리 집도 알다시피 그런 상황이잖나. 돌아가봤자 불쾌한 일만 있을 게 빤하니까 여태 멋없는 하숙생활을 하고 있는데, 생각해보면 참 시시해. 십 년이고 십오 년이고 꾸준히 책을 읽어서 박사가 된다 한들 별게 없으니 얼마나 시시한가!"

"그걸세, 그게 다르다는 거야! 자네한텐 꼭 해야 하는 일이 있지. 하면 할 수 있어. 또 할 의욕도 있고. 그러니까 안 해도 될 것 같은 기분이 드는 거야. 하지만 난 그게 아니야! 뭔가를 하자, 해보자 생각은 하는데, 막상 뭘 하면 좋을지? 이것저것 해봤지만 이것도 아니고 저것도 아니고…… 진짜 시시하지 않은가! 진지하게 달려들어 푸념이나 늘어놓다니! 하하하."

친구는 말이 없었다.

"매일 단걸 먹으면서 충치가 아프다고 맥주를 마신다. ……그걸로 된 거네. 자네들에게 고통이나 불쾌함은 이 맥주지. 맥주도 작정하고 마시면 안 취하는 건 아니지만 다음날 숙취는 없어. 독일에서는 음료수 대신 마시는 것 같더군."

"자네, 지쳤다는 말을 하고 싶은 건가?"

"지쳐…… 버린 걸까?"

친구는 무슨 말인가 하려고 입을 우물거렸지만 고통스런 눈빛으로 날 보다가 곧 시선을 피했다. 그리고 내 앞에 있는 잔에 찰랑 찰랑하게 맥주를 따랐다. '오, 날 가엾게 여기는군!' 그렇게 생각하며 맥주를 마셨다. 남들이 날 가엾게 여긴다는 건—특히 나 자신도 내가 가여워 견딜 수 없을 때, 남들마저 날 가여워한다는 건 괴로운 일이다. ……

있는 그대로 쓰려고 아무 생각 없이 쓰는 사이에 이야기가 완전히 다른 길로 새고 말았다. 아무튼 나는 그런 인간이고, 지금은 어떻게든 작가가 되고 싶다고 생각하고 있다. 지금 막 생각난 건 아니다. 꽤 오래전부터 그런 생각이 있어서 잠깐 손을 댄 적도 있지만, 그 후 이런저런 사정 때문에 방치해뒀다. 드디어 결심한 건 일년 전—그 무렵 나는 홋카이도 철도의 종점인 구시로라는 항구에 있었다. 여기서도 저기서도 밥줄이 끊겨 거기까지 흘러들었는데, 거기서도 또 이런저런 일들이 생겼다. 더는 그런 신세를 견딜 수 없어서 무슨 수를 써서라도 생활에 변화를 주지 않으면 안 됐다. 완전히 새로운 길로 들어서야만 했다. 하루 동안 그대로 있으면, 하루만큼 빨리 하찮은 인생으로 전락해버릴 듯했다. 그때 나는 오래전 한 걸음 나아가보려고 나름대로 노력했던 길로 다시 돌아갈 결심을 했던 것이다. 대단한 포부라도 있는 것처럼 남들에게 말하고 일기에도 썼지만 그건 새빨간 거짓말, 그런 상황에서도 스스로를 속이지 않고는 살 수가 없었다. 결심이나 그런 게 아니라 다른 일로는 먹고살 수 없었기 때문에, 오직 하나 남은 방향으로 걸어나가는 수밖에 없었다. 나는 마침내 구시로에서 벗어나 하코다테로 왔고 거기 사는 친구에게 상담을 했다. 노골적으로 말할 수 없는 사정도 있어서 "하코다테에서 반년이고 일 년이고 뭔가 해서 여비만이라도 모아 도쿄로 가고 싶다"고 했다.

"잘 생각했어. 다짐이 섰다면 하루라도 빨리 시작하는 게 좋아."

친구는 내 가족을 당분간 맡아주겠다면서 여비니 옷가지까지 챙겨줘 덕분에 순조롭게 도쿄로 향할 수 있었다. 하코다테에서 아오모리로 건너가 거기서 도쿄로 가기 위해서는 어떻든 나의 고향을 지나야만 했다. 그 고향을. 두 번 다시 돌아갈 수 없을 것만 같은 소동을 일으키고 뛰쳐나온 뒤 아직 일 년밖에 지나지 않았다. 게다가 나 자신이 이런 비참한 표박자이고보니, 나무 한 그루 풀 한 포기에도 추억이 있는 땅을 기차 차창 밖으로 내다보는 것도 견딜 수 없을 것만 같았다. 그래서 나는 하코다테에서 요코하마까지 가는 바닷길을 택했다. 잊히지도 않는다, 배는 화물 선박이어서 갑판에는 오타루산 목재가 가득 쌓여 있었고, 바닷바람이 나무 향기를 흩뿌렸다. 때는 4월 말, 하코다테는 아직 매화 꽃봉오리도 딱딱하고 외투를 벗기에도 추운 계절이어서, 어깨 덮개와 여행 가방 한 개를 들고 배에 탔다. 승객은 적었다. 처음 보내는 밤, 뒤쪽 삼등선실의 굵은 기둥 아래서 어깨 덮개를 두르고 강아지처럼 자고 있으려니, 육지에서는 무슨 일이 있어도 나지 않던 눈물이 펑펑 쏟아져 쉴 새 없이 두 뺨을 타고 흘렀다. 배는 고향 앞 먼바다를 지나 남으로 남으로 달렸다.

'결국 일이 이렇게 됐구나!' 이 생각만으로도 이미 머릿속이 꽉

찼다. 비웃는 소리를 뒤로하고 친구에게 크나큰 신세를 지면서 부모님과 처자식을 맡기는 처지로 전락해 이렇게 나오긴 했는데, 이제 앞으로 어떻게 될 것인가? 내게는 재능이 있다, 슬프게도 재능만큼은 있다. 그러나 진정한 작품은 재능만으로 만들어지는 게 아니다. 시대의 조류는 휘몰아치며 흘러간다. 특별한 소양도 없이, 더구나 긴 시간 멀어져온 내가 무엇을 쓸 수 있을까? 온 마음을 다해야 한다는 건 알고 있지만, 그렇게 한다 해서 약속한 대로 반년 안에 가족을 불러올 수 있으리라고는 여겨지지 않는다. 또 조만간 도쿄를 달아날 때가 올 것 같아 견딜 수가 없다. 가만히 입술을 깨무는데 옆에서 자는 남자가 뒤척이는 기운이 느껴졌다. 반쯤 눈을 뜨고 봤다. 남자는 지갑에서 열쇠를 꺼내 가방을 열고는 콧노래를 흥얼거리며 사과 두 개를 꺼냈다. "그래, 나는 쓰임새 없는 열쇠 같은 인간이다. 어느 구멍으로 가져가도 맞지 않아!" 나는 크게 소리라도 지르고 싶어졌다. '짐이 너무 무거워. 차라리 이대로 선원이 돼버릴까?' 이기적인 눈물이 세 시간 내내 뺨을 적시는 동안 차가운 졸음이 찾아왔다. 이튿날 아침, 오기항에 닿았을 때 뭍에는 꽃이 피어 있었다. 제7사단에서 회계를 담당했다는 남자와, 또 한 사람 하코다테상선학교를 졸업하고 요코하마 부두에서 근무하게 됐다는 스무 살 청년, 셋이 함께 중간 항구에 잠시 상륙해 점심을 먹고 벚꽃 가지를 꺾으며 산책을 하다가 출항하려는 찰나 배로 돌아왔다. 다음날 요코하마에 도착했을 때는 벌써 벚꽃이 지고 새로 난 잎들 위로 바람이 반짝이고 만물이 생동하는 기운으로 가득했기에, 나에게 그해 봄은 오기항에서 보낸 딱 여섯 시간뿐이었다.

그 후 일 년은! ……

• 미발표원고 1909년 5월
• 저본『石川啄木全集 第4卷 評論·感想』筑摩書房, 1980

이시카와 다쿠보쿠石川啄木(1886~1912)

시인. 이와테현 모리오카 중학시절 낭만시인 요사노 아키코에 매료돼 문학에 전념하려 학교를 자퇴하고 도쿄로 향한다. 요사노 텟칸, 아키코 부부를 사사했지만 결핵이 발병해 고향으로 돌아갔다. 이후 계속해서 시를 썼으나 생활고로 궁핍한 유랑생활을 하다 폐결핵으로 26세에 세상을 떠났다. 유고시집 『슬픈 장난감』은 가난한 청년의 꿈과 갈망을 담은 시집으로 이름이 높다.

출산 이야기

産屋物語

봄밤, 남자아이를 출산한 뒤 여전히 산실産室에 틀어박혀 있는 제게 의사선생님은 집필도 독서도 절대금지라고 하셨습니다. 하지만 평소 바쁘게 지내는 제가 이렇게 조용히 누워 있으니, 왠지 홀로 여유롭게 온천 여행이라도 떠나온 듯한 기분도 들고, 또 평소에 생각지도 못했던 다양한 생각이 떠올라 의사선생님 몰래 조금만 글을 써보려 합니다.

임산부의 번민, 출산의 고통, 이런 것들을 어차피 남자들은 모를 거라 생각합니다. 여자는 사랑을 하는 데 목숨을 겁니다. 남자는 꼭 그렇지만은 않습니다. 행여 사랑에 빠진 남자가 가끔 목숨을 거는 경우가 있다고 해도, 출산이라는 목숨을 건 사건과 남자는 아무런 관계가 없고, 또 아무런 도움도 되지 않습니다. 이는 하늘 아래 여자만이 널리 짊어져야 하는 역할입니다. 국가가 중하니, 학문이 어쩌니, 전쟁이 어쩌니 해도, 여자가 인간을 낳는 거대한 역할을 뛰어넘는 일은 없으리라 여겨집니다. 오래전부터 여자는 달갑잖은 역할을 떠맡으며 목숨을 건 부담을 감수하는데, 남자들이 만든 경전과 도덕과 국법에서는 여자들을 죄 많은 사람에 열등한 약자로 다루는 것은 어째서일까요. 설령 어떤 죄업이나 결점이 있다 해도, 부처와 예수와 같은 성인을 비롯해 역사적인 석학과 영웅을 무수히 낳은 공적은 대단하지 않나요. 이것으로도 다른 모든 게 용서되리라고 봅니다.

격렬한 진통에 휩싸이던 순간, 제 솔직한 감정은 남자를 향한 증오였습니다. 아내가 이토록 괴롭게 생사의 경계에서 진땀을 빼며 전신의 뼈라는 뼈는 다 부서질 듯한 고통 속에 신음하고 있는데, 남편이란 사람은 아무런 도움도 안 되는 게 아니겠습니까. 이 경우 세상 어떤 남자가 와도 진정으로 제 편이 되어줄 사람은 없습니다. 목숨이 걸린 상황에 진정 내 편이 되지 못하는 남자라니, 그들은 태초부터 정해진 여자의 적이 아닌가, 평소 나누던 사랑이나 애정도 모조리 여자에게 복수하기 위한 복면이 아니었을까, 그런 생각에 빠져 남자가 그저 다 미워지는 것입니다.

그러나 아기가 자궁을 빠져나와 첫울음을 내는 소릴 들으면, 저런, 내가 세상 어떤 남자도 해내지 못하는 큰일을 했구나, 마야부인과 마리아도 이렇게 부처와 예수를 낳았겠구나 하는 기분이 들면서 더없는 환희 속에 몸과 마음이 녹아버립니다. 때마침 통증도 희미해져 나중 일은 산파에게 맡기고 피로에서 오는 깊은 단잠에 기분 좋게 몸을 내맡깁니다. 물론 남자를 미워하던 마음 따위 출산이 끝나는 그 순간 다 잊어버리고, 세상 누구보다 큰 공적을 세웠다는 만족감에 젖어 그동안 미워했던 그 누구라도 용서할 수 있을 것만 같은 심정이 됩니다.

요즘 여러 소설가 평론가 선생님들이 벼랑 끝에 내몰린 인생이란 얘길 하시는데, 세상 남자들이 과연 산모가 경험하는 만큼 목숨을 내건 큰 사건에 당면하는지 어쩐지, 그게 우리 여자들에게는 상상이 안 갑니다. 벼랑 끝에 내몰린 인생이라면 '사형집행 직전 5분'쯤이 되지 않을까 싶은데, 임산부는 바로 이 '사형집행 직전 5분'에 내내 직면하고 있습니다. 십자가 위에서 새로운 인간의 세계를 창조하는 것은 언제나 여자입니다. 다야마 가타이 선생이 최근 『여자문단』에 '여자는 남자에게 늘 의문이다'라고 쓰신 마음은 알겠는데, 그러나 '남자와 여자는 생식의 길을 제외하고는 교섭이 거의 불가능한 게 아닐까'라고 말씀하신 건 제가 일찍이 '남자를 증오한다'고 했던 이유가 확인되는 부분입니다. 현실을 객관화하는 이성이 발달했다고 해서 인생에서 여성이 갖는 진정한 가치를 천명할 자격이 있는 것은 아닙니다.

여성이 없다면 어떻게 인생이 성립할 수 있겠습니까. 어떻게 남자가 존재하겠습니까. 이 명확한 사실 앞에서 남녀의 교섭이 얼마나 절실하며 전체적인지는 말할 필요도 없겠지요. '생식의 길을 제외하고는 교섭이 거의 불가능한 게 아닐까'라고 하신 건, 온통 생식의 길에만 흥미를 가진 듯 보이는 오늘날 일부 문학자들의 비뚤어진 사고 때문은 아닐는지요.

저는 남자와 여자를 엄격하게 구별해 여자가 특별히 우수한 존재라는 걸 주장하려는 게 아닙니다. 같은 인간입니다. 그저 서로 협력해서 생활을 영위해나가며 각자 자신에게 어울리는 직업을 갖고 살자는 것뿐입니다. 아이를 낳으니까 천하다, 전쟁에 나가니까 위대하다, 이런 편견을 남자나 여자나 갖지 않도록 하고 싶습니다. 어째서 여자만이 약자일까요. 남자도 충분히 약자입니다. 일본에는 남자 거지가 더 많다는 통계도 있습니다. 어째서 남자만이 훌륭할까요. 엄청난 양의 노동을 하는 것도, 아이를 낳는 것도 여자입니다.

일반사람은 그렇다 치고 새로운 문학을 한다는 선생이란 사람들이 여자를 약자로 다루고 노리갯감 취급을 하며 대등한 '인간'이라는 가치를 인정하지 않는다는 건 납득할 수가 없습니다. 그들은 아직도 오래된 사상에 묶여 있거나, 혹은 먼 옛날 야만한 시대의 짐승 같은 성질을 부활시키려는 심산일 텐데, 어느 쪽이든 진정한 문명인의 사상에 도달하지 못한 까닭이라고 생각합니다.

여자가 남자를 경멸할 이유가 없는 것처럼 남자가 여자를 경멸할 이유도 없습니다. 부처가 여자의 옆구리에서 태어났다거나, 성령을 느끼고 예수를 낳았다거나, 태양을 삼키고 히데요시를 출산했다는 이야기는 여자를 낮춰보는 사고에서 쓴 남자의 기록일 텐데, 그것이 오히려 여자를 위대하게 만든 기묘한 결과를 낳았습니다. 태양이나 성령을 느껴 잉태를 하고 옆구리에서 아이를 낳는 기적은 남자로선 영겁의 세월이 흘러도 할 수 없는 재주가 아닙니까.

여자가 동맹하여 아이 낳기를 거절한다면 어떨까요. 문학자나 신문기자에게 일체 여성의 일을 다루지 말라고 요구한다면 어떨까요. 그게 안 되면 소설과 신문을 읽지 않기로 하는 건 어떨까요. 그렇게 극단적인 일이 아니더라도 하녀가 부엌에서 실수로 음식에 독약을 섞으면 남자는 비참한 최후를 맞을 테지요. 남자가 여자와 서로 협동하고 존경하는 일을 망각하는 건 결코 명예로운 일이 아닙니다. 적어도 진보한 문학자라면 '인간'으로 대등하게 여자의 가치를 인정해주시기 바랍니다.

그렇다고 여성을 숭배하는 소설이 나오길 바라는 것은 아닙니다. 세상을 담는 것이 소설이라 한다면, 여자의 약점이나 미덕을 공평하게 다뤄주십시오. 고의로 약점만을 들춰내는 불성실한 태도, 태도라기보다는 작자의 인격을 개선하시기 바랍니다. 더욱 치밀하게 파고들어 관찰하지 않으면 온통 남자들 마음대로 만들어진 거짓 약점이 돼버리니, 여자가 지닌 진정으로 추한 면을 끄집어내기 힘듭니다.

예전 소설에는 대체로 여자의 아름다운 점이 가득 쓰여 있지만, 그게 우리 여자들이 보기에는 가식적인 약점인데도 남자가 보기에는 아름답다고 오해하는 경우가 있습니다. 그걸 읽고 여자는, 이렇게 하면 남자의 마음에 들까 싶어 가식을 궁리하고, 내심 남자를 얕보는 일도 적지 않다고 생각합니다. 이와 반대로 약간의 약점을 잡아 그게 여자 성격의 전부인 양 써대는 최근 소설을 보면 더 성에 차지 않습니다. 여자 앞이라면 사족을 못 쓰는 예전 소설이나, 책상에서 외국소설 따위에 암시를 얻어 쓴 요즘 소설이나, 둘 다 세상의 진상과는 거리가 멉니다. 저로서는 공상이나 상상을 진짜처럼 쓴 작품도 좋아하지만, 한편으로 깊고 섬세한 관찰력으로 진짜 인간을 그린 소설도 읽고 싶습니다. 거짓을 말하는 소설은 읽고 싶지 않습니다.

예를 들어 여성을 한심한 육체적 인물로만 편협하게 그린 소설이 있습니다. 가끔은 그런 병적인 여성도 있겠지만, 여성이 모두 그런 건 아닙니다. 여성이 아니고는 좀처럼 알 수 없는 측면이 있으므로 남성이 쓴 것만 가지고는 신용하기 어렵습니다. 여성의 대부분이 남성에게 이해받지 못한다고는 생각하지 않지만, 부분적으로 여성이 아니면 모르는 점이 있을 겁니다. 여성이 남성을 볼 때도 마찬가지로 이해하기 어려운 부분이 있습니다. 아빠가 엄마처럼 아이를 사랑한다곤 해도 조금은 그 마음을 이해하기 어려울 때가 있습니다. 여성은 임신한 순간부터 아이 때문에 고통을 받습니다. 태내에서 태아가 움직이기 시작하면 엄마는 일종의 신비한 기분에 사로잡혀 아기에게 친근함을 느낍니다. 분만할 때는 목숨을 걸고 자기 육체의 일부를 나눠준다는 기분을 절실하게 간직합니다. 태어난 아기는 해저에서 건져 올린 진주라고 할까요, 무엇과도 비교할 수 없이 귀엽습니다. 남자는 아이와 정신적으로나 육체적으로 이런 관계가 없는데도 어째서 아이가 귀여운 걸까요.

또 소설을 읽어봐도 가타이 선생의 『이불』 주인공이 더러운 이불을 뒤집어쓰고 울고 있는 대목에서 생기는 남자의 마음이 저는 도무지 이해가 되지 않습니다. 그런 소설을 읽으면 육감적이나 동물적이라는 표현은 여성이 아니라 남성에게 더 어울리지 않을까 싶습니다. 여자가 보기에 남자는 여러 가지 일에 관여하면서, 그 바쁜 와중에 끊임없이 매춘부에게 손을 댑니다. 세상 남자 가운데 여자와 관계하지 않고 생을 끝맺는 남자는 거의 없겠죠. 여자는 스무 살 이전이나 어머니가 된 후로는 그쪽으로 욕구가 없는 사람도 있다는데, 요즘 남자 문학자 중에는 중년의 사랑 같은 게 유행합니다. 미성년의 남자나 예순 일흔의 남자까지 젊은 여자를 농락하는 경우도 허다합니다.

그러나 병적 여성의 드문 예를 들어 여자를 육감적이라고 단정할 수 없는 것처럼, 남자도 죄다 동물적이라고는 할 수 없겠지요. 『이불』의 주인공은 아무래도 병적 남성의 드문 예라고 하겠습니다. 대체로 남녀의 구별이라는 것이 지금까지는 너무 겉으로 드러나는 일부만을 표준으로 삼아온 것은 아닐까요. 세상에는 여자 같은 용모, 피부, 목소리, 기질, 감정을 가진 남자가 있고, 또 남자 같은 이 모든 걸 가진 여자가 있습니다. 아이를 기를 기능을 갖춘 남자가 있는가 하면, 문학자와 교사와 농부와 철학자가 될 기량을 갖춘 여자도 충분히 있다고 봅니다. 다양한 이론과 다양한 실험을 통해 조사해본다면 남녀의 구별 표준을 생식 하나로 단정 짓는 건 틀렸을지도 모릅니다. 그렇다면 남녀 중 한쪽이 완전히 육감적이라는 판단도 틀린 것이며, 육감적인 사람은 남녀 중 누구도 될 수 있고, 혹은 인간은 누구나 어느 정도 육감적이라는 데 귀착할지도 모릅니다. 소설에는 그런 점까지 이론과 실제의 관찰을 통해 쓰지 않으면 진보했다고 말할 수 없을 테지요.

남자작가는 진정한 여자를 쓸 수 없다는 설이 있는데, 과연 어떨까요. 여자에게는 어느 정도 여자가 아니고는 이해할 수 없는 점도 앞서 말한 대로 있겠지만, 같은 '인간'인 여자의 대부분을 남자가 이해하지 못할 리 없을 겁니다. 보통 남자라면 몰라도 예리한 관찰력과 감수성으로 꿰뚫어보는 문학자가 아닙니까. 여자가 아니면 이해하지 못하는 점마저도 문학자만큼은 이해할 수도 있으리라고 저는 생각합니다. 죄인이 되지 않고는 죄인의 마음을 이해하지 못한다면 문학자도 시시한 수준에 머물겠지요. 사막의 개는 이십 리 밖에 있는 사람 냄새를 맡는다고 합니다.

여자의 일은 여성작가가 쓸 때 진상을 정교하게 표현할 수 있을까 생각해보면, 이제껏 나온 작품 가운데 국내 여성작가의 필력에서 그런 모습은 아직 보이지 않습니다. 남자는 남자가 더 잘 쓰리라는 건 말할 필요도 없지만, 여자가 그린 남자는 여전히 부족합니다. 히구치 이치요의 소설 속 남자가 그 예인데 여자가 그린 여자도 대체로 거짓의 여자, 남자독자의 마음에 들 법한 여자가 아닌가 생각합니다. 이치요 씨가 쓴 여자가 남자들의 마음을 사로잡았던 건 물론 뛰어난 필력 덕분이겠으나, 한편으로는 예술로 다져진 여자가 썼기 때문일 겁니다.

여자는 아주 오래전부터 남자를 대할 때 필요 이상으로 가식을 길러 겉모습을 꾸미도록 해왔습니다. 그리하여 자신의 아름다운 점이나 추한 점을 모두 숨기고 되도록 남자의 마음에 들기 위해 자연스레 남자로부터 배운 대로 행동하는 경우가 있는 것으로 압니다. 여자의 행동 절반 이상이 모방이라는 점은 결코 여자의 본성이 아니라, 오랜 기간 자신을 감추도록 살아온 습관이 오늘에 이르러 제2의 성질이 된 것입니다. 문학을 하면서도 여자는 남자의 작품을 견본으로 남자의 마음에 들 법한 것이나 남자의 눈에 비칠 법한 것을 쓰려고 합니다. 여자는 남자처럼 자기를 발휘하여 작품을 쓰는 일을 꺼리다보니, 여자가 본 진정한 세상이나 진정한 여자가 나오지 않습니다. 이것을 오해하여 여자에게는 객관 묘사가 불가능하여 소설을 쓸 수 없다는 식으로 말하는 사람이 있습니다.

그러나 에도시대부터 오늘날 메이지시대에나 여성작가가 나오지 않을 뿐, 헤이안시대 이후 문학에서는 남자들이 여성의 소설을 본보기로 그걸 모방하고 그에 미치지 못함을 부끄러워했습니다. 재능이 출중한 여자가 진정으로 자기를 발휘한다면『겐지모노가타리』와 같은 정교한 작품이 나오지 말라는 법이 없습니다. 무라사키 시키부가 그린 여성은 모두가 당시 사실 그대로였으리라 여겨지며 여자가 봐도 재밌습니다. 여자의 추한 점도 상당히 많이 드러납니다. 그렇다 해도 여자의 암흑면을『초몬주著聞集』나『곤자쿠모노가타리今昔物語』*처럼 노골적으로 쓰지 않은 건 당시 모

---

* 각기 가마쿠라시대와 헤이안시대에 편찬된 설화집. 당대 고금의 설화를 모아 집대성한 책으로『우지슈이모노가타리宇治拾遺物語』와 함께 일본 3대설화집이다.

범이 되던 중국문학에 그런 이야기물이 없었던 탓도 있겠지만, 다른 하나는 남자에게 너무 추한 모습을 보일 수 없다는 가식적인 마음, 후세의 도덕가의 말을 빌리자면 정숙한 마음이 있었기 때문일 겁니다.

무라사키 시키부는 여자를 훌륭히 그려냈지만 남자는 그에 미치지 못했습니다. 히카루 겐지 같은 인물은 아무리 봐도 이상적인 인물이며 당시 역사를 읽은 사람이라면 이러한 남자의 존재를 믿지 못합니다. 그 옛날 여자가 남자를 쓰기란 힘들었을 테지요. 남성작가 치카마쓰*가 쓴 여성 가운데 오타네나 오사이, 코하루와 오상 등은 여자가 읽어도 수긍이 가지만, 정조나 충절에 집착하는 여자는 인형처럼 여겨집니다.

여성작가가 앞으로 성공하기 위해서는 기존의 남성 소설 모방하기를 그만두고, 세상에 여성스럽게 보이고자 하는 가식도 내팽개치고, 자신의 감정을 단련하며 자신의 관찰력을 예리하게 벼려 기탄없이 여성의 마음을 진실하게 털어놓는 것이 최상의 방법이라 생각합니다. 여성작가가 이런 태도로 글을 쓰면 철저하게 여성의 진면목을 끄집어낼 수 있으니 여자의 아름다움이나 추함을 남자들도 잘 이해하겠지요. 이런 태도를 유지한다면 여자도 소설을 쓸 수 있다고 생각합니다. 여자는 암흑면이 무척 많고 좌중의 흥

• 치카마쓰 몬자에몬(1653~1725). 에도시대 가장 사랑 받은 극작가. 속세 인정과 의리를 테마로 조루리 110편, 가부키 30편가량을 지었으며 특히 남녀 동반자살을 소재로 한 작품이 많았다.

을 가차없이 깨부수는 경우도 많습니다. 이걸 여자가 써내면 풍속을 어지럽힐 거라고 생각하는 사람도 있겠지만, 여자도 사람이니 남자와 크게 다르거나 부족한 점이 있지 않고 어쩌면 아름다운 면은 남자보다 많으며 추한 면은 남자보다 적을지도 모릅니다. 여자뿐만 아니라 남자도 아직까지 상당히 추한 모습을 감추고 있는 건 아닐까요.

『고지키』*의 여성시인이나 오노노 고마치, 세이 쇼나곤*, 이즈미 시키부* 등이 쓴 글을 보면 주관이 뚜렷하고 섬세한 시적 감정이 남아 있는데, 의외로 기교 없이 진솔한 여성의 감정이 드러나 있습니다. 소설가뿐만 아니라 시인 가운데도 새로운 여성이 등장하기를 빕니다.

• 수록 『도쿄니로쿠신문東京二六新聞』 1909년 3월
• 저본 『与謝野晶子評論集』 岩波文庫, 1985

• 일본에서 가장 오래된 역사서로 천지 창조부터 시작되는 신화와 전설을 시와 노래를 가미한 기전체로 엮은 작품. 문학적으로 높이 평가 받으며 일본의 종교와 정신세계에 큰 영향을 미쳤다.
• 헤이안시대 문학을 대표하는 수필집 『마쿠라노소시』를 남긴 여성작가. 저자가 지켜봐 온 궁정 생활의 일상과 인간 군상을 묘사한 기록으로 『호조키』, 『쓰레즈레구사』와 함께 일본 3대수필집으로 평가 받는다.
• 자유롭고 활달한 필치로 사랑과 애수를 노래한 헤이안시대 여성가인. 연애 편력이 화려해 세간의 지탄을 받았으나 개의치 않고 활발한 시작 활동을 펼쳐 『이즈미 시키부 집』, 『이즈미 시키부 일기』 등을 남겼다.

요사노 아키코与謝野晶子(1878~1942)

가인, 사상가. 오사카에서 과자가게를 운영하던 아버지의 가업이 망해 어린 시절 집을 떠나 점원을 전전하면서도 소설을 즐겨 읽으며 와카를 지었다. 문학모임에서 만난 스승이자 시인인 요사노 텟칸과 불륜 관계로 세간의 질타를 받지만, 당시로서는 파격적으로 여성의 능동적인 사랑과 관능을 노래한 첫 와카집 『헝클어진 머리칼』(1901)이 일본 사회에 큰 반향을 불러일으키며 낭만파 여성시인으로서 독자적인 스타일을 구축했다. 텟칸과 결혼하여 열두 명의 아이를 출산했다.

가난뱅이의 기록

貧乏一期、二期、三期—わが落魄の記

제1기

나는 어머니의 뱃속에 있을 때, 배꼽 구멍으로 내가 태어날 집을 들여다보며,

'이거 야단났군.'

하고 생각했다. 머리가 거의 다 벗겨진 영감과 그와 비슷한 나이의 노파가 어두컴컴하고 지저분하고 엄청나게 작은 집 안에 앉아 있는 게 아닌가. 허나 신은 내게 이 집에 태어나라 하기에,

"하는 수 없지."

하고 각오를 다졌는데, 그때부터 나는 가난에 익숙했다.

나의 어머니는 도쿄에 있지만, 아버지는 오사카에 있다. 아무리 말을 해도 도쿄로 오지 않는다. 호기심 많은 독자가 있다면 우리 아버지 집에 가보시라. 어디에나 흔히 있는 집은 아니다. 오사카

미나미 구내 우치안도지 2초메 파출소 왼쪽으로 꺾어 찻집과 떡집 사이 공터 우물가 바로 옆에 아버지의 집이 있다. 다다미 두 장짜리 문간과 두 장 반짜리 방. 그뿐이다.

제아무리 돈에 초월한 사람이라 해도 집 크기가 다 합해 다다미 네 장 반 크기밖에 안 되는 집에는 별로 살고 싶지 않으리라. 아버지는 올해로 82세인데 오십 년 동안 헌옷가게를 하면서 이런 집에 살았다.

그러니 나는 가난에 익숙해서 가난뱅이의 괴로움을 잘 모른다. 내가 몇 살 때인가 어머니가 내게 계란을 보여주며, "소이치야, 이게 달걀이란 건데, 밥에 얹어줄 테니 듬뿍 먹고 몸을 튼튼히 해야 한다"라고 하며 뜨거운 밥에 계란을 얹어줬다. 그 뒤로 간식을 먹은 기억이 없다. 꽤 커서 어디 축제에 갈 때 2전을 받은 기억이 있다. 그걸로 뭘 살까 하고 돌아다니다 결국 아무것도 못 사고 왔다. 열두세 살부터는 아버지 뒤를 졸졸 따라다니며 전당포나 헌옷가게에 가서 아버지와 둘이 헌옷을 짊어지고 집으로 왔다. 중학교에 가면서 반찬으로 매일 채소 유부 무침만 먹어서, "유바*가 먹고 싶네"라고 했더니 어머니가 유바 찌꺼기를 보자기 가득 사오셨다. 내 동생도 유바 찌꺼기 도시락을 꽤 싸갔다는 것 같은데 내 탓이리라. 나는 그 당시 열 살 아래 남동생이 태어나서 녀석을 업고 밤마다 어머니 대신 걸어서 반찬을 사러 갔다.

• 두유를 가열해 표면에 생기는 넓은 막을 건져올려 조리하는 음식.

우리 집 같은 데서 자식들을 학교에 보내긴 쉽지 않았을 것이다. 동생을 대학에 보낼 때는 아버지의 체력이 다해서 동생은 급비생으로 대학을 나왔다. 하지만 아버진 자신이 완전히 몰락한 것을 나로 인해 회복하려 했다. 나의 조부가 유학자이기도 했고, 내가 소학교의 수재였으며, 마흔 살에 얻은 첫아이라 무척 귀여움을 받은 탓이기도 하다.

아버지는 나를 위해 25년간 세상과 맞서 싸우셨는데, 나의 투쟁도 올해로 십칠 년째다. 부모자식이란 다르지 않기 마련이라, 아버지도 가난뱅이의 민낯을 내게 보이기 싫어했는데 나도 그렇다. 가난뱅이의 뒤틀린 마음이면서 근성이기도 하다. 우리 옆집에 부자가 살았는데 그 집에서 뭔가를 주면 똑같이 비슷한 것을 돌려주곤 했다. 처지가 딱한 몰락한 중신을 거둬주기도 하면서 아무리 찢어지게 가난해도 참을성 하나로 견뎌왔다.

이런 부모 아래서 자라다보니 가난에 대처하는 나의 자세도 만만치가 않다. 아마 우리 아버지가 그런 집에서 지금도 힘들게 사신다는 건 내 지인들도 모를 것이다.

제2기

학비는 월 20엔. 당시엔 어떻게든 어렵지만 헤쳐 나갔다. 지금 난 여자관계가 일절 없다. 거짓말이다 싶으면 호적등본을 떼봐도 좋고, 지금 나카모토 다카코 여사 댁 식객으로 있으니 그 댁에 내가 여행(한 달에 한 번 아버지를 뵈러 오사카에 가는) 외에 외박한 적이 있는지, 아니면 여자가 묵고 간 적이 있는지 물어보면 될 일이다. (그래서 지금 젊고, 영리하고, 아름다운 사람을 찾고 있다. 정말로 찾고 있는데 다들 농담으로 여기고 상대를 안 해준다. 여자가 없어도 그렇게 외롭진 않은데, 조만간 애인이라도 생겨서, 그럼 독신이라는 게 진짜였네 하고 뉘우치는 사람이 없도록 말이 나온 김에 광고해둔다.)

내 아내, 그러니까 아이 엄마가 스물일곱 때(현재는 마흔여덟) 도쿄로 도망을 나왔다. 나도 식객이라 갈 곳이 마땅치 않은데, 스물일곱 살 여성과 스물한 살 미소년을 같이 들일 수는 없었다.

그래서 학교에 낼 등록금을 월세로 돌려 집을 구했다. (졸업을 못 한 건 이런 이유다.) 그때까진 좋았는데, 졸업을 하려 해도 학비가 없고, 아이는 태어났고, 친구들은 출판사나 신문사에 취직을 하고, 누구는 후원자가 생기고, 누구는 여학생 팬이 생겼는데, 남은 건 아오노 스에키치와 나뿐이었다. 아오노는 매일 부부싸움을 하고 그걸 보고하러 날 찾았다.

책을 팔고, 옷을 전당포에 맡기고, 아내의 물건을 팔고 결국 셋방살이 밑바닥으로 떨어졌다. 타고난 가난뱅이는 이럴 때 아주 담대하다. 일자릴 알아보러 다니는 법이 없다. 원고도 팔릴 리가 없으니 그런 짓은 생각도 안 한다. 친구에게나 가족에게나,

"어떻게든 될 거다."

하고 말하고 다녔다. 하지만 끝내는 기자입용 광고를 보고 지금은

사라진 히비야 구석에 있던 회사로 찾아갔다. 주머니에는 십 전짜리 동전 한 닢이 있었다. 전차비는 왕복이 7전, 편도가 4전 하던 때다. 전차를 타며 생각했다.

'편도면 6전이 남는다. 만약 채용되면 4전을 내고 전차를 타고 오면 되지만, 채용 안 되면 걸어가야 해—'

나이 어린 시험관은 고개를 절레절레 저으며,

"벌써 채용했습니다."

하곤 등을 돌렸다.

'두 번 다시 구직 따위 하나봐라.'

가난에 단련된 정신력으로 결심했다. 아내에겐 사실을 숨기고,

"굶어 죽기야 하겠어."

실제로 굶어 죽을 상태까지 가면 집주인이나 경찰이 우릴 그냥 내버리진 않을 거라 생각했다. 뭐라도 일을 주겠지. 차라리 그게 어린놈에게 거절당하는 것보단 낫다고 여겼다. 하지만 더는 아무것도 할 수가 없었다. 그때 출판사에서 일이 하나 들어왔다. 60엔짜리였다.

'석 달은 먹고살겠다.'

『전쟁과 평화』를 400자 원고지 200매로 줄이는 일이었다. 번역본도 없을 때였다. 죽을힘을 다해 영역을 읽었다. 썼다. 석 달이 지났다. 친구 하나가,

"자네 부인 일자리라면 소개할 데가 있는데……."

하고 말해줬다. 태어난 지 삼 개월 된 핏덩이가 있다. 하지만 아내

가 일하는 수밖에 없었다. 일자리는 요미우리신문에 신설된 여성 부 기자였는데, 월급이 18엔, 수당 5엔, 전차 패스 지급. 나는 아내를 일터로 보내고 아기를 봤다.

밥을 짓고, 우유를 만들고, 저녁 밑반찬까지 모조리 내가 맡았다. 삼사월쯤이었을까. 내가 아빠다리를 하고 다리 사이에 아기를 올리자 마침 넓적다리가 베개가 되면서 아기 몸에 딱 맞았다. 다리를 아래위로 움직이니 아기가 잘 잔다. (지금은 열일곱 살이고 분카학원에 다닌다.) 날이 점점 더워져서 집에 있을 수 없었다. 목욕탕에 가서 세 시간 정도 그런 식으로 아기를 재웠다. 이 시기가 8개월쯤 이어졌다. 8개월째에 아내가 말했다.

"이젠 겹옷 기모노가 없어서 일 못 하겠어."

그런 값나가는 옷은 여름 동안 다 팔아버렸다. 10월에도 여름옷을 입고 이리저리 돌아다녔던 것이다. 나는 말이 떨어지자마자,

"그만둬."

했다. 그리고 일본약사회 서기가 됐다. 그 뒤엔 지인에게 돈을 빌려 출판사를 차리고 톨스토이 전집을 냈다. 이로써 가난뱅이 2기가 잔상을 남긴 채 한동안 내게서 멀어졌다.

제3기

문예지를 펴냈다. 구메, 다나카, 사토미, 요시이가 함께했다. 고리대에서 돈을 빌릴 수 있었다. 고리대가 편해서 종종 이용했더니

가끔 강제집행이 왔다.

이때 인간에게 제6감이 존재한다는 사실을 믿게 됐다. 빚 독촉 전화가 걸려올 즈음, 꼭 눈이 떠지는 것이다.

'야단났군, 전화가 오겠어.'

하고 생각하면 꼭 벨이 울린다. 나는 피하지 않았다. 만나서, 지금 돈 없는데, 곤란한데요, 압류라도 해가. 이러니 상대방은 난처하다. 그럼 이자라도 줘요. 고리대금업자들은 경매에 넘어가면 손해를 보니 이자를 가져가는 것만으로 만족했다. 이렇게 되면 오히려 내 쪽이 강했다.

집주인에게는 18개월치 월세가 밀렸다. 내가 자동차로 드나드니 언젠가는 뭐가 돼도 될 거라고 믿는 동안 그렇게나 쌓여버렸다. 집세도 이만큼 쌓이니 집주인이 나가라는 말도 못하고 나도 체면이 있어 움직일 수가 없다.

이때 내게 도움이 된 게 친구와 함께 차린 출판사다. 대중문학 작품의 포문을 연 시라이 교지*의 소설집을 내고 탐정소설 번역본도 냈다. 하지만 돈을 전혀 벌지 못했다. 조금만, 조금만 더, 하는 사이에 관동대지진이 났다. 지진이 그쳐 이치가야 쪽으로 도망치면서 마음속으로,

'에라이, 속 시원하다.'

---

* 일본 대중문학의 선구자(1889~1980). 대학 시절 에도시대 문인인 사이카쿠와 치카마쓰 등의 작품을 현대어로 번역하여 필력을 키웠으며 시대물이나 대하소설을 주로 썼다.

하고 생각했다. 이걸 구실 삼아 오사카로 떠났다.

기쿠치 간에게 구제를 받은 건 이때다. 나는 몸만 왔고 아내도 마찬가지다. 고리대 돈만 썼지 친구들에게 돈을 빌릴 수가 없었다. 기쿠치에게도,

"지금 많이 곤란하니 돈 좀 빌리세."

하는 말이 나오지 않았다. 말도 안 꺼냈는데,

"자네, 돈 필요하지 않나?"

하고 기쿠치가 품속에서 꾸깃꾸깃한 십 엔짜리 지폐를 두세 장 꺼내줬다. 첫째는 다 커서 계절에 맞지 않는 옷을 입어도 그러려니 했지만, 둘째는 한겨울에 여름옷을 입고 아랫도리는 천 같은 걸 두르고 있었다.

'애들 겨울옷을 사주고 싶은데' 하고 괴로워하고 있을 때 기쿠치가,

"이거 가져가게."

라고 하며 이십 엔을 줬다. 지금도 그때의 감사함을 기억하고 있다. 받자마자 인사하고 거리로 나오는데 눈물이 났다. 아무리 닦아도 멈추지 않았다. 가난으로 눈물을 흘린 건 이때뿐이다. 빚쟁이에게는 두 번 얻어맞았다.

오사카 출판사에서 잡지를 편집하다가 영화에 손을 댔다. 이게 또 차압을 당했다. 도쿄로 옮기려고 짐을 싸둔 게 그대로 경매에 부쳐졌고 지금도 가끔씩 경매가 들어온다. 우리 집에 아무것도 없는 건 그런 탓이다. 차라리 없는 게 홀가분하다.

"요즘은 살 만하지!"

하고 가끔 사람들이 묻는데, 내 손에 들어오기도 전에 원고료가 반쯤 사라지고, 그중 삼분의 일은 남이 가져간다. 통장에는 겨우 8백 엔 있다.

문필업의 수명은 대체로 십 년. 조금씩이라도 모아두지 않으면 난처해질 거야, 라는 생각은 하지 않는다. 내 원고가 팔리지 않게 될 날을 대비해 공부를 한다. 재작년에 한 출판사와 절교를 했다. 대중소설가가 그 출판사와 절교를 한다는 건 식량수송로를 끊어 버리는 것과 같다. 하지만 가난뱅이로 자란 덕에 이런 게 좋다. 누가 신경이나 쓸 줄 아냐. 가난이 괴로우면 공부를 해서 더 좋은 작품을 쓰고 말겠다는 다짐을 한다. 재작년부터 정성 들여 꾸준히 공부했다. 앞으로도 있는 돈만큼만 쓰면서 가난에 쫓기며 공부로 헤쳐 나갈 셈이다. 아버지의 혼이 내게 담뿍 남아 있다.

아이에 대해서는 이렇게 생각한다. 혼자서 먹고살 수 없는 녀석에게 섣불리 집이니 푼돈이니 남겨주는 일은 죄악이라고. 이자로 먹고 사는 건 물론 죄악이고, 월급 백이십 엔으로 아내와 둘이서 무시무시한 세상을 요리조리 헤쳐 나갈 수만 있다면 뭐가 된들 괜찮다.

조만간 프롤레타리아 세상이 되면 나의 아버지의 분투나 나의 태내에서부터의 분투도 비웃음거리가 될 테지. 그러나 내가 가난뱅이가 아니었다면 지금 같은 근성과 낙천적인 마음이 없었을 거라고 생각한다. 가난이 없는 인생도 좋겠으나 가난하다고 해서 인간이 꼭 불행해지는 건 아니다.

• 수록『후진코론婦人公論』1932년 3월
• 저본『直木三十五全集 第15卷 随筆集 下』改造社復刻版, 示人社, 1991

나오키 산주고直木三十五 (1891~1934)

소설가, 각본가. 오사카에서 헌옷가게를 운영하는 집안 장남으로 태어났다. 대학에 진학했지만 학비를 내지 못해 제적당했다. 그러나 수업은 꾸준히 들어서 졸업 사진까지 찍었다고 한다. 동료의 도움으로 톨스토이 전집 번역에 참여했으며 서른한 살에 필명을 산주이치三十一로 짓고 매년 숫자를 늘려 이름을 바꾸다 산주고 三十五에서 멈췄다. 『남국태평기』, 『구스노키 마사시게』 등 장르소설, 시국소설을 주로 다뤘으며 무성영화 각본을 쓰기도 했다. 『문예춘추』 창간으로 큰 성공을 거둔 기쿠치 간은 친구의 업적을 기리며 뛰어난 대중소설에 수여하는 나오키상을 제정했다.

오카모토 가노코

복숭아가 있는 풍경
桃のある風景

식욕도 아니고, 정욕도 아니다. 육체적인지 정신적인지도 알 수 없는 이끌림이 저기압 소용돌이처럼 목 뒷부분에서 울적하게 차올라 끝도 없는 갈증을 느끼게 했다. 내가 아직 소녀일 때의 일이다. 도쿄 변두리의 부모님 집 중이층에 살고 있었다. 나는 빨간 허리띠를 단단히 동여맨 채 누웠다 앉았다 안절부절못하며, 이 불만이 어디서 오는지, 어떻게 하면 치유될 수 있을지, 어쩔 줄을 몰라 뒤척이고 있었다.

만약 누가 이것을 성적 욕망의 변태 과정이라고 한다면, 그럴지도 모르겠다고 대답하겠다. 마침 나이대도 그 주장이 들어맞는 시기다. 하지만 난 수긍하면서도, 결론은 제일 나중에 내려달라고 부탁하고 싶다. 그만큼 내게는 매듭을 짓기까지 과정의 결이 갖는 자잘한 괴로움들이 그립고 소중하기 때문에.

엄마는 별것 아닌 질병이라 결론짓고는 나의 이상한 병세에 흥미를 보이며 간호했다. "찹쌀을 구워서 뜨거운 미숫가루에 넣어줄 테니 먹어보렴. 분명 네 맘에 들러붙은 기분이 풀어질 거야." "말린 서향 꽃을 목욕물 안에 넣어줄게. 좋은 향기가 마음을 편하게 해줄 테니까." 아마도 엄마가 소녀 시절 걸렸던 울증에는 이런 것들이 효과가 있었나보다.

색, 소리, 향기, 맛, 촉각. 엄마는 무의식적으로 이 다섯 가지 감각 가운데 후각을 중심으로 한 미각과 촉각을 통해 울증의 헐떡임을 다스렸다는 걸, 엄마가 권해주는 음식을 보고 알았다. 나도 그게 싫진 않았다. 하지만 보다 더 융화가 잘되면서도 순수하고 산뜻한 충족을 원했다.

"엄마, 몸을 더 착 가라앉게 만드는 마실 것 없어?"

"촉촉하게 손에 닿을 것만 같은 음악을 듣고 싶은데."

마침내 엄마는 치료를 단념하고 말았다.

"남성용 박쥐우산을 꺼내주세요."

"조리*를 꺼내주세요."

"강 건너 복숭아를 보러 갈 거예요."

꼭 남자에 굶주린 것만은 아니었다. 나룻배로 강을 건너면 그즈음 매일처럼 벼랑 위 찻집 옆으로 나를 만나러오는 소년이 있었다. 이젤을 세우고 한참 동안 강기슭 그림을 그리는 미술생도였다. 이 미소년은 불량스러운 척하고 있었지만 속마음은 여린 도시

─────────────

• 엄지발가락 안쪽으로 줄을 끼운 일본식 샌들.

아이였다.

나는 훗날 그를 남편으로 맞이할 정도였으니 꽤 좋아하긴 했다. 하지만 당시 나의 욕구가 부끄러워서 그를 대상의 일부로 전락시켰다는 사실이 가엾고 미안했다.

찻집 테이블에서 쥐색 비단 옷깃을 단 성긴 무늬 기모노를 입은 미소년의 모습이 얼핏 움직였다. 오늘은 찻집 테이블에 앉아 술을 마시고 있었다. 내가 손을 흔들며 따라오면 안 된다는 신호를 보내자, 그는 웃으며 순진하게 다시 술을 마셨다. 나는 둑을 따라 강 상류 쪽으로 걸어갔다.

기다란 둑에 사람은 없었다. 하천 공사를 하느라 돌망태를 만들 돌이며 대나무가 흩어져 있었다. 나는 춥다는 생각도 들지 않는데 강가에 묶어둔 뗏목 옆에는 모닥불 연기가 피어오르고 있었다. 거기 있는 모든 것들이 젖은 색을 띠고 있었다. 하얀 연기마저 액체가 솟구치는 것처럼 보였다.

수면 위는 은회색 물안개로 뒤덮여 있고 그 밑으로 폭넓은 물줄기가 탁하게 흘렀다. 둑이 무너져 판자로 막아놓은 곳에서부터 복숭아밭으로 내려갈 수 있게 돼 있었다. 거기서 내려다보이는 둑과, 언덕 사이 평지 일대와, 언덕 아래 복사나무 숲에 복사꽃이 강렬한 향기를 내뿜으며 막 피어나는 것을 다소 반감을 가지고 지켜봤다. 하지만 가만히 보니 붉은 구름 같은 꽃 층에 부드러운 연둣빛 복사나무 잎사귀가 얼굴을 내민 모습이 그립게 느껴졌다. 넋을 잃고 그 풍경을 바라보다 박쥐우산을 접으며 복사나무 숲으로 들어갔다.

눈 딱 감고 복사꽃 안으로 들어가자 모든 게 잊혔다. 교태롭게 해쓱한 연분홍빛 신비가 기모노와 피부를 투과해 미각에 상쾌한 차가움을 전했다. 그 미각을 맛보는 혀가 신체의 어느 부위에 있는지 알 수 없었지만 맛이 느껴졌다. 이 복숭아종이 흡사 사람 이름처럼 덴주로*였다는 게 생각나 우스워졌다. 나는 아하하 소리를 내 웃었다.

차가운 무언가가 끊임없이 얼굴에 닿았다. 나는 개의치 않고 박쥐우산에 기대 웅크리고 쉬었다. 우산 손잡이에 두 손을 포개 그 위에 턱을 올리고서 조용히 어떤 소리를 들었다. 본능이 나를 그렇게 만들어 무언가를 들려주는 듯하다. 복사나무가 자란 지대는 대체로 강가 모래가 가득한 가벼운 지층이다. 비가 오면 알맞은 습도를 머금은 모래 속으로 나의 조리가 맨발과 함께 보드랍게 잠겨든다. 똑, 똑, 꽃에 머물던 빗방울이 모래로 떨어지는 소리를 듣고 있으면, 오감이 어우러지는 꿈처럼 크고 아름다운 세계가 쿠션과 같이 떠올라 내 몸을 감싼다. 나의 마음은 그곳에 잠겨들어 잠시 꾸벅꾸벅 존다.

이 같은 일종의 황홀감에 빠졌다가 다시 찻집에 앉아 있는 미소년에게 손을 흔들며 그 앞을 지나 우리 집 중이층으로 돌아왔다.

• 메이지시대에 가와사키 부근에서 생산되던 복숭아종. 품종개량에 성공한 농업가 부친의 이름을 따 만들었다. 급속한 공업화 이후 자취를 감췄다.

나는 내가 다른 사람과 다르다는 점 때문에 종종 죽고 싶었다. 하지만 내 몸속에 담긴 이것들을 문장으로 써내기 전에는 죽을 수 없다고 생각했다. 책상 앞에서, 엉엉 즐겁게 흐느껴 울었다.

훗날 이탈리아 플로렌스에서 산타마리아 델 피오레(꽃의 성모 마리아) 성당을 봤다. 온갖 색채의 대리석을 모아 세운 이 성당은 볕이 들자 광물이 꽃의 살결로 변했다. 성당이면서 꽃이었다. 죽음이면서 생명, 거기서 아름다운 향기마저 느껴졌다. 나는 마음 깊은 곳에서 공감을 이끌어내는 역사상 예술의 증명 앞에서, 나의 특이성에서 보편성을 찾아내며 생을 견디기로 마음먹었다.

　―인간은 괴롭더라도 예술로 인해 구원 받으리라―고.

• 수록『분게이文藝』1937년 4월
• 저본『岡本かの子全集 12』筑摩書房, 1994

오카모토 가노코岡本かの子(1889~1939)

시인, 소설가, 불교연구가. 자기 생의 기쁨을 온전히 누리고 표현하기 위해 문학 예술을 손에서 놓지 않았던 여인. 전통적 여성상을 따르지 않고 가정을 꾸린 후에도 와카 시인으로 이름을 알렸다. 아쿠타가와 류노스케의 영향으로 뒤늦게 소설을 쓰기 시작했으며 탐미적인 문체로 독특한 작풍을 구축했다.

오카모토 가노코

갈색의 구도

褐色の求道

독일 유일의 불교사원이라는 붓다하우스를 베를린 유학 중 세 차
례 방문했다. 1931년의 일이다.

절은 베를린에서 기차로 한 시간가량 떨어진 프로나우라는 곳
에 있었다. 소문엔 못 미치는 작은 건축물이 변두리 주택가 안에
있었다. 주변에 비해 지반이 높아 경치가 훌륭했다. 구불구불 융
기된 땅을 이용해 절의 본당과 회랑, 양 날개의 작은 당 등을 지었
다. 문은 도로 바로 옆으로 나 있어서 입구에서 절의 현관까지 오
르막을 이루고 있었다.

거창하게 말해 이곳 종파의 교조인 절의 주인 달케 씨는 이미
세상을 떠나고 없다. 달케 씨의 여동생인 평범한 독일 중년 여성
이 이곳을 이어받아 절을 안내하고 저서 등을 팔았다. 그녀에게
이것저것 물어보고 구입한 책을 뒤적거려봤지만 이 절의 설립자
에게 제대로 된 불교 지식이나 심적 체험이 있다고 보기는 어려웠

다. 인도에서 독일로 직접 가지고 들어온 원시경전을 약간 접하긴 했지만, 거기에 서양인 특유의 독단이 섞여들어 자기만족의 종교를 만들어낸 듯하다. 그에게는 스승이라 할 만한 독일인 노인이 있었는데, 개에게 물린 것이 원인이 되어 죽었다는 이야기를 들었다. 다른 제자도 없었기에 달케의 종파는 단절됐고 지금은 이 절만이 유물로 남았다. 목욕재계를 위해 지었다는 욕당 주변에는 낙엽만 쓸쓸히 쌓여 있었다.

교조가 동양 문물에 그다지 밝지 않았다는 증거는 절의 건축양식에서도 드러난다. 인도풍도 아니고 중국풍도 아닌, 사람에 따라서는 이슬람사원이라고 착각할 정도로 동양의 사원과는 거리가 멀다. 멋을 좀 아는 사람이 지은 이국적인 빌라—한마디로 이렇게 표현하는 편이 빠를 것 같다. 실내가구나 도구도 국적 불명의 짝이 맞지 않는 것들이고 가짓수도 적다. 다만 본당임 직한 다각형 홀 벽면 중앙에 불경을 새긴 법구경 비석이 우뚝 솟아 있어 이곳이 기도를 올리는 곳임을 나타내고 있었다. 그 방은 광선을 어떻게 들일지도 고심해 지어서 그윽한 분위기를 자아내고 있었기에, 이곳이야말로 참배자가 절을 올릴 곳이구나 싶어 나도 수긍하고 합장을 했다.

나는 그렇게 실망스런 기분으로, 일본인 이름이 가득 적힌 참배자 기념명부에 의무적으로 이름을 기입하고 돌아왔다.

절은 마음에 들지 않았다. 그러나 마을은 마음에 들었다. 이름

없는 프로나우라는 마을은 평범함 그 자체인 듯했다. 촘촘하게 도로가 나 있고 나름대로 멋스럽게 고안한 주택들이 있었다. 베를린에서 한 시간 거리니 주민도 대부분 베를린에 직장을 둔 소박한 근로자리라.

아마도 베를린시 근교에 위치한 원거리 주택지 가운데 하나인 것 같다. 그래서인지 시골마을치고는 깔끔하고 조용했다. 길을 묻기 위해 벨을 눌러도 귀찮은 표정 없이 문 앞까지 나와 친절하게 길을 알려주는 여유를 가진 사람들이었다. 땀 흘려 마련한 넉넉하지 않은 건축비로, 어떻게든 자기 취향을 살린 집을 지으려 궁리한 소박한 집들을 보며 마을을 걷는 일 또한 내게는 흥미로웠다. 나는 이미 이국땅에 체재한 지 삼 년이 다 돼가기 때문에 소위 위대하고 화려한 건축물에는 별다른 감격을 느끼지 못했다. 소박하고 평범한 것에 굶주려 있었다. 그런 이유에서 나는 무심코 두 번째로 이 마을을 찾았다. 봄이 가까워 보리수나 플라타너스 가로수 가지 끝이 파릇하게 물들어 있었다. 멀리 바라다보이는 마을 지붕 위 하늘에도 추위 속에 내뱉는 입김처럼 따뜻한 빛이 감돌았다. 그러나 겨울의 흰 구름은 여전히 푸른 하늘에 요동치는 물살처럼 북에서 남으로 험악하게 휩쓸려가고 있었다. 구름이 흘러 햇볕이 그늘질 때마다 땅 위에서 노는 유모차, 유모, 아이, 강아지가 지면과 함께 엷은 잿빛 속에 잠겼다.

여기까지 온 이상 그냥 지나칠 수 없어 붓다하우스에 들렀다.

이젠 경내를 둘러볼 필요가 없었기에 본당의 법구경 비석 앞에서 합장만 하고 돌아갈 생각이었다. 비석 앞에는 검소한 차림의 독일 청년이 무릎을 꿇고 앉아, 깍지 낀 두 손을 가슴 앞으로 휘휘 돌리고 있었다. 눈은 감고 있었다.

청년의 기도법이 너무 서툴러서 장난을 치는 건지 진지한 건지 구분이 안 갔다. 하지만 그런 건 아무래도 상관없었기에 나는 청년에게 방해가 되지 않도록 약간 떨어진 곳에서, 기도할 때 나의 버릇인 두 손을 연꽃 봉오리처럼 오므려 연꽃합장을 한 뒤 살짝 벌어진 열 손가락의 손끝 첫마디를 교차시키는 금강합장을 하고 정성스레 고개를 숙였다.

내 행동을 곁눈으로 흘낏 봤는지 청년은 갑자기 손을 풀고 자리에서 일어나버렸다. 자기 행동을 부끄러워하며 얼른 그만둔 것처럼 보여서 안쓰러웠다. 얼굴이 살짝 붉어진 청년이 자리를 뜨려는 나를 붙들고 머뭇거리며 말했다.

"불교에서는 손바닥을 모을 때 방금 당신이 한 것처럼 하나요? 정말 어렵군요. 부탁인데 기도하는 법을 좀 가르쳐주시겠습니까? 꼭 좀 부탁드리겠습니다."

나는 그의 갑작스러운 부탁에 웃음을 터뜨리고 말았다. "미안해요." 나는 곧 사과를 하고 웃음을 가라앉히며,

"아닙니다, 그렇게 어려울 건 없어요. 합장은 마음을 하나로 모으기 위한 형식적인 방법이니까, 각자의 상황에 맞는 방법을 취하면 됩니다. 하지만 보통은 이렇게 하지요."

나는 일반적으로 많이 하는 열 손가락을 모으는 합장을 해보였다.

"정말로 이렇게만 해도 되는 겁니까?"

흉내를 내면서도 계속 불안해하는 청년을 어떻게든 납득시킨 뒤 먼저 그 방을 나왔다. 청년은 새로 배운 합장으로 비석을 향해 다시 기도를 했다.

마을을 산책하다 늦은 오후 역으로 돌아왔다. 공교롭게도 베를린행 기차가 이미 떠난 뒤였다. 다음 기차까지 한 시간은 남았다. 역 건물에 깨끗한 레스토랑이 있어 조금 이르다는 생각은 들었지만 저녁을 해결하려고 가게 안으로 들어갔다.

손님은 없었다. 늙은 웨이터가 나를 창 쪽 테이블로 안내하곤 접시를 날라 왔다. 마침 알맞게 타오르는 난로에 몸을 쬐며, 어느새 진눈깨비 날리는 창밖 풍경을 바라보며 천천히 포크를 움직였다. 역 앞 광장에 느릿느릿 흩날리는 진눈개비 너머 구불구불 이어진 외로운 메인스트리트에 반짝반짝 물기에 젖은 노란 등불이 하나둘 켜졌다. 나는 일본의 동북지방 외딴 역에서 애타게 기차를 기다리는 여행자가 된 기분이 들어 고국과의 거리감을 잠시 잊을 정도로 동양적이고 한적한 분위기에 휩싸였다. 그사이 두세 차례 베를린에서 기차가 들어와 통근하는 마을 사람들이 눈앞의 광장을 가로질러 우르르 지나가는 것도 크게 신경이 쓰이지 않았다. 일본의 시골 마을 골목에 턱받이를 한 지장보살 석상이나 버드나무 나뭇잎을 뒤집어쓴 마두관음 같은 것을 당장이라도 그 근방에서 발견할 수 있을 것만 같은 친근감이 샘솟았다.

유리창 밖으로 염주알이 번쩍이는가 싶더니 내가 앉은 창가 자리 천장에도 불이 켜졌다. 빛나는 염주알은 흰 개나리 가지에 맺힌 진눈깨비인가 물방울인가. 거기에 자전거 한 대가 녹슨 핸들을 드러낸 채 서 있었다.

디저트를 가져온 웨이터를 아무 생각 없이 올려다본 나는 깜짝 놀랐다. 아까 붓다하우스에서 만난 청년이었다. 지금은 웨이터 복에 앞치마를 매고 있었다. 청년은 조금이라도 여성 손님에게 의심을 사서는 안 된다고 배려한 탓인지 빠른 말투로 말을 걸었다.

"아까는 실례가 많았습니다. 저는 여기서 웨이터 일을 하고 있습니다. 임시직이긴 하지만요. 당신에게 불교에 대해 궁금한 걸 더 물어보고 싶어서 지배인 할아버지에게 담당을 바꿔달라고 했습니다. 말을 걸까 말까 많이 망설였는데 아무래도 이보다 좋은 기회는 없겠다 싶어서요."

그는 매니저가 있는 쪽을 신경 쓰더니, 내게 서빙하는 척하며 묻고 싶었던 것들을 자세히 물었다.

청년의 이름은 뇌클린. 베를린상업대학 학생이었다. 독립해서 혼자 살고 있어서 일이 있을 땐 일을 하고 학교는 실업상태일 때만 심심풀이로 다닌다고 했다.

"잘 아시겠지만 지금 독일은 저 같은 사람들이 먹고살기가 막막합니다. 저는 뭐든 할 각오가 돼 있지만 일거리가 없어요. 우리의 일과는 아침에 일어나 신문에 난 직업소개란을 뒤지고 눈에 들어오는 곳에 체크를 한 뒤 자전거를 타고 일일이 뒤지고 다닙니다. 누가 먼저 구인사무소에 도착하느냐가 관건이죠. 이건 흡사 자전거 경줍니다. 하지만 전부 다 매정하게 거절당하고 집으로 돌아오죠. 그리고 아침으로 빵을 뜯어먹습니다. 이미 습관이 돼서 구직한 바퀴를 돌지 않으면 빵이 안 넘어갈 정도예요. 자전거라면 이제 보기만 해도 지긋지긋합니다.

겨울은 그래도 낫죠. 베를린 곳곳에서 눈 치우는 인부를 고용하거든요. 몸만 건강하면 어떻게든 비집고 들어갈 수가 있어요. 그러니 우리는 아침에 눈을 떠 창밖으로 눈보라 구름이 보이면 침대에서 벌떡 일어나 "좋았어!" 하고 소리칩니다. 눈 치우는 일은 그날 한정이라 항구적 재원은 못 되지만, 그래도 누나나 이모한테 심부름 값 받는 기분으로 즐거이 할 수 있는 일이죠. 거리에서 일을 하고 있으면 길갓집 아이들이 나와 눈 치우는 일을 도와줍니다. 이런 분위기도 저는 즐겁습니다.

이러니 봄이 오는 것만큼 우릴 우울하게 만드는 건 없습니다. 봄이 되면 하늘과 땅은 시적으로도 경제적으로도 우리를 벌거숭이로 만들어버려서 운치라고는 찾아볼 수 없어집니다. 바로 그 봄이 벌써 오고 있어요. 이 레스토랑에서 고작 한 달 아르바이트를 하게 됐지만, 그것도 다른 웨이터가 병이 나서 쉬는 덕이고 그가 나으면 전 바로 해고당할 겁니다.

아무튼 전 지쳤습니다. 더는 이 세상에서 자극이나 열정을 느낄 수 없어요. 오히려 그런 감정이 조금 남아 있다는 게 제겐 고통입니다. 완전한 무의식 세계, 무의미한 생애, 전 차라리 그런 것을 원합니다. 생의 자각을 갖고 의식과 의미에 휘둘리며 피로감만 느끼고 사는 일생이란, 인간에게 그리 대단한 것이 아닙니다. 그보다는 삶이 있기 전, 죽음이 온 후, 저 깊은 혼돈의 잠, 육체도 정신도 완전한 교섭을 끊어버린 깊은 잠, 이것의 가치가 그 밖의 것과는 비교도 할 수 없이 훨씬 더 높습니다. 우선 시간만 두고 보더라도 한쪽은 오륙십 년에 불과하지만 다른 한쪽은 무한의 시간이니까요. 어느 쪽이 인간에게 진정한 생애인지 생각하게 합니다.

불교에서 말하는 니르바나, 열반이란 그런 게 아닐까요.

저는 살면서 무자극, 무감각의 생활을 하고 싶어서 틈날 때마다 그 생의 방법을 찾아다녔습니다. 하지만 이제 그런 곳은 세상에 그리 많지 않습니다. 인도인들의 암자생활에 대해서 들은 적이 있습니다. 책상다리를 하고 앉아 완전히 죽음의 상태가 되어 살아간다고 합니다. 제게는 무척 솔깃한 이야기입니다. 그래서 인도로 갈 준비를 시작했습니다.

하지만 깜짝 놀랐어요. 저하고 똑같은 생각을 가진 독일인이 그렇게 많을 줄은요. 이런 목적으로 인도로 잠입하는 독일인이 점점 더 많아지고 있다고 합니다. 요즘 영국 정부가 이런 독일인을 스파이로 의심하기 시작했어요. 우리나라 외무성도 인도로 들어가는 여권을 쉽게 승인해주지 않지만, 영국 영사관에서도 상륙허가 비자를 좀처럼 내주지 않습니다.

하지만 전 이미 결심이 섰습니다. 어둠의 경로를 통해서라도 인도로 갈 생각입니다. 거기서 제 생애를 매장하는 일에 성공을 거둘 계획입니다."

나는 뵈클린 청년이 하는 말을 듣는 동안 도중에 몇 번이나 "저기, 잠깐, 잠깐만" 하고 외쳤다. 청년이 '불교, 불교' 하고 입 밖으로 꺼내며 마음으로 믿는 사상은 결코 불교가 아니었다. 아니, 오히려 석가모니라기보다는 불교의 가르침에서 지탄 받아 마땅한 사악한 허망함의 길을 따르는 사상이었다.

하지만 나는 여기서 좀처럼 만나기 힘들었던 같은 종교 신자를 보며, 또한 하천이 범람하듯 자기를 쏟아내는 청년이 만족해하는 모습을 보며, 도무지 그의 말을 막을 수가 없었다. 그가 말하는 스피드에 내 말이 튕겨 나온 까닭도 있었다.

나는 독일로 오기 전에 런던불교협회원이나 그 밖의 서구인들 가운데 불교에 흥미를 느끼는 사람들을 만나면서, 그들이 얼마나 소승불교 취향을 좋아하는지, 또 대승불교 교리를 받아들일 소질조차 없는 것은 아닌지 하는 것을 느꼈다. 새삼스럽게 현실 긍정 불교를 말한다 해도, 그 사상이 높고 아득한 만큼 서양인의 종교 개념과 서로 양립하기 어려웠다. 조금만 정신을 놓으면 단순 염세 종교에 빠질 듯한 분위기가 있었다. 나는 이에 위험을 느끼고 말을 아끼게 됐다. 서양인에게 대승불교 교리를 설파하는 것은 상당한 기초 지식을 쌓은 후에야 가능하겠다고 느꼈던 것이다.

또 한 가지, 나는 교리를 설파하는 사람이 아니었다. 나는 불교의 새다. 노래하는 것이다. 그저 그것이면 된다. 이런저런 이유로 나는 하지 못한 말을 하지 않은 채 청년이 그저 기분 좋게 이야기를 풀어낼 수 있게끔 했다. 청년은 거리낌 없이 말을 쏟아낸 것 같았다. 플랫폼에는 베를린행 기차를 타려는 승객들이 하나둘 입구로 모여들고 있었다. 청년은 계산서를 가지고 오며 서둘러 말했다.

"딱 한 가지 묻고 싶은 것은 사랑 문제입니다. 지친 사람도 사랑만큼은 끊어낼 수 없나봅니다. 오히려 정신과 육체 안에 다른 부분이 지쳐갈수록 애욕만큼은 더욱 똑바로 눈을 뜨는 것 같습니다. 이런 경우 불교에서는 어떻게 하는지요. 저는 끊어내고 싶습니다. 하지만 이것만큼은 어쩔 수가 없어요. 만약 사랑을 끊어내는 주문 같은 게 있다면 알려주십시오. 저는 애인을 기다리고 있습니다."

나는 이미 자리에서 일어나 있었다. 이런 사람의 요구에 쉽사리 답을 할 수는 없다. 나는 문득 헤르만 헤세의 『싯다르타』라는 책을 생각해냈다. 런던에서 영역본을 사서 읽었는데 원작자는 분명 독일인이었다. 이 책에서 주인공 싯다르타는 말한다. 석가모니의 여정을 직선이라 한다면, 자신은 궁형을 그리며 수난의 구도求道•에 이른다고. 이 책에는 대승불교 이념이 엿보이는 흔적이 몇 가지 있었다. 구도의 수법은 베다와 바라문 신학 쪽으로 기울어 있었지만 최후에는 궁극의 지점에 도달한 일미•를 지니고 있다. 대승불교의

• 불교에서 부처의 진리를 구함.
• 부처의 말이 겉으로는 여럿으로 보이지만 근본적인 취지는 하나라는 뜻.

이상에서 보자면 가장 중요한 보리심*에 도달하는 것만은 결여돼 있지만, 이 책의 특징은 인간의 애욕을 끊임없이 구도와 결부시키고 있다는 점이었다. 기독교 교육을 받은 서양인의 저서다워서 서양인을 해탈에 경지에 이르게 하는 일도 많으리라. 독일인으로 독일인을 치유케 하라. 나는 마음속으로 미소를 띠며 말했다.

"당신과 같은 독일인 가운데 헤르만 헤세라는 소설가가 있습니다. 그 사람이 쓴 『싯다르타』를 읽어보는 게 어떨까요. 얼마간 참고가 될지도 모르니까요."

청년은 순순히 주문서에 내가 말한 저자와 책이름을 옮겨 적었다. 나는 기차를 놓칠 수 없어 서둘러 역으로 달려갔다.

헤세의 저서에 책임을 떠넘기고 마음을 놓을 생각이었는데 그렇게는 안 됐다. 그토록 허무의 매력에 푹 빠진 지쳐버린 인간이 웬만해선 문학이나 이론이나 시로 소생되긴 어려울 터다. 걱정스런 맘에 세 번째로 프로나우 마을을 찾았다. 적어도 그 뒤로 청년이 어떻게 됐나 하는 것만이라도 알고 싶었다. 역 앞 레스토랑에 갔더니 청년은 여자와 함께 붓다하우스에 갔다고 했다. 나도 불필요하게 세 번째로 붓다하우스 참배를 하게 됐다.

갑자기 찾아온 봄으로 마을의 가로수들은 온통 연둣빛 싹을 틔우고, 집집이 창문과 울타리에 피어난 꽃들이 드문드문 보였다.

• 부처의 지혜인 보리, 즉 올바른 깨달음으로 참된 경지에 이르려는 마음.

추위에서 벗어난 하늘도 느긋하게 풀어져 따뜻한 햇살 속에 멍하니 넋을 놓고 있었다.

붓다하우스에서 청년을 찾아다니던 나는, 본당 비석 앞에서 청년과 그가 데려온 여자를 봤다. 청년은 내가 가르쳐준 것처럼 손을 모으고 있었고, 함께 온 여자도 나란히 같은 자세를 취하고 있었다.

기도가 끝나자 청년은 나를 보고 반가운 표정으로 다가왔다.

"당신이었군요. 이젠 못 만날 거라고 생각했습니다."

그러고는 모자와 약간 안 어울리는 화려한 옷을 입은 여자를 내게 소개했다. 베를린 극장 빈터가르텐의 말단 여배우로, 낮에는 재봉 일을 하고 밤에는 밤무대 공연을 하며 살아간다고 했다. 얼핏 보니 체구는 작지만 몸이 다부져 일을 잘할 것 같은 독일소녀였다.

"요즘은 어떠신가요?"

나는 짐짓 말을 돌려 이렇게 물었다.

"아, 헤세의 책은 아직 못 샀습니다. 상징적인 동양 글자가 세로로 적혀 있는 잿빛 비석을 향해 당신이 가르쳐준 대로 손을 모으고 있으니 어쩐지 마음이 평온해지고 감정이 차분해졌습니다. 그래서 얼마 전부터는 이 친구한테도 가르쳐줘서 같이하고 있어요. 하지만 이 친구는 아무 감정도 안 생긴다고 하네요. 이 친구가 제 옆에 있는 한 인도행은 절망적입니다."

그는 여자를 돌아보며 쓴웃음을 지었다.

청년은 레스토랑에 남아 일을 하고, 나는 그의 애인과 같은 기차를 타고 베를린으로 돌아갔다. 기차 안에서 나는 그녀에게 물었다.

"당신의 바람은 무엇인가요?" 그녀는 주저 없이 대답했다.

"저는 빨리 결혼해서 주부가 되고 싶어요. 더는 부랴부랴 이리저리 안 뛰어다니고 집에 가만히 붙어서 청소나 바느질 같은 걸 하고 싶답니다."

• 수록 『슈쿄코론宗教公論』1935년 2월, 3월
• 저본 『岡本かの子全集 2』筑摩書房, 1994

나카하라 추야

산보 생활
散步生活

"마누라라도 얻어서 제대로 살아, 제대로."

아사쿠사의 한 카페에서 사촌형처럼 보이는 작자가 사촌동생 같은 이에게 말했다. 녀석들은 내 테이블 바로 옆에서 생맥주 한 잔을 삼십 분 동안이나 마셨다. 나는 술을 마시고 있었다. 기분은 썩 괜찮았다. 말상대가 그립기도 했지만 없어서 또한 좋았다.

그곳을 나서니 달이 아름다웠다. 달은 전차와 사람과 상점 위를 구름 속으로 들어갔다 나왔다 하며 시원스럽게 오가고 있었다. 산들바람이 불어와 나는 깊게 숨을 들이마셨다.

"흠, 제대로 살아, 제대로, 라."

아내와 헤어지고 5년이 흘렀다. 다시 결혼하고 싶을 때도 있지만, 부인이 있으면 이런 한가한 생활도 어려워질 거란 생각을 하면 우유부단해진다.

긴자에서 한 잔 더 걸친 후 살짝 풀린 눈으로 밤의 상점 앞을 걸었다. 네모난 건물 위를 달은 마치 인간과 같은 종족처럼 흘러갔다.

초여름이다. 다들 옷이 얇아져 마음까지 가벼워졌다. 반질반질한 구두 가게와 지나치게 깔끔한 양장점과 장난감 가게와 남성미 넘치는 공간들……, 어찌 이 세상을 잊을 수 있을까.

"안녕하십니까." 나는 인사했다. 일본이 좋아서 멀리 독일에서 왔다는 펜화 화가 프리드리히가 다가왔기 때문이다.

"어떻게 지내십니까." 빙긋빙긋 웃으며 관자놀이를 자근자근 누르고 있다. 오늘은 깔끔한 양복차림이다. 지팡이를 쥐고 있다.

"매번 펜화 인쇄물을 보내주셔서 감사합니다."

"……아스타 닐센*입니다." 그는 여배우 닐센을 좋아해서 그녀의 초상화를 그리는 남자다. 내 얼굴을 빤히 쳐다보며 같이 산보를 할까 말까 망설이고 있다. 그도 외로운 듯하다. 은은하게 번지는 듯한 미소를 짓고 있다.

"아스타 닐센!"

혼자 사는 집 근처인 니시오기쿠보 마을로 들어서니 가게 앞 등불이 만성결막염 세균처럼 보인다. 과일 가게가 코감기라도 걸린 것처럼 보인다. 마을 입구 어둔 카페에서 노랫소리가 들려온다.

• 무성영화시대에 카리스마 넘치는 연기로 세계적인 스타가 된 덴마크 여배우(1881~1972). 본래 여성인 햄릿이 남성으로 변장했다는 새로운 설정의 무성영화 「햄릿」(1921)에서 햄릿 역을 맡아 호평 받았다.

그러고는 곧장 골목길이다. 개구리가 운다. 콰르릉 소리를 내며 전차가 달려온다. 달은 높고 여전히 흐르고 있다.

어두운 현관 안으로 들어서자 석간이 툭 떨어졌다. 집어 드니 밑에서 엽서가 나왔다.

어떻게 지내십니까. 그저께 극심한 위경련에 시달린 뒤로 술은 끊었습니다. 시험 성적이 나왔습니다. 예상대로 두 과목 낙제. 운운.

고요한 밤이다. 아무도 지나가지 않는다. ─여자와 남자가 이야기하며 다가온다. 묘한 콧소리로 말을 한다. 경리와 말단 봉급쟁이쯤. 물론 애인 사이다. 확실히 말할 순 없지만. 우리 집이 길모퉁이라 그들 옆으로 발걸음을 늦추며 지나간다.

아무것도 들리지 않는다. 아마 당사자들도 서로 알아듣지 못할 것이다. 앙앙대는 콧소리다.

꿈을 꾼다는 둥 상상을 한다는 둥 풍자라는 둥 알레고리라는 둥 사람들은 말하지만 그런 건 잘 모르겠다. 내 머릿속은 지금 텅 비었다. 오래전에 대수학이니 기하학이니를 공부했지만 지금은 아무것도 기억나지 않는다.

그래도 살아서 시간을 보내는 건 즐거운 일인데, 즐거운 일만 있는 건 아니니 부디 누가 내게 의미 있는 일 한 가지만 가르쳐줬으면. 애초에 나는 바다의 깊이를 재는 납덩이처럼 스스로의 무게에 집중하는 것 외엔 아무런 흥미를 느끼지 못한다.

세상에는 인생을 자기 야심의 먹잇감으로 터득해 지치지도 않고 오십 년을 살아온 사람도 있다. 또는 자신의 신념에 따라 사심 없는 동기로 오십 년을 일한 사람도 있다.

나로 말할 것 같으면, 인생을 내 야심의 대상물로 삼아도 지치지 않을 만큼 굳센 범도 못 되고 그렇다고 각별한 형태를 띤 신념도 없다. 아무것도 하지 않으면 게으름뱅이밖에 안 되는 처지라 뭐라도 해보려고 하면 한 번 툭 치는 정도 수준밖에 나오지 않는다. 어차피 나 같은 놈은 이 정도가 젤 잘 어울릴지도 모르지만, 달을 보면 유쾌하고 밤 구름 걷히니 마음만 먹으면 희망이 안 솟는 것도 아니다. 그걸 형태화해보려고 할 때마다 이마에 주름이 생기는 것인데, 느끼는 일과 만들어내는 일은 정반대의 작용이라는 말은 정말이다. 덕분에 나는 슬럼프다.

슬럼프라고 해서 당황하거나 훌쩍거리지는 않는다. 조신한 수양이라면 차고 넘칠 만큼 했다. 조신하게 살고 있다. 별반 과거나 미래를 챙기는 일도 없이, 1에 1을 곱해도 1이 되는 것처럼 현재 안에서 얌전히 살고 있다. 술이라는, 누군가에겐 부덕의 조연자, 누군가에겐 미덕의 연주자인 강력한 액체 하나에 기대 얌전히 살고 있다.

발굴된 도시 폼페이에 파리도 날지 않는 한여름, 포석이나 기둥에 머리를 부딪쳐 베스비오산 분화 연기를 곁눈질하며 죽어가건, 죽어서 사막에 파묻히건, 아주 바보는 되지 않게, 그래도 뭐, 일본은 도쿄에, 얌전히 살고 있다.

　—히스테리는 이만하면 됐다. 오늘밤은 이대로 잠들어 정신을 쉬게 하면 내일은 다시 내일의 산책이 온다……

　매일 아침 열한시에 밥을 가져오는 아이가 나를 깨우니까 보통은 열한시에 눈을 뜬다. 새빨간 얼굴을 한 덩치 큰 아이는 재킷에 비로드 바지를 입고 있다. 녀석의 얼굴을 보면 싫어도 눈이 떠질 정도로 방긋방긋 웃고 있다. 아이의 선배는 폐병을 앓아 한 달가량 보이지 않았다. 서양음식을 가지고 온 날은 의기양양하다. "오늘은 있죠, 약간 특별한 걸 가지고 왔어요" 하며 보자기를 푼다. 그러고는 신문을 읽으며 여유롭게 시간을 보내다 돌아간다.

　나는 우선 어젯밤 떠다둔 물을 마시고 담배를 두세 대 피운다. 그것이 삼십 분은 걸린다. 그런 다음 물을 떠와서 얼굴을 씻는다. 약통에 물을 새로 넣거나 주전자를 씻거나 그 밖에 하나하나 다 말할 수 없지만 혼자 살면 이것저것 꽤나 바쁘다.

　그 일이 끝나면 담배를 또 한 대 더 피우면서 신문의 문예란이나 사회면을 읽는다. 다른 면은 읽지 않는다. 읽어도 잘 모른다. 스스로도 많이 모자라는 게 아닌가 싶다.

　오늘 아침 문예란에는 마사무네 하쿠초가 지껄이고 있다. 가쓰모토 세이이치로라는 평론가를 자극하고 있다. '인간의 마음에서 소유욕을 근절시키는 것과 맞먹을 정도로 엄청나게 어려운 일이다' 어쩌고 적혀 있는데 읽어보면 과연 그렇구나 싶게 썼다. 하지만 나는 무슨 얘기인지 잘 모르겠다. 내가 어떤 여자에게 반해서 그녀를 원하는 것과 인간의 소유욕이라는 걸 어찌 동일하게 논할 수 있단 말인가. 이런 생각에 빠지면 글의 취지 같은 것은 상관도 없게 느껴진다.

마음도 정신도 없이 그럴싸한 글귀만 갖다 붙이며 비평이니 학문이니 하는 녀석들이 이토록 많다니. 마음에서 우러나지도 않으면서 서점에 갔더니 책이 있어서 학문을 하니까 이렇게 되는 거다. "아침상엔 된장국 빠지면 서운하지"라거나 "부채는 왜 자꾸 없어지는지 모르겠네"라며 아무튼 활기차게 잘 사는 녀석들이 현대가 어쩌고 범죄 심리가 어쩌고 지껄이니 지나가던 사람에게 갑자기 청혼이라도 받은 듯 당황스럽다. 대학의 철학과 일학년 학생이나 "이건 심각한 얘기야" 하고 매 순간 심각하게 칸트며 헤겔을 읽는다.

유럽이 햄릿에게 질려 돈키호테에게로 간다. 그러면 고군분투하는 일본 학생들은 "그래! 밝아져야 해" 하고 지껄인다. 저쪽이 실내에 지쳐 밖으로 나간다. 그러면 이쪽은 태양 아래서 졸고 있던 녀석들이 우하하하 기뻐한다. 형태는 그들이나 우리나 비슷하다. 쇠파이프관도 관이고 지하철도도 관이다.

어쨌거나 오늘은 비가 오니까 어차피 산책도 못 한다. 슬슬 햄릿도 지겨워졌으니 돈키호테와 함께 집을 나서자. 비가 내려도 우산이 있다. 전차를 타면 지붕도 있다.

• 미발표 원고, 집필시기 미상
• 저본 『中原中也全集 第4巻 評論·小説』 角川書店, 2003

나카하라 추야中原中也(1907~1937)

시인, 번역가. 야마구치현 의사 집안의 맏이로 태어났다. 부모는 그가 의사로 가업을 잇기 바랐으나 추야는 훗날 그의 자전적 수필「시적 이력서」에서 어릴 때 죽은 동생을 그리며 시를 쓰기 시작했다고 밝혔다. 랭보 시집을 번역했으며 자비출판한 데뷔 시집『산양의 노래』로 주목 받았다. 결혼 후 두 살 난 아들을 잃고 심신이 급격히 미약해져 서른 살에 가마쿠라에서 급사했다.

하기와라 사쿠타로

나의 고독은 습관입니다
僕の孤独癖について

예전부터 나는 사람 만나고 사귀는 걸 싫어했다. 거기에는 여러 가지 사정이 있다. 우선 나의 고독벽과 독거벽에서 오는 선천적인 기질 탓인데, 그 밖에 그렇게 될 수밖에 없었던 환경요인도 무시할 수 없다. 원래 이런 성격은 어린 시절 제멋대로 자란 데서 싹튼다. 나는 비교적 풍족한 가정에서 태어나 어리광을 부리며 자랐기에 타인과 사귈 때 자기억제가 어렵다. 더구나 소학교 시절부터 같은 반 아이들과 성격이 많이 달라서 학교에서 늘 혼자 다른 애들의 적의에 찬 시선을 견뎌야 했다. 학창 시절을 생각하면 지금도 으스스한 악감정이 뇌리를 스친다. 그 당시 학생과 선생 한 사람 한 사람에게 모두 복수를 해주고 싶을 정도로, 나는 모두에게 미움을 받고 따돌림 당하는 외톨이였다. 나의 학창 시절을 돌이켜보면, 내 생애에서 가장 저주받은 음울한 시대였고 그야말로 악몽의 추억이었다.

264 하기와라 사쿠타로

이런 환경요인 때문에 나는 더더욱 사람을 싫어하게 됐고 비사교적인 인물이 되고 말았다. 학교에 있을 때는 교실에서 제일 구석자리에 조그맣게 웅크리고 있었고, 쉬는 시간에는 아무도 안 보이는 운동장 구석에 숨죽인 채 숨어 있었다. 하지만 못된 골목대장이 반드시 날 찾아내 다 같이 괴롭혔다. 나는 일찍이 범죄자의 심리를 알았다. 세상에 드러나는 게 두려워 남의 눈을 피해 벌벌 떨며 도망 다니는 범죄자의 심리를 나는 이미 어린 시절 경험했다. 게다가 나는 신경질적이었다. 겁이 많아서 아무것도 아닌 일이 너무 무서웠다. 유년 시절에는 시계나 빗자루 그림자만 봐도 경련을 일으킬 정도로 무서워했다. 식구들은 그걸 재밌어하며 내게 못된 장난을 치며 놀렸다. 하루는 하녀가 국자의 그림자를 벽에 비췄다. 나는 그걸 보고 졸도했고 이틀이나 열병을 앓으며 몸져누웠다. 유년 시절에는 세상 모든 것이 두려웠고 온통 요괴와 도깨비로 가득한 것처럼 여겨졌다.

청년이 돼서도 여러 가지 무시무시한 환각으로 괴로워했다. 특히 강박관념이 심했는데, 문을 나설 때는 항상 왼발부터 나아가야 했다. 사거리를 돌 때는 언제나 세 번씩 빙글빙글 돌았다. 그런 어리석고 하찮은 일이 내게는 강박적 절대명령이었다. 하지만 가장 힘든 건 의식이 반대충동으로 흘러갈 때였다. 예를 들어 마을로 나가려고 집을 나서는데 내 발길은 반대쪽인 숲 방향으로 가고 있는 것이다. 가장 괴로운 건 지인과 교제할 때다. 예를 들어 내가 눈앞에 있는 한 남자를 사랑한다. 나는 마음속으로 그 인물과 뜨

겹게 악수를 나누며 "사랑하는 친구여!"라고 말하고 싶다. 그런데 바로 그 순간 갑자기 반대충동이 작동해 거꾸로 "이런 바보 멍청이 같은 놈!" 하고 나도 모르게 욕설이 튀어나오는 것이다. 이 충동을 억제하기란 여간 어려운 일이 아니었다.

이 이상하고 기분 나쁜 질병은 나를 끔찍이도 괴롭혔는데, 스물여덟 살에 처음으로 도스트옙스키의 소설 『백치』를 읽고 깜짝 놀랐다. 소설 속 주인공인 백치 귀족이 마침 나와 똑같은 정신이상자였기 때문이다. 『백치』의 주인공은 애정이 격앙될 때, 갑자기 상대방의 머리를 내려치고 싶은 충동을 억누를 수 없어 괴로워한다. 처음 그걸 읽었을 때, 이건 그야말로 내 이야기를 쓴 거라고 생각했을 정도다. 나는 유년기에 구로이와 루이코나 코난 도일의 탐정소설을 즐겨 읽었고, 시간이 조금 흐른 후에는 에드거 앨런 포와 도스트옙스키를 애독했는데, 말하자면 나의 유전적 천성이 이런 작가들의 병적 성격에서 유사점을 발견했기 때문이리라.

이런 기질이 나를 인간혐오자에 비사교적 인간으로 만든 가장 큰 원인이었다. 나는 사람들 앞에 나설 때마다 이 반대충동 발작이 두려워서, 그 걱정과 억제관념으로 쉼 없이 마음이 지쳤고 정신을 똑바로 차려야만 했다. 이 괴로움과 초조함은 도무지 글로 설명할 수 없는 것이다. 심지어 겉으로는 아닌 척하면서 평범하게 대화를 나눠야만 했다. 이런 꺼림칙한 질병 때문에 과거에 나는 몇 명이나 친구를 잃었고 사랑하는 사람을 적으로 만들어버렸다. 특히 깊은 교제가 없는 이에게는 발작증세가 튀어나올 위험이 한층 더해서 자연히 사람 만나는 걸 피하게 됐다.

　나의 천성인 제멋대로 기질도 여기에 날개를 달아 나를 동굴 속 인간으로 만들어버렸다. 사람과 사람 사이 교제란 어차피 서로의 자기억제와 이익을 타협하는 관계 위에 성립한다. 하지만 나처럼 내 마음대로 하는 사람에게는 자기를 억제하는 일이 불가능했고 이익교환의 타협을 싫어해서 결국 혼자 고독하게 있을 수밖에 없었다. 쇼펜하우어의 철학은 이런 점에서 우리 같은 사람의 심리를 파악해 고독자를 위한 위안의 말을 건네준다. 쇼펜하우어에 따르면 시인과 철학자와 천재는 고독할 숙명을 타고났기에, 바로 그런 이유에서 인간 가운데 가장 고귀한 부류에 속한다고 한다.

　그러나 고독한 상태로 존재한다는 것은 누가 뭐래도 쓸쓸하고 외로운 일이다. 인간은 원래 사교 동물이다. 사람은 고독할수록 매일 밤 파티의 꿈을 꾸고 날마다 군중 속을 걷고 싶어 한다. 그런 까닭에 고독한 사람은 항상 가장 수다스럽다. 보들레르의 말처럼, 나 또한 혼잡한 도심 속을 헤매며 반향도 없는 독자를 상대로 아무 쓸모없는 혼잣말을 하고 있다.

　마을로 나갈 때도, 술을 마실 때도, 여자와 놀 때도, 나는 항상 혼자다. 친구와 함께 노는 경우는 극히 드물다. 많은 사람들이 친구와 함께하는 걸 즐기는 듯하다. 이상한 나만 혼자 멋대로 자유를 만끽한다. 하지만 그만큼 또 친구를 사랑해서 오랜만에 그리운 친구를 만났을 땐 애인을 만난 듯 기뻐서 헤어지기 쉽지 않다. "고독한 인간은 가끔 만나는 친구와의 술자리를 흡사 파티처럼 기뻐한다"고 한 니체의 말은 진리다. 그러니까 잘 생각해보면, 나도 결코 교제를 싫어하는 건 아니다. 다만 일반 사람들은 나의 이상한 성격을 이해해주지 못하기에 스스로 꾸며내고 경계하고 끊임없이 신경을 쓴다. 그러니 사교 그 자체가 성가시고 지루하게 느껴진다. 나는 내가 좋아서 동굴에 사는 것이 아니다. 오히려 고독을 강요당하고 있다.

한편, 이런 나의 습성은 가정환경에 따른 요인도 없지 않다. 아버지는 의사였는데 환자 이외의 손님을 꺼려 했다. 아버지의 교제법은 서양식이어서 늘 구락부에서만 사람을 만났다. 그러다 보니 우리 집 가풍 자체가 방문객을 반기지 않았다. 특히 날 만나러 오는 손님들은 늘 미움을 받았다. 대개가 지저분한 옷에 머리를 산발한 시골 문학청년들이었다. 아버지는 위풍당당한 현관을 갖춘 의사의 집에 룸펜이나 운동권 비슷한 남자들이 드나드는 걸 싫어했다. 그래서 나는 문학청년들이 올 때마다 뒷문을 열어 가만히 집에 들이고는 식구들을 어려워하며 조심스레 이야길 나눴다. 그건 내게 너무나 괴로운 일이었고 손님들도 어려워해서 정신적으로 상당히 피로해지곤 했다. 나의 가정환경도 나로 하여금 자연스레 친구를 피하고 고독하게 사는 것을 즐기게 하는 데 일조했다.

이런 환경에서 자란 나는 집에서 손님과 이야기를 나누기보다 다른 집으로 찾아가 이야기를 나누는 것을 편하게 생각했다. 게다가 나는 신경질적이라 굉장히 빨리 지쳐버린다. 마음이 맞는 친구는 다른 문제지만, 그렇지 않은 손님과 이야기를 나누면 금세 피로감이 엄습해 앉아 있기조차 힘들었다. 이런 괴롭을 숨기고 손님과 이야길 나눌 수밖에 없는 것이다. 내가 누굴 방문하는 경우는 언제든지 마음대로 헤어질 수 있다. '고별의 권리'가 내게 없고 날 찾아오는 사람의 손에만 있다는 사실만큼 나를 화나게 하는 일은 없다.

대체로 사교적인 인간은 말을 꺼내는 일 자체에 흥미를 느낀다. 이런 종류의 인간은 끊임없이 뭔가를 말하지 않으면 외롭다. 반대로 고독이 습관인 인간은 말없이 몽상에 잠기는 일을 즐거움으로 삼는다. 서양인과 동양인을 비교했을 때, 우리 동양인은 대개 비사교적인 몽상의 인종이다. 고독의 습관이란 일반적으로 동양인의 기질인지도 모른다. 깊은 산중에 홀로 사는 산사람의 철학은 아마도 서양인이 모르는 동양의 이념이리라. 아무튼 나는 쓸데없이 수다를 떠는 게 싫어서 되도록 사람과의 교제를 피하고 홀로 있는 시간을 많이 가진다. 가장 힘든 건 속마음을 알 수 없는 미지의 사람이 찾아올 때다. 용건이 있어 오는 건 그나마 낫지만 지방의 문학청년들이 무턱대로 찾아오는 게 가장 괴롭다. 나는 본래 이야깃거리가 적은 인간이라 협소하고 주관적 흥미 외에는 일절 이야기를 하지 못하는 부류의 인간이다. 상대방이 먼저 화제를 꺼내지 않는 이상 몇 시간이든 입 다물고 있을 수밖에 없다. 그래서 손님이 말없이 있으면 결국 서로 노려보게 된다. 서로 노려보는 바로 이 순간이 괴로운 것이다. 이런 손님과 마주앉아 있어야 하는 건 그야말로 고문이다.

그러나 내 고독의 습관이 최근 들어 밝게 변했다. 첫째로 몸이 예전보다 건강해져서 신경이 조금 뻔뻔하고 무뎌졌다. 청년 시절 나를 무척이나 괴롭혔던 병적 감각과 강박관념이 세월과 함께 차차 강도가 약해졌다. 지금은 사람 많은 모임에 나가더라도 갑자기 남의 머리를 때리거나 욕설을 퍼붓고 싶은 충동적인 강박관념은 줄었다. 타인과의 만남이 편해졌고 명랑한 기분으로 담소를 나눌 수 있게 됐다. 생활에 여유가 생기고 마음도 편안하다. 그 대신 시작詩作 활동은 나이가 들면서 더욱 졸렬해졌다. 차츰 세속의 평범한 사람으로 변해버린 것이다. 이것이 내게 있어 탄식할 일인지 축복할 일인지 알 수 없다.

또한 가정환경도 변했다. 나는 몇 년 전 아내와 이별하고 동시에 아버지를 잃었다. 아이와 어머니가 남아 있지만 아무튼 나의 생활은 예전에 비해 훨씬 더 자유롭고 편안해졌다. 적어도 가정에서의 번민으로 견딜 수 없었던 기억은 싹 사라졌다. 새로운 나는 오히려 친한 친구와의 모임도 먼저 찾아갈 만큼 밝아졌다. 내방객과 이야기하는 것도 예전처럼 괴롭지 않고 때로는 오히려 기쁠 정도다. 니체는 독서를 휴식이라고 했는데, 지금 내게 교제는 분명 하나의 휴식이다. 사람과 이야기하는 시간만큼은 아무 생각하지 않고 유쾌할 수 있다.

술 담배와 마찬가지로 교제도 습관이다. 습관이 붙기 전까진 꺼려지고 귀찮지만 일단 습관을 들이고 나면 그것 없인 생활이 불가능할 정도로 일상에 필요한 것이 돼버린다. 요즘은 내게도 조금씩 그 습관이 들었는지 사람을 만나지 않으면 외롭기까지 하다. 담배가 꼭 필요한 것이 아니듯 교제 또한 인생에 꼭 필요하진 않다. 다만 많은 사람들에게 담배가 습관적인 필수품이듯 교제 역시 습관적으로 필요한 일이다.

고독은 천재의 특권이라 했던 쇼펜하우어마저 밤에는 아내를 벗 삼아 얘길 나눴다. 진정한 고독 생활이란 애초에 인간에게 불가능하다. 인간은 친구가 없으면 개나 새에게라도 말을 건다. 필경 인간이 고독한 것은 주위에 자신을 이해하는 사람이 단 한 명도 없기 때문이리라. 말하자면 천재의 특권이 아니라 비극이다.

아무튼 나는 최근 간신히 내 고독의 습관을 치료할 수 있었다. 그리고 심리적으로나 생리적으로는 차츰 상식인의 건강을 회복했다. 미네르바의 부엉이는 이제 곧 어두운 동굴을 나와 한낮을 날아오르리라. 나는 그런 희망을 꿈꾸며 즐거워하고 있다.

• 수록 『분게이한론文芸汎論』 1936년 1월
• 저본 『萩原朔太郎全集 第9卷 エッセイ 2』 筑摩書房, 1976

하기와라 사쿠타로萩原朔太郎(1886~1942)

시인. 군마현 출신으로 의사 아버지 아래서 유복하게 자랐으나 내면적으로는 깊은 우울감에 젖는 일이 잦았다. 생의 태만과 의지부정의 정조를 담은 시집 『달에 짖다』, 『푸른 고양이』 등으로 당시 도시의 우울한 감수성을 감각적으로 표현하면서 젊은이들의 지지를 얻었다.

온천마을 엘레지

湯の町エレジ―

시즈오카 지역신문을 보면 아타미를 중심으로 이즈반도 일대에 동반자살이나 염세자살이 두드러지게 많아진 것 같다. 초봄이라 그런지 동반자살이 특히 많다.

남편이 정부와 함께 아타미로 사랑의 도피를 떠났다. 그의 아내가 아이들 서넛을 데리고 아타미까지 쫓아와 한 여관에 투숙했다가 작심하고 아이들을 죽인 뒤 자살해버렸다. 한편, 남편과 정부도 그날 밤 다른 여관에서 동반자살했다. 아내는 남편의 죽음을 몰랐고 남편도 아내와 아이들이 아타미까지 와서 다른 여관에서 죽었다는 사실을 몰랐다. 남편과 아내는 각기 상대에게 한 사람은 사과의 유서를, 한 사람은 원망의 유서를 남기고 죽음을 맞았다.

우연의 묘일까, 필연의 상징일까. 부부 중 한쪽이 제3자와 동반자살하는 시기는 남은 한쪽이 일가 동반자살하고 싶어지는 시기이기도 하다. 치카마쓰라면 이것을 필연의 상징으로 보고 한 편의

극을 만들지도 모르나, 근대의 비판정신은 이것을 어디까지나 우연의 해프닝으로 보는 경향이 있다. 고전주의자들은 이를 두고 근대 비판정신이 예술의 퇴화를 가져왔다고 할지도 모른다.

온천 동반자살도 이런 특별한 경우에는 각별히 다뤄지지만, 시즈오카 지역신문은 보통 관보가 사령을 고지하듯 매일 온천자살 두세 건을 하단에 조그맣게 싣는다. 시즈오카 지역신문 하단은 온천자살 고지판이나 마찬가지다. 대다수가 아타미에서 일어난다.

올 들어 아타미 시의회는 자살자 사후처리를 위해 백만 엔의 예산을 책정했다. 소지한 돈은 다 쓰고 죽는 게 자살자의 심리라고 한다. 드물게 양복을 팔아 숙박료를 대신해달라고 세심한 배려의 유서를 남기고 죽는 사람도 있지만, 사체수습비나 관비용까지 배려해주는 자살자는 없기 때문에 이즈온천 높으신 분들의 시름은 깊어간다. 사람들은 한탄을 했다. 거적 한 장도 공짜가 아닙니다. 물가는 실로 비싸지요. 아, 그런 일이 매일 일어난단 말입니다. 아타미 시의회는 백만 엔어치 한숨을 내쉰다.

이즈반도 인근 오시마섬 미하라산 자살이 성대한 무렵은 이렇지 않았다. 영광스레 선봉에 선 여학생 몇몇은 미하라산 자살의 시조로 거의 신에 가깝게 추앙 받았다. 잇따르는 자살자 무리가 아니라 섬 지역주민으로부터다. 산기슭 몇몇 찻집 앞에는 자살의 시조가 쉬어가는 땅이라도 되는 듯 커다란 기념비가 서 있다.

오시마섬은 지하수가 없어서 밭농사도 지을 수 없었다. 섬사람들은 그저 요괴처럼 감자를 먹고, 영양보충을 위해 아시탓파(혹은 아슷파)라는 잡초를 먹으며 우유를 마셨다. 아시탓파는 오늘 싹이 나면 내일 잎이 난다는 뜻[•]으로 그만큼 자양분이 많다고 한다. 오시마 소들은 아시탓파를 먹기 때문에 우유가 진하고 맛있다는 게 섬사람들의 자랑거리였다.

미하라산이 자살자의 메카가 되기까지 특산품이 없던 섬사람들은 쌀을 먹는 것도 불가능했다. 자살자와 이를 둘러싼 관광객이 쇄도하면서 섬사람들의 생활은 풍족해지고 쌀도 먹을 수 있게 되어 육지 사람들 같은 삶을 영위할 수 있게 됐다고 한다.

그러니 그들이 자살의 시조인 여학생을 신처럼 모시는 것도 무리는 아니다. 더없이 순수한 감사의 일념이다. 게다가 화산 화구로 몸을 던지는 자살이라 관을 사거나 화장을 할 일도 없다. 화구 인근에서는 오페라글라스 대여까지 돈벌이가 되는 지경에다 사후처리 노임도 전혀 들지 않았다.

구름연기 저편으로 미하라산이 보인다. 세월이 흘러 자살자의 새로운 메카가 된 아타미는 거적도 필요하고 관도 필요하다. 관음교 교조는 아타미의 별장을 사들여 아득히 모모산 정상에 대형 본전을 신축 중인데, 자살자 사체수용 무료봉사 같은 것은 해주지 않는다.

아타미에 비하면 내가 사는 이토온천은 아무것도 아니다. 그래도 요즘은 이런 깊숙한 곳까지 죽으러 들어오는 사람이 끊이질 않

• 일본어로 아시타(내일)와 핫파(나뭇잎)의 합성어.

는다. 더 안으로 들어가는 사람도 있다. 풍선폭탄을 고안한 공학 박사는 이즈 남단으로 한참 내려갔다가 다시 올라와 바다가 내려다보이는 솔숲에서 동반자살했다. 풍선폭탄 박사라는 직함 때문인지 그들의 사체만큼은 주민들이 정중히 다뤄줬다고 한다. 또 한 가지, 지역적 역학 관계도 있다.

동반자살도 이토온천 같은 곳에선 절대로 하면 안 된다. 아무도 사체를 소중히 여겨주지 않는다. 이토에서 더 내려가 후토 남쪽 바다로 뛰어들면 매우 정중하게 처리해주는 듯하다. 익사체를 끌어올리면 대어를 낚는다는 미신 때문이다. 실제로 고기가 한창 잡히더라도 사체가 떠오르면 고기를 버려두고 뭍으로 돌아가 정중히 불공을 드려 사자의 넋을 달래고 묻어준다고 한다. 고기가 더 많이 잡힐 거라고 믿기 때문이다.

후토라는 어촌은 익사체를 정중히 장사 지내는 쪽으로 역사가 깊다. 겐지 가문의 요리토모*가 히루가코지마에 유배됐을 때, 이토 스케치카의 딸 야에코와 정을 나눠 센즈루마루를 낳았는데, 이토는 헤이케 가문 편이라 아기를 강에 버리게 했다. 아기의 사체가 바다로 흘러가 닿은 곳이 후토 벼랑 해안이다. 이 아기를 진에몬이라는 자가 극진히 장사 지내 훗날 장군이 된 요리토모로부터 보상을 받았고, 진에몬의 자손은 우부카와生川라는 성을 쓰며 지

---

* 미나모토노 요리토모(1147~1199). 헤이안시대 무사 집안인 겐지 가문의 수장으로 이즈에 유배됐다가 교토 조정을 장악한 헤이케 가문 토벌에 성공해 전국을 평정하고 가무쿠라막부시대를 열었다.

금도 살고 있다고 한다.

센즈루마루를 살해한 이토는 훗날 거병한 요리토모와 싸우다 전사했는데, 그는 가와즈 사부로의 아버지이자 소가 형제*의 조부였다. 소가 형제의 복수는 단순한 칼부림이 아니라 애초에 이토가 형의 영지를 빼앗으며 일어났다. 죽은 형의 유언으로 조카 구도 스케쓰네의 후견인이 된 이토는 조카가 성인이 된 후에도 영토를 돌려주지 않았다. 구도는 삼촌의 아들 가와즈 사부로를 살해하고 겐지 가문의 힘을 빌려 아버지의 영토를 되찾는다. 그러나 이번에는 가와즈 사부로의 아들인 소가 형제가 구도를 살해한다. 삼대에 걸친 유산상속 싸움은 본디 이토의 탐욕에서 비롯됐다. 각종 이야기에서 이토는 호걸로 묘사되지만 원본에는 악당이라고 돼 있다. 이즈에서 헤이케 가문을 대표해 요리토모와 싸우던 용맹함으로 봐서 호걸이었음에는 틀림없다.

이런 역사 때문인지 이토 스케치카가 다스리던 이토 지역은 익사체를 지독히 학대한다. 후토와 이토는 작은 곶 하나를 사이에 두고 있을 뿐인데, 익사체를 대하는 분위기가 완전히 다르다. 이토의 어부에게 익사체와 대어를 연결 짓는 미신은 존재하지 않는다.

그러나 같은 이즈 내 온천지라도 아타미에 비하면 이토는 별천

• 이즈의 호족 가와즈 사부로의 두 아들. 어릴 때 아버지가 구도 스케쓰네에게 살해당하고 어머니가 재혼해 소가라는 성을 썼다. 훗날 아버지가 살해당한 것과 똑같은 방식으로 구도에게 복수했다. 일본 3대 복수 이야기.

지다. 자살하러 오는 사람도 적고 범죄도 적다. 흉악 범죄나 강도 살인 같은 것은 내가 이곳에 오고나서 칠 개월 동안 아직 한 번도 일어나지 않았다.

그 대신 매춘부의 태클은 아타미에 비할 게 못 된다. 밝은 대로로 진출해 있다. 오토나시강 맑은 물 따라 한산한 길을 걷다보면 어둠 속에서 꿈틀거리는, 혹은 불쑥 튀어나오는 연인들 때문에 간담이 서늘해진다. 요리토모 이래 밀회지여서 어쩔 수 없다. 요리토모가 밀회한 곳도 이 강가 숲이어서 숲과 강도 소리를 죽이고 그들의 속삭임을 지켜줬다고 한다. 그것이 오토나시강音無川 이름의 유래다. 이토의 연인은 지금도 같은 곳에서 꿈틀거리고 있다.

이주일 전쯤 새벽 2시에 우리 집 욕실 창문이 큰 소리와 함께 안으로 와락 쓰러졌다. 나는 며칠 동안 밤샘 작업 중이어서 집을 지키는 개나 마찬가지였다. 소리가 나자마자 야구방망이와 손전등을 들고 뛰어나갔다. 이토에 강도가 들었다는 소린 들어본 적이 없는데 우리 집에 들 줄이야. 그러나 짐작 가는 데가 없는 건 아니다. 세무서에서 내게 불합리하게 많은 세금을 책정하고 신문에서 그 내용을 부채질한 게 이삼일 전 일이다. 모르는 사람은 내가 부자라고 생각할 것이다.

밝은 교교한 보름달. 손전등은 필요 없었다. 이렇게 밝은 달밤에 도둑이 드는 것도 기묘하지만, 아이들이 가지고 노는 카드놀이 그림에도 달밤에 담을 넘는 도둑이 있다. 이즈반도 내에서도 이토까지 내려오면 위쪽과 격차가 한 세기쯤 되니 도둑 중에도 얼빠진 놈이 있을 수 있다.

　아무튼 참담한 현장이다. 분명 잠가둔 유리창 두 장이 포개진 채 넘어져 있다. 안쪽 창문이 바깥쪽으로 포개져 있었다.

　창밖에는 초속 15미터 정도의 돌풍이 몰아쳤지만 태풍 키티도 무사통과한 창문이 보름달 돌풍쯤에 뒤집어질 리 없었다. 인위적인 힘이 분명했다. 올 테면 와봐라, 세무서의 원령아. 야구방망이를 옆구리에 끼고서 새벽까지 망을 봤다.

　옆집에는 이토 경찰서 형사부장이 산다. 이토에서 으뜸가는 진짜 명탐정이었다.

　나는 추리소설 두 편을 쓰면서 작품 속 범인을 맞추면 상금을 주겠다는 둥 큰소릴 쳤는데, 실제 사건에서는 무능한 가짜 탐정이라는 사실을 이미 경험한 바 있었다. 그러나 이번에는 추리까지 갈 필요도 없다, 도둑이 뻔하다, 그리 믿었다.

　이튿날 옆집에 사는 진짜 명탐정이 현장에 나타나 조용히 장갑을 끼고 꼼꼼히 조사를 했는데,

　"바람의 장난 같습니다."

간단하게 추리했다.

　욕실 창문이라 오랜 기간 수증기를 쐰 탓에 창틀이 썩어서 물러 있었다. 밖에서 손가락 하나로 가볍게 눌러도 20도나 기울었다. 돌풍이 불어 토대가 기울면서 창문이 바람의 힘으로 맹렬히 내동댕이쳐졌다. 그때 창틀이 수도꼭지에 부딪히면서 세차게 뒤집어져 안쪽 창문이 바깥쪽으로 겹쳐진 상황이었다. 이 결론에 도달하

기까지 진짜 명탐정은 오류 분밖에 걸리지 않았다. 추리소설 속 명탐정은 믿을 게 못 된다.

두 탐정의 차이가 어디 있는가 하면, 진짜 탐정은 쓰러진 창문을 가만히 지켜보다 서서히 장갑을 끼더니 제일 먼저(그렇다, 제일 먼저!) 창틀에 손을 대고 눌러보았다. 달리 아무것도 하지 않고 우선 창틀을 밀어봤다. 이럴 수가. 창틀은 자유자재로 흔들흔들 움직이며 매번 20도나 기울었다.

나로서는 창틀이야 당연히 움직이지 않는 것이니 손으로 눌러 조사해볼 생각조차 하지 않았다. 태풍 키티를 무사통과한 창문이 보름달 돌풍 정도에 뒤집어질 일이 없다는 믿음 탓이었다. 나는 애초부터 도둑의 소행이라고 믿고 발자국부터 먼저 찾았고, 어디에도 발자국이 없어서 혹시 바람일까, 하는 일말의 의심을 품었을 뿐, 그저 혼자 공상으로 가득한 추리를 하며 놀고 있었던 것이다.

어쩌면 이것도 세무서의 한파 탓인지 모른다. 추리소설의 명탐정도 마음의 눈이 흐려진 것이다. 평화로운 마을 이토에서 심야에 어슬렁거리는 사람은 연인들뿐이다. 그 기세는 겨울에도 꺾일 줄 모른다. 이렇게 연인들이 어슬렁거리는 곳에는 도둑도 얼씬거리지 못하리라. 그리고 내가 사는 집이야말로 요리토모가 은밀히 사랑을 나누던 바로 그곳이다.

이토를 중심으로 아타미, 유가와라, 하코네 등지의 일급 료칸을 혼돈에 빠뜨렸던 도둑이 잡혔다. 손님이 잠든 사이에 몰래 금품을 훔쳐 달아나는, 온천 료칸에서 가장 흔한 범죄다. 그러나 한 사람이 저질렀다고 보기엔 피해가 컸다. 이토만 해도 작년 말부터 마흔 건, 각지를 합쳐 피해액이 삼백만 엔 정도였다. 전과7범에 덩치가 작고 어깨선이 고운 상냥한 남자라고 한다.

이 범인은 대단히 교묘하게 형사들의 맹점을 파고들었다. 게이샤를 데리고 료칸에 묵는다. 혹은 게이샤를 불러 함께 묵는다. 잠시 산책을 다녀오겠다며 게이샤를 방에 남겨두고 입던 옷차림으로 훌쩍 나간다. 그리고 붐비는 일급 료칸에 손님인 척 들어가 재빨리 일을 처리한다. 자기가 묵고 있는 곳에선 결코 훔치지 않는다. 남자의 머리가 비상하다는 걸 보여주는 대목이다.

료칸 손님인 척 복도를 걸어 다니다 사람이 온천에 가고 없는 빈방으로 들어가 금품을 훔치고는 시치미를 뚝 떼고 돌아갔다. 자기 방에는 게이샤가 기다리고 있기 때문에 일종의 알리바이가 성립됐다. 만약 다른 계기가 없었더라면 내로라하는 탐정들도 꽤 오래 잡지 못했으리라.

이토의 한 료칸에 묵었던 작가 하마모토 히로시 씨도 가방을 도난당했다. 비슷한 시기에 이토에 있던 문인들에게 세액을 알리러 온 문예가협회 경리가 용의선상에 올랐다. 이토를 중심으로 자동차를 타고 빙빙 돌았기에 의심을 샀다고 한다. 그러고 보면 나도 조금 관련이 있다. 그때 나는 오다와라 경륜장 근처에 묵으며 취재를 하느라 집에 없었다.

범인이 붙잡힌 건 늘 하던 수법에서 살짝 엇나간 탓이라고 한다. 잠옷 차림으로 온천객 흉내를 내는 걸 잊고 양복을 입은 채 이토온천 지하철 기숙사라는 곳에 숨어들었다. 들켜서 도망쳤지만 목덜미를 잡혔다. 상의를 벗어버리고 달아났는데 양복 주머니에 자기 사진을 넣어둔 것으로 운을 다해 지명수배됐다.

이토 경찰서 형사는 정보를 캐내 나가오카, 슈센지까지 쫓아갔는데, 결국은 도망갈 때 함께 있던 이토의 게이샤로부터 유가와라 료칸에 있다는 사실을 알아냈다. 마침 3월 3일 히나 축제날 한밤중, 형사 다섯이 의기투합해 4일 첫차로 이토를 출발했고 유가와라 료칸에 도착한 게 여섯시 반, 자고 있는 범인을 덮쳐 검거했다고 한다.

그때 남자의 가죽 가방에는 현금 11만 3천 엔과 외제시계 일곱 개(그중 네 개는 금시계), 다이아반지 두 개, 카메라, 만년필 네 자루 따위가 있었다. 내 전 재산보다 한참 많다. 심지어 만년필도 문필가인 나보다 더 많이 갖고 있었다. 그 밖에 베란다 덧문이나 자물쇠를 비틀어 열기 위한 펜치와 7종 도구세트를 지니고 있었는데, 도구를 써서 어둠을 틈타 숨어드는 건 여자가 없을 때도 가능했다. 상황에 따라 이리저리 수법을 바꾸다 결국 도구세트를 이용한 흔한 방법이 실패했다.

내 생각에 이자는 다른 도둑들처럼 궁지에 몰려 아등바등하진 않았다. 주로 게이샤를 데리고 호화롭게 즐겼고 이로써 용의선상에서 제외됐다. 당분간 유흥비는 부족하지 않지만 식후 운동이랄까, 약간의 취미를 즐기는 정도로 여유만만했다. 천직을 수행하는

데 이 정도 여유는 필요한 법이다. 궁지에 몰려 밤새 원고를 쓰는 나 같은 놈과는 하늘과 땅 차이다.

강도강간처럼 툭하면 칼을 휘두르거나 무자비하게 악랄한 짓을 하는 것도 아니고, 생활에 쪼들린 것도 아니다. 게이샤를 데려다 알리바이를 만들어놓고 식후 운동으로 하는 좀도둑질까지 통산해 하나의 풍류를 이루고 있다. 퍽 매력적인 용맹함이다. 어딘가 발자크의 용맹함을 닮았다. 예술이란 이 정도 용맹함과 침착한 여유 없이는 완성할 수 없는 성질의 것이다.

그러나 여기까지는 서론에 불과하고 이야기의 본론은 지금부터다. 남자가 체포되고 이토 경찰서에 유치됐는데 게이샤, 음식점, 홍등가 등이 슬그머니 그에게 사식을 넣어줬다. 더욱 놀라운 건 그가 산더미처럼 쌓인 음식엔 눈길 한번 주지 않고 단식투쟁을 하기 시작한 것이다. 경찰도 하는 수 없이 영양제를 주사하며 장기전에 돌입했다.

나는 졸렬한 나의 처지를 생각했다. 우선 첫째로 내가 경찰에 잡혀도 게이샤나 음식점 주인이나 찻집이나 홍등가 등에서 몰래 음식을 넣어줄 가망이 보이지 않는다. 둘째로 슬쩍 들어온 음식이 있다고 해도 그것에는 눈길 한번 주지 않고 단식투쟁 따위를 한다는 건 상상도 할 수 없기 때문이다.

홀로 버티는 단식투쟁은 어마어마하게 꿋꿋하고 의연한 정신을 필요로 한다. 집단 단식투쟁이나 긴자대로 단식투쟁 따위는 가장 밑바닥 수준이다.

고독한 단식투쟁은 마음 깊은 곳에서 빛을 발하며 신비롭고도 의연하다. 도무지 평범한 사람이 닿을 수 있는 경지가 아니다. 높고 고독한 어느 영혼의 올곧은 운동이다. 속물들의 저속한 사회계약이 이 운동을 가로막는다. 그 접점에서 한순간 불길이 인다. 높고 고독한 영혼의 번민이 날카로운 통곡으로 화했기 때문이다. 그것은 유성이 대기에 닿아 불길이 되며 형태를 상실하는 모습을 닮았다. ―이런 생각에 그저 탄복만 했다.

때마침 분게이슌주출판사의 스즈키 미쓰구가 놀러와서 나는 온천털이범의 경탄할 만한 용맹함을 얘기해줬다.

"발자크의 용맹함은 요사이 문인 생활에서 찾아볼 수가 없지. 우연히 발견한 온천털이 선생의 여유작작한 태도에서 호화로운 제작 의욕을 엿봤네. 예술의 경지로 타락한 거야."

스즈키 미쓰구는 회사로 돌아가 동료들에게 온천털이범의 용맹함을 퍼뜨리고 다녔다. 무릎을 친 건 편집장이다.

"다음 연재는 이걸로 하지. 느낌을 약간 바꿔서."

곧바로 심부름꾼이 왔다. 편집장의 칠흑같이 검고 덥수룩한 머리칼 아래로 번쩍이는 눈빛이 여기까지 미치는 것 같아 나는 빙긋이 미소를 지었다.

"그래, 온천 풍속을 통해 세상의 축도를 탐지하고 온천털이범의 용맹함에서 전후 풍속의 한 단면을 파헤친다, 이거군. 이것도 빛을 발하는 접점인가."

나는 심부름꾼에게 말했다.

"신문만 읽어선 글을 쓸 수 있을지 어떨지 모르겠군. 대체 그 사람은 어째서 단식투쟁을 할까? 여기저기 조사를 좀 해야겠어."

"그건 이미 준비됐습니다."

이토에 사는 수필가 구루마타니 히로시가 총지휘를 맡고 카나리아서점 주인과 신초장어집 주인이 참모가 되어 경찰, 게이샤, 요릿집 주인, 료칸 지배인과 하녀 등에게 다리를 놓아 한 번이든 두 번이든 술자리를 만들어서 이야기를 털어놓게 만들 준비가 돼 있다고 했다.

난 분명 흥미가 있었다. 왜 단식투쟁을 할까? 어째서 다들 그렇게 사식을 넣어줄까? 하고.

가장 비속한 부분을 잊어선 안 된다고 스스로 경계했다. 그걸 가장 잊기 쉽기 때문이다. 창문틀을 눌러보는 걸 잊어버리고 추리하는 것과 같은 종류다.

그리하여 나는 생각했다. 단식투쟁이라니 수상하다. 선생, 너무 호화롭게 놀다가 배탈이라도 난 거 아닌가.

경찰에게 물어보니 내 생각대로였다.

"감쪽같이 속았지 뭡니까. 연일 과음을 하는 바람에 설사를 했어요. 위장이 꽤 많이 상한 거 같던데요."

그러나 이것도 진상은 아니었다. 그로부터 며칠이 지나도 그는 단식투쟁을 멈추지 않았다. 하지만 유동식은 넘겼다. 그리고 나날이 말라갔다. 벌써 17일째였다.

"그렇습니다. 아직도 단식투쟁을 하고 있어요."

또 다른 경관이 말했다.

"범행에 대해서도 전혀 입을 열지 않습니다. 덜미가 잡힌 지하철 기숙사와 또 한 곳 물증을 남긴 료칸 범행 외에는 부인하고 입을 안 엽니다."

역시 부인하기 위한 단식투쟁인가 했지만 이것도 진상은 아니었다. 진상이란 참으로 비속한 것이다.

"그건 말이죠, 단식투쟁을 해서 유동식만 섭취하면 몸이 쇠약해져서 보석 처분을 받거든요. 전과 몇 범쯤 되는 놈들, 특히 부유한 놈들, 집을 두세 채씩 끼고 있는 놈들이 하는 짓입니다. 상습적인 수법이에요. 그놈도 집이 두 채까진 아니겠지만 돈은 있으니까 보석 처분을 받고 남은 돈으로 못 다 이룬 꿈을 꾸려는 겁니다."

녀석 수법이 보통이 아니다. 보석으로 나와 새 출발 하려는 것이다. 온천털이 도둑이라고 해도 그의 경우 완전히 지능범이다. 이 뛰어난 온천털이의 수법은 사기보다 승부가 빠르고 어떤 의미에서 안전성이 높다. 왜냐면 어느 누구에게도 모습을 보이지 않기 때문이다. 본 사람은 있어도 의심을 사지 않는다.

이토록 두뇌가 우수한 남자이니 가진 돈을 유효적절하게 활용하기 위해 단식투쟁을 하고 보석으로 나온다는 계획이 어쩌면 당연한 것이고, 이런 걸 눈치도 못 챈 내가 얼뜨기가 된 셈이다.

하지만 지능범은 그 남자 하나뿐이 아니다. 범죄라고까지 할 순 없지만 날쌔고 신속하며 두뇌가 명석한 건 범인뿐만이 아니었다.

게이샤, 요릿집 주인, 찻집 등에서 왜 몰래 사식을 넣어주느냐 하면, 이게 또 그가 가진 돈 때문이라고 한다. 그러니까 그에게 돈을 빌려준 사람들이 그 돈을 갚게 만들려고 몰래 사식을 넣어준 것이다.

나는 이 사실을 듣고 깜짝 놀라 한동안 말을 잇지 못했다. 참으로 진상은 비속한 것이다.

그가 유가와라 료칸에서 체포됐을 때 같이 있던 게이샤는 도시락이나 과자를 넣어줬는데, 단식투쟁한다는 걸 알고 휴지 같은 일용품을 넣어줬다고 했다. 그 일념으로 그녀는 화대 1만 5천 엔을 받아갔고, 그리하여 그가 가진 돈은 9만 8천 엔이 됐지만 그 후로 아직 줄지 않았다고 하니, 다른 사식은 아직 먹히지 않은 셈이다.

도둑이라도 그 정도 지능범쯤 되니 흉기를 소지한 적도 사용한 적도 없었다. 연회, 취객, 혼잡이라는 온천 료칸의 특성을 파악해 만인의 맹점을 찌르고 바람처럼 유유히 사라졌다. 게이샤들보다도 몸집이 작고 여자처럼 고운 어깨선을 가진 부드러운 남자라고 하니 흉기를 휘둘러도 위력이 드러나지 않는 숙명 때문인지도 모르나, 어차피 도둑질을 할 거라면 그와 같이 머리를 써서 일류가 돼줬으면 한다.

탐정소설을 즐겨 읽다가 깨달은 것인데, 인간은 누가 자기를 좀 속여줬으면 하는 본능이 있다. 속아 넘어갈 때의 쾌감이 있는 것이다. 우리가 마술을 좋아하는 것도 그런 본능 때문이며 엉터리 마술에 반발심을 느끼는 것도 그런 본능에서 온다. 그러니까 정교하게, 완벽하게, 속아 넘어가고 싶은 것이다.

이 쾌감은 남녀관계에서도 엿보인다. 요부의 매력은 그녀에게 속아 넘어가는 남자가 느끼는 쾌감 탓에 성립되는 부분이 많을 거라고 생각한다. 거짓말이라는 걸 알면서 완벽하게 속아 넘어갈 때의 쾌감. 이 쾌감은 완전히 개인적인 비밀이어서, 만인에게는 명명백백한 거짓이어도 당사자만큼은 속아 넘어가는 묘미와 쾌감을 안다. 따라서 더욱더 고독하게, 깊은 관계에 빠져들게 만드는 성질이 있다. 사이비 교주의 속임수가 남들이 보기엔 아무리 확연할지라도, 속아 넘어갔다는 데서 오는 쾌감은 개인의 특권이기에 더욱 사무치는 건지도 모른다.

온천털이 단식투쟁 선생의 수법에도 미워할 수만은 없는 구석이 있다. 이 독창적인 궁리에 약간의 경의를 품지 않을 수 없으며 바람처럼 드나드는 묘미에 이르러서는 다소 상쾌함마저 느낀다.

패전 후 무의미하고 흉악한 사건들이 잇달아 일어나고 있다. 의미도 없이 사람을 죽인다. 시즈오카현 작은 마을에서는 열여덟 소녀가 마작할 돈이 필요해서 네 사람을 죽이고 겨우 천 엔을 훔쳤다. 재주도 없고 능력도 없는 이런 어리석은 일들이 전국에 만연한다. 전쟁으로 어지러운 세상의 풍조다.

똑같이 난세의 도둑이라도 이시카와 고에몬이 사랑받는 건 그가 가진 대의명분 때문이 아니라 닌자*로서의 기술 덕분이다. 뛰

• 오래전 복면을 쓰고 첩보, 암살, 침투, 교란, 추리 등의 전술을 맡았던 은밀하고 날렵한

어난 닌자들은 사람을 죽일 필요가 없었다. 졸음이 오게 만들어 머리카락을 잘라 가는 장난은 치지만 언제든 사람을 잠들게 만들 수 있기 때문에 죽일 필요가 없었다. 죽이지 않으면 안 되는 건 적진의 대장뿐인데 불행하게도 죽여야 하는 상대 앞에선 꼭 몸에 힘이 들어가고 요술이 안 통해서 다가갈 수가 없다.

인간의 공상에도 한계가 있다는 게 재밌다. 하늘을 나는 닌자도 만능은 불가능하다. 그 자체로 선善인 자만이 만능이 가능하다. 사탄이 만능이라면 악해질 필요가 없을 것이고, 그렇게 되면 이야기에 필요한 구원이 사라지고 만다.

닌자 이야기가 만인에게 사랑 받는 이유는 인간의 마음 깊은 곳에 잠재된 '순수한 악'에 대한 동경 때문이다. 이는 또한 누군가에게 속아 넘어갈 때 느끼는 쾌감과 일맥상통한다. 어쩌면 동전의 앞뒷면 같은 것이다.

인간이 모두 성인이 돼서 세상의 악이란 악이 모두 사라진다면 행복할 거라고 믿는 건, 차를 홀짝이며 수다를 떨 때나 가능한 공상이지 진지하게 논의할 것이 못 된다. 인간의 기쁨은 세속적이라 고통과 즐거움이 공존하는 가운데 존재하는 것이다. 악이 사라지면 자연히 선도 사라진다. 인생은 물처럼 무색투명할 뿐, 진정한 대립이나 보람도 존재하지 않는다. 자는 것만 못하다.

인간은 본래 선악의 혼혈이다. 악을 멈추고자 하는 브레이크와

무사들을 일컫는 말.

함께 악에 대한 동경 또한 갖고 있다. 동경의 표현인 닌자를 상상할 때도 자연스레 한계가 지어지는 것이다. 이것이 인간의 올바른 판단력이며, 이와 같은 한계 안에서 즐기는 것을 우리는 풍류라고 부른다.

닌자에게도 한계가 있다는 사실, 이 커다란 풍류를 사람들은 잊은 듯하다.

너무 진지한 사람들은 진리 추구에 성급하다. 하지만 진리에도 한계가 있다는 사실, 이 소중한 '풍류'를 잊고 살기에 세상이 살풍경해진다. 당장에 플래카드를 들고 밀어붙이며 공산주의사회가 되면 인간에게 절대행복이 찾아올 것처럼 말한다.

인간사회란 일방적으로 정돈해버리기 불가능한 구조를 갖고 있다. 선악은 공존하며, 행불행은 공존한다. 생사가 공존하며, 인간은 반드시 죽는다. 인간이 죽지 않게 됐을 때, 인생도 지구도 끝장이다.

아무리 진지한 사람이라도 무언가를 일방적으로 추구하며 성급하게 결론을 짓는 건 바람직하지 않다. 아주 진지한 사회개량주의자는 아주 진지한 살인범과 비슷한 부류다. 둘 다 올바른 판단력의 적이며, 멋스러운 풍류를 거스른다.

패전 후 일본은 어지러운 도적떼의 시대이기도 한 반면 대단히 진지한 사회개량가의 시대이기도 하기에, 다 함께 풍류를 상실한 시대이기도 하다.

내가 단식투쟁 선생으로부터 한 가닥 청량한 바람을 느낀 건 태평한 풍류의 마음을 맛볼 수 있게 해준 까닭이다. 나는 진지한 사회개량주의자에게는 눈곱만큼도 친근감을 느끼지 못하지만, 단식투쟁 선생에게는 끓어오르는 친애의 감정을 억누를 수 없었다.

도둑이 될 거면 이 정도 솜씨는 부려줬으면 한다. 어떤 일이든 솜씨가 중요하다. 일에서는 솜씨가 밑천이다. 그것이 인간의 가치이기도 하다.

좋은 솜씨에는 구원이 있다. 속아 넘어갈 때의 쾌감은 만인이 갖고 있기 때문이다. 제국은행사건의 범인이 따로 있었으면 좋겠다는 생각은 히라사와에 대한 동정이 아니라 솜씨 좋은 사람에 대한 동경에서 나온다. 경찰한테는 미안한 얘기지만 인간에겐 그런 감정이 있고 풍류는 그런 곳에 뿌리내린다.

내가 단식투쟁 선생에게 증오의 마음을 갖지 않는 이유 가운데 하나는 온천마을의 특성에 있다. 두터운 잠옷 차림으로 밤길을 꿈실꿈실 걸어 다니는 온천객은 긴자의 취객과는 다르다.

같은 인간이라도 긴자에서 취해 있을 때와 헐렁한 차림으로 온천거리를 걸을 때는 인격이 다르다. 온천객에게는 개성이 없다. 긴자의 취객은 연인을 찾지만 온천객은 온통 매춘부에게 정신이 팔릴 뿐 연인을 찾는 성의가 없다. 생활권에서 완전히 벗어나 일종의 바보천치 상태가 된다. 무의식 상태이기도 하다. 온천마을에 살다보면 생활권 내의 인간에게서 무언가를 훔치는 일은 미안하지만, 생활권 밖의 인간이라면 괜찮다는 감정이 생겨나는 듯하다.

이는 온천객의 성격인 동시에 단체로 모인 일본인들에게 나타나는 슬픈 성격이다. 아무리 봐도 인간이라는 기분이 들지 않는다. 생활권 내에 있는 인간 동족의 애달픔을 느끼지 못한다.

온천객은 온천마을을 점령해 마음대로 휘젓고 다닌다. 점령지에서 우월한 행세를 한다. 온천거리를 흙발로 차고 다니는 것이다. 내가 온천상점가 주인이라면 바가지라도 씌우고 싶은 기분인데, 주인들은 그러지 않는다. 쭉 참고 있는 건지도 모른다. 그래서인지 단식투쟁 선생은 온천마을 악동들한테서 그다지 미움을 사지 않는 것 같다.

• 수록 『분게이슌주文藝春秋』 1950년 5월
• 저본 『ちくま日本文学 坂口安吾』 筑摩書房, 2013

사카구치 안고坂口安吾(1906~1955)

소설가, 수필가. 전후 무뢰파 작가로 기존의 도덕관념을 부정하는 수필 「타락론」, 소설 「백치」 등으로 혼돈에 빠진 세상에 충격을 안겨줬다. 당시 일본에서는 권위 있는 관료나 정치인, 지식인들이 양의 탈을 쓰고 사회를 파탄으로 몰고 갔다는 비난을 면치 못했다. 「온천마을 엘레지」에서는 전후 일본 사회의 비극적인 단면을 이즈 온천을 둘러싼 이야기로 풀어냈다.

가지이 모토지로

벗나무 아래는
櫻の樹の下には

벗나무 아래는 시체가 묻혀 있다!

이 말은 믿어도 된다. 왜냐고? 그렇지 않고서야 벗꽃이 그렇게 아름답게 필 수 있을까. 나는 믿을 수 없는 그 아름다움 때문에 요 며칠 불안했다. 하지만 요즘 들어 겨우 알게 되었다. 벗나무 아래는 시체가 묻혀 있다. 이 말은 믿어도 된다.

어째서 매일 밤 집에 오는 길에, 내 방의 여러 도구들 가운데 하필이면 작고 보잘것없는 면도날 따위가, 천리안처럼 눈앞에 떠오르겠는가—너는 이유를 모르겠다고 했지만—나 역시 이유를 알 수 없지만—이거나 저거나 다 똑같은 이치다.

대체 어떤 꽃나무가 만개한 후 그 주변 대기 중에 신비한 분위기를 흩뿌리겠는가. 잘 돌아가던 팽이가 완전한 정지에 도달하듯이, 훌륭한 연주가 늘 어떠한 환각을 동반하듯이, 작열하는 생식이 일으키는 환각의 후광과 같은 것이다. 인간의 마음을 쥐고 흔드는 매우 이상하고 생생한 아름다움이다.

그러나 어제와 엊그제, 나의 마음을 극도로 우울하게 만든 것도 벚나무다. 나는 그 아름다움을 믿을 수 없었다. 도리어 불안과 우울에 빠져 공허한 기분이 들었다. 하지만 나는 지금에서야 알게 되었다.

그대여, 찬란하게 꽃잎이 흩어지는 저 벚나무들 아래, 시체가 묻혀 있다고 상상해보라. 무엇이 나를 이토록 불안하게 만드는지 알게 될 것이니.

말의 사체, 개나 고양이의 사체 그리고 인간의 사체, 모든 사체는 현란하게 썩어 구더기가 끓고 참을 수 없는 냄새를 풍긴다. 그러면서도 수정 같은 액체가 방울져 떨어진다. 벚나무 뿌리는 탐욕스런 문어처럼 사체를 감싸 안고 말미잘의 촉수 같은 털뿌리를 동원해 그 액체를 빨아들인다. 무엇이 그 같은 꽃잎을 만들고, 무엇이 그 같은 꽃술을 만드는지, 나는 털뿌리가 빨아들이는 수정 같은 액체가 고요한 행렬을 이루며 관다발 속으로 꿈처럼 이끌려 오르는 것이 눈에 보이는 듯하다.

―그대여, 왜 그리 괴로운 표정을 짓고 있나. 아름다운 투시력이 아닌가. 나는 이제 겨우 벚나무의 꽃을 볼 수 있게 되었다. 어제와 그저께, 날 불안하게 했던 비밀에서 자유로워졌다.

이삼일 전 나는 이곳 계곡으로 내려와 바위 위를 걸었다. 물보라 여기저기서 명주잠자리가 아프로디테처럼 태어나 계곡 하늘을 향해 날아오르는 것이 보였다. 너도 알고 있듯이 그들은 거기서 아름다운 결혼식을 올린다. 잠시 걷고 있으려니 이상한 것이 눈에 띄었다. 계곡물이 말라 바닥이 드러난 자갈 사이로 조그만 물웅덩이가 남아 있고 그 물속에 그것이 있었다. 뜻밖에 흐르는 석유와 같은 광채가 수면에 떠 있었던 것이다. 너는 그것이 무엇이라고 생각하나. 수만 마리의 셀 수 없이 많은 명주잠자리의 사체였다. 빈틈없이 수면을 뒤덮으며 겹겹이 쌓인 날개가 빛으로 물결치며 석유와 같은 광채를 발했다. 그곳은 산란을 마친 그들의 무덤이었다.

그 광경을 본 나는 심장이 찔리는 듯한 충격을 받았다. 무덤을 파헤쳐 사체를 탐닉하는 변태처럼 잔인한 기쁨을 나는 맛봤다.

이 골짜기에 나를 즐겁게 하는 것은 아무것도 없다. 휘파람새나 박새도, 하얀 햇살 속에 푸른 연기를 피우는 나무의 새싹도, 그저 그것만으로는 몽롱한 심상에 불과하다. 내게는 참극이 필요하다. 그 균형 속에서 비로소 나의 심상은 명확해진다. 나의 마음은 악귀와 같이 우울을 갈망한다. 나의 마음에 우울이 완성될 때만 나의 마음은 평온을 얻는다.

—그대여, 겨드랑이를 닦고 있구나. 식은땀이 나는가. 나도 마찬가지다. 겨우 이 정도로 불쾌한가. 흡사 끈적끈적한 정액과 같다고 생각해보라. 그것으로 우리의 우울은 완성될 터.

아, 벚나무 아래는 시체가 묻혀 있다!

대체 어디서 온 공상인지 알 수 없는 사체가 이제 벚나무와 하나가 되어 아무리 머릴 흔들어도 떨어지려 하지 않는다.

지금이야말로 나는, 저 벚나무 아래서 연회를 여는 마을 사람들과 똑같은 권리를 갖고, 꽃놀이 술을 마실 수 있을 것만 같다.

• 수록『시와 시론詩と詩論』1928년 12월
• 저본『梶井基次郎全集 第1卷』筑摩書房, 1999

가지이 모토지로梶井基次郎(1901~1932)

소설가. 오사카 출신. 감각적이고 직관적인 문체로 주목 받았으며 특히 단편소설 「레몬」은 공감각이 뛰어난 사소설 작품으로 극찬을 받았다. 창작활동에 열중하면서 대학 시절 발병한 폐결핵이 악화됐다. 「벚나무 아래는」에서 죽음의 그림자가 드리운 심상 풍경을 시적으로 묘사했다. 인간의 심리적 비밀에 다가가고자 했던 그의 실험은 서른둘의 나이에 끝을 맺었다.

이쿠타 슌게쓰

실내여행
室內旅行

때로는 일에 지쳐 쓰러진 저녁나절 방 안에서, 때로는 어느 틈에
철이 바뀐 연못가 가로수 길에서, 때로는 잠들지 못하는 밤 이불
속에서, 때로는 쓸쓸한 마음 달래려 책장 깊숙한 곳을 뒤져 먼지
털며 꺼내본 오래전 좋아하던 책 속에서, 이미 지나간 날들의 수
많은 형상이, 기쁘고 슬프던 한순간 광경이─일찍이 나의 맘을 그
토록 현혹시키고, 남모르는 눈물, 짐짓 새난 뜨거운 한숨, 속절없
이 작아지는 의기소침, 눈동자를 반짝이는 기쁨, 그 밖에 온갖 청
춘의 우매함과 희망과 절망과 불길처럼 타오르는 감정이 나를 에
워쌌다─그 간절한 추억, 외롭고 허무한 청춘의 기억이 이래저래
시달리고 지친 마음에 되살아날 때가 있다. 흡사 오래된 사원에서
유서 깊은 보물을 바라보며 두꺼운 연대기 책자를 닥치는 대로 펼
쳐보는 기분이다. 나는 지금, 쓸쓸히 지쳐 신경질적인 미소로 이
것들을 마주한다.

인생은 거대한 도박이다. 우리의 행복을 걸고, 우리의 생명을 건다. 이기지 못하는 자는 패한다. 그리고 나의 주사위는 언제나 나의 기대를 저버렸다. 나는 실패에 익숙했다. 이제 아무리 패한다 한들 슬퍼하지 않는다. 이긴 자를 부러워하지도 않는다. 다만 체념 어린 미소로 구석에 웅크리고 앉아 열띤 승부를 지켜볼 따름이다. 그리고 나는 목숨 걸고 달려드는 도박자의 운명을 불쌍히 여긴다. 동정하는 것으로 스스로 위안을 삼는다. 그리고 더는 나의 운명 앞에 탄식하지 않는다. 어찌할 수 없는 인간의 비참함, 지고 또 져도 다음 승부에 희망을 걸고, 끊임없이 어제에 기만당해 내일에 위안을 얻으며, 자신이 얼마나 한심한 존재인지, 운명이라는 장난꾸러기 소년의 손에 목이 달아나고 창자가 뜯겨나가는 잠자리나 개구리처럼 하찮은 존재라는 사실도 알지 못하는 인간이라는 가엾은, 우주의 물정에 어두운, 끝 모를 철부지를 가엾게 여긴다. 그렇다고 내가 도박장을 완전히 떠나온 건 아니다. 인생이라는 도박장의 법칙은 지극히 엄중하여, 이겼다고 도망갈 수도 없을뿐더러 졌다고 해도 최후의 피 한 방울까지 내던지지 않는 한 자리를 뜰 수 없다. 그 안으로 들어선다는 건 이토록 무시무시하다.

나도 도박을 그만두고자 했다. 마지막 순간까지 최선을 다하기보다는 지금 이 순간 가진 것을 깔끔이 내던져버리자 생각했다. 그러나 인생이라는 근면한 공장에 한번 말려든 사람은 설령 도중에 싫증이 났다고 해도 뒤에서 밀려오는 사람에 떠밀리고 떠밀려

출구까지 빙빙 돌지 않으면 안 된다. 원래 입구로 되돌아가려면 거기서 오는 사람과 부딪힐 염려가 있을 뿐만 아니라, 그런 짓 자체가 기괴하기도 하고 무척 곤란한 일이기도 하다. 그보다는 역시 앞으로 나아가는 게 낫다. 그런 탓에 하는 수 없이 출구까지 꾹 참고 가는 사람이 얼마나 많았는가. 거의 대부분의 사람이 그랬는지도 모른다.

이처럼 멍하니 생을 즐기다가 어느 날 갑자기 나락으로 떨어질 때가 있다. 그리하여 소리도 없이 구석에서 웅크리고 살아가는 사람들에게는, 오래전 철없던 시절의 추억만이 유일한 위안이 된다. 추억은 우릴 내쫓지 않는 유일한 낙원이라는 장 파울의 말을 나는 언제나 의미심장하게 떠올린다. 사람들은 모두 공평하게 낙원에서 태어나, 성년에 이르면 다 함께 낙원에서 추방당한다. 아담과 이브가 상징하는 인류의 운명을, 각자 자기 안에서 반복하는 것이다. 그러니 인간은 추억의 낙원에서 안주할 땅을 찾을 수밖에 없다. 과거는 아름다운 베일이다. 별생각 없이 지나친 풍경이 한층 아름다운 절경이 된다. 예술가가 난잡한 실생활 속에서 소재를 골라내 정교한 시를 짓듯이, 시간은 아무리 괴로운 경험도 아름다운 꿈으로 만든다. 시간은 위대한 예술가다.

나는 다시 오늘 즐거운 추억에 잠긴다. 내 반생의 단편들이 마치 전시회에 걸린 화폭처럼, 또는 스크린에 비친 영상처럼 내 눈앞을 지나간다. 이 추억들은 가난한 내가 모을 수 있었던 단 하나의 보물이다. 아무개 남작이 넘치는 재물로 사 모은 부유한 화랑을 닮았다. 나는 운명이라는 거친 손에 쓸려가는 와중에 아이가 길가의 풀꽃을 뜯으며 걷듯 나의 명화와 졸작을 조금씩 주워 모았다. 아무개 남작과 나의 차이는 단지, 남작의 즐거움이 그림을 바라보기보다 수집하기에 있는 데 반해, 나의 즐거움은 수집하기보다 바라보는 데 있다는 점이리라. 그러니 나는 오늘도 이 쓸쓸하고 비좁은 작은 방에 갇혀, 나의 기억의 화랑을 홀로 바라보기로 하자.

———

그자비에 드 메스트르의 『내 방 여행하는 법』*은 내가 즐겨 읽는 책이다. 나는 가끔 이 작은 책을 꺼내 그날그날 내키는 대로 여기저기 골라 읽는다. 나 또한 실내를 여행하는 사람이다.

나만큼 여행을 좋아하는 사람도 없겠지만, 나만큼 여행을 안 가는 사람도 없다. 이건 내가 그저 밖에 나가는 걸 싫어하는 탓만은 아니다. 여행은 하고 싶다, 하지만 불쾌한 여행은 하고 싶지 않다. 그리고 오늘날 여행은 불쾌함을 동반하기 쉽다. 아름다운 자연은 곳곳에서 우리를 포옹해준다. 그러나 아무리 아름다운 들판이라 해도 노숙을 할 수는 없는 노릇이다. 여행자가 묵을 곳은 여관밖

---

* 가택 연금된 그자비에가 일상의 물건을 돌아보며 쓴 산문집(1794). 이쿠타는 이 제목을 『실내여행』(원제 *Voyage autour de ma chambre*)으로 번역했으며 이 책에서 영감을 받아 동명의 산문을 썼다.

에 없다. 여관은 인간이 경영하는 곳이다. 그곳에서 여행자가 한 사람의 인격으로 인정 받기는 어렵다. 금전이 모든 것의 준비이자 척도다. 여관 지배인은 한눈에 손님의 품 안을 꿰뚫어본다. 우리 같은 가난한 문학자가 그곳에서 환대 받지 못한다는 건 새삼스러운 일도 아니다. 도시인들이 잘 찾지 않는 인정 두터운 마을이라면 몰라도, 나는 내가 가진 돈으로 나의 가치가 정해지는 것이 불쾌하다. 게다가 나의 병적으로 예민한 신경과 극단적인 소심함은 아무리 세월이 흘러도 나를 조심스럽고 소극적이며 움츠러들게 만든다. 그러니 자연히 집에만 있게 된다.

돌이켜보면 유년시절부터 나는 얼마나 세상의 문턱을 높이며 살아왔던가. 너무 화려한 세상에 질려 구석에서 가만히 숨어 살지 않았던가. 쾌활하게 세상에 잘 적응하는 사람들의 모습을 눈부시게 바라보지 않았던가. 열세 살 때 집이 파산한 이래, 응달의 풀처럼 주눅 들고 바싹 말라 비슬비슬 자라온 탓도 있으리라. 하지만 역시 타고난 성격이라고 생각한다. 고이즈미 야쿠모 선생°도 이런저런 고생을 겪은 사람인데 일평생 세상에 적응하지 못하는 성격이었다고 한다. 그토록 아이와 같은 마음으로 인생을 대할 수 있는 사람이니 분명 그랬으리라. 나 같은 사람도 선생보다 훨씬 약하긴 하지만 비슷한 종류의 인간인 것 같다. 한때는 스스로도

° 본명 라프카디오 헌(1850~1904). 아일랜드계 영국인으로 미국에서 기자로 활동하다 특파원으로 떠난 일본에 정착해 일본의 만담과 괴담을 수집하고 저술활동을 펼치며 일본 문화를 서방세계에 알렸다. 고이즈미 가문의 여성과 결혼했다.

내가 어떻게 된 게 아닐까, 극단적인 신경쇠약이 아닐까, 어쩌면 광기의 일종인지도 모른다고 의심한 적이 있을 정도다. 그러다 보니 유쾌하게 여행을 할 수 있을 리 없다. 그리하여 나는 그자비에 드 메스트르와 같은 실내여행자가 되었다.

요즘 명성 높은 한 청년작가가 자기 서재에 톨스토이, 도스토옙스키, 스트린드베리 같은 문호의 초상을 걸어두고 차례차례 순례를 한다는데, 이것도 일종의 실내여행이다. 그러나 나의 실내여행은 그런 경건한 순례가 아니라, 주로 자유로운 독서와 공상과 회상으로 이루어진다.

예전엔 일본 지도를 펼쳐놓고 홋카이도 끝에서 타이완 끝까지 구석구석 빠짐없이 훑으며, 다양한 역사적 사실과 풍토의 특징, 그 공기를 상상하느라 시간 가는 줄 몰랐던 적도 있다. 이 공상여행을 제대로 즐기기 위해 여행안내서까지 탐독했다. 호구지책으로 다녔던 출판사에서 여행안내서 편집자로 일한 적도 있는데, 정작 여행은 다니지도 않는 사람이 여행안내서를 기획한다니 우스운 노릇이다. 하지만 세상일이란 그런 법이다. 또 이런 게 세상 사는 재미인지도 모른다. 그렇게 시시한 일도 내게는 즐거움이었다.

독서에만 빠져 있던 시기가 꽤 이어졌다. 그 당시 나는 독서가인 한 지인에게 띄우는 편지에 이렇게 썼다. "독서도 하나의 경험이다. 새로운 책 한 권은 하나의 새로운 세계다." 시인이나 문학자라면 그다지 특별할 것도 없겠지만 나도 어린 시절부터 다른 무엇보다 책이 좋았다. 집안 구석 찬장을 가만히 열고 작은 고리짝에 가득 차 있는 오 전짜리 한 닢을 몰래 꺼내 이야기책을 사러 책방으로 달려갔을 때부터, 또 여름밤 아카몬대로나 우에노대로를 산책하고 돌아오는 길에 서점에 들러 독일 레클람 문고본을 두세 권쯤 사서 돌아오는 걸 즐겁게 여기던 스물한두 살 무렵부터, 독서에도 질려 빈약한 지갑을 털어서 보티첼리나 로세티, 반 존스의 화집을 사오기까지 책은 언제나 나의 유일한 위안이었다.

우리는 가장 친한 친구를 대할 때조차 서먹해지는 경우가 종종 있다. 책과는 그럴 일이 없다. 싫증 나면 언제든 덮어버릴 수 있다. 여기다 책에 바치는 기나긴 찬미를 쓰고 싶을 정도다. 하지만 결국 책도 사람을 지치게 만든다는 것도 알고 있다. 너무 많은 양의 독서는 『구약성서』에도 나와 있듯 몸을 피로하게 하며, 그보다 더 나쁜 건 독창성을 상실하는 결과를 낳는다는 사실이다.

그래서 나는 꾸벅꾸벅 졸며 하는 일 없이 무익한 공상과 회상에 잠기는 일이 잦아졌다. 어차피 실현되지도 않을 일을 뭐하러 공상하느냐는 현실적인 목소리에 흥이 달아날 때도 있지만, 실현되지 않기에 공상으로 즐기는 것이라고 당당히 항변하며, 나는 즐거운 공상 조각 세우기를 지겨운 줄도 모르고 반복한다. 하지만 그 공상은 내 경우 주로 과거의 회상 위에 세워진다. 그것은 말하자면 내 생애를 다시 고쳐 쓰는 일이고, 나의 과거를 개축하는 일이다. 오래전 했어야 하는데 하지 않았던 일을 하고, 잘했어야 하는데 잘하지 못한 일을 다시 잘해보는 것이다. 그러는 틈틈이 여전히 여행하고 싶다 여행하고 싶다 중얼거리며 멍하니 책상 앞에 앉아 잎담배를 피우고 차를 마시면서 시간을 흘려보내는 일이 많다.

　그러나 내가 태어나 한 번도 여행을 해본 적 없는 인간일 거라고 생각한다면 오산이다. 다야마 가타이 씨처럼 여행가로 이름 높은 사람은 차치하고, 보통의 문학자에 비하면 그 노정이 누구 못지않을 정도이리라. 우선은 시골에서 태어난 촌놈이 이렇게 도쿄에 사는 것만 봐도 꽤 오래 기차여행을 했다고 추측할 수 있으리라. 하지만 나는 단순히 기차를 탄 것은 아니었다. 유년시절 나는 유랑의 길 위에 있었다. 현해탄을 여섯 번 건너고 세토내해를 세 번 건넜다. 열도 바깥쪽 바다도 마이쓰루 아래로는 쭉 훑었다. 조선도 남쪽뿐이긴 하지만 꽤 여기저기 다녔다. 그럼에도 나는 아직 여행다운 여행을 한 적이 없다고 단언할 수 있다. 나의 여행은 언제나 일신상의 격변을 동반했다. 어느 지역에 제대로 된 주거지를 두고 다른 지역으로 놀러가는 일이 여행이라고 한다면, 내가 어느 지역을 벗어날 때는 그전 지역을 완전히 포기하지 않으면 안 되는 상황이었다. 다시 말해 여행이 아니라 유랑이다. 방랑이다.

　십 년 동안의 유랑으로 나는 피로해졌다. 아직 어릴 때라 마음의 피로가 더욱 짙게 다가왔다. 지금 이십대의 몸으로 유년을 회상하며, 그 모든 것이 너무 먼 옛일처럼 느껴진다는 사실이 신기하고 놀랍고 초조하기까지 하다. 그러는 것도 무리는 아니다. 나의 십 년은 아마도 평온한 생활을 보낸 사람의 삼십 년과 맞먹을 것이다. 그런 까닭에 나의 유년이 더욱 애틋하게 느껴지는지도 모른다. 이것이 또 내가 회상의 즐거움에 빠져드는 이유다.

하지만 이제 실내여행은 할 만큼 했다. 열심히 일을 해야 하는 시기가 도래했다. 몽상보다는 노동이다. 과거를 정정하는 일은 미래에서만 가능하다는 것을, 이 몽상가는 지금 분명히 자각하고 있다. (1918년 어느 날)

• 수록 『구석의 행복片隅の幸福』新潮社, 1931년 6월
• 저본 『生田春月全集 第7卷』本郷出版社, 1981

이쿠타 슌게쓰生田春月(1892~1930)

시인, 번역가. 돗토리현 출생.『감상의 봄』,『영혼의 가을』등 아름다운 시집을 남겼으며, 하이네의 시를 사랑하여 시집을 번역하고 일본에 가장 먼저 그를 알렸다. 오사카에서 벳부로 향하는 뱃길 여행 중 세토내해에서 투신자살했다.

하라 다미키

불의 아이

火の子供

「1949년 간다*」

길을 걷다 영화관 앞에 선 줄을 보았다. 청초한 하늘색 코트를 입은 여자의 뒷모습이 눈에 들어왔다. 시간을 기다리는 인간의 모습에는 어쩐지 쓸쓸한 것이 들러붙은 듯한데, 이 여자의 어깨 근처에도 어떠한 고독의 광선이 흔들리고 있었다. 홀로 영화를 본다 해서 얼마나 마음이 따뜻해질까. 행복해 보이는, 그러나 가엾은 아가씨여. 나는 무심결에 마음속으로 중얼거렸다. 그 순간 어쩐 일인지 아가씨가 이쪽을 돌아봤다. 얼굴 한쪽이 잿빛 화상 자국으로 뒤덮여 있었다. 나는 보고 말았다. 그녀가 홀로 영화 속에서 꿈을 찾으려 한 이유를…….

---

* 유서 깊은 헌책방 거리를 비롯해 여러 사립대학들이 밀집해 있는 도쿄 시내 중심가.

매일 아침 방에서 눈을 뜰 때마다 등골이 오싹해진다. 나는 정말 여기에 존재하는 것일까. 공중을 떠돌다 어딘가 끝을 알 수 없는 곳으로 떠밀려가는 건 아닐까. 이런 감각은 어디서 솟아나는 것일까. 조만간 이 방에서도 쫓겨날 거라는 불안감 때문일까.

나는 그때 살아 있었다. 죽지는 않았다. 갑작스레 암흑이 머리 위로 쏟아져 신음하며 비틀거렸다. 그때 나는 나의 신음소리를 들었다. 머리 위로 부서진 파편들이 떨어졌다. 하지만 훨씬 더 엄청난 것에 두드려 맞은 듯한 느낌이 들었다. 모든 것이 순식간에 스쳐갔다. 어마어마한 속도가 내 안을 훑었다. 그때부터 나는 '갑자기'라는 말이 기이하게 느껴지지 않는다. 그때부터 나는 지상으로 내팽개쳐진 인간이었다. ……그날 밤 일을 떠올려본다. 히로시마의 거리는 밤에도 내내 불타고 있었다. 나는 강가 자갈밭에 모로 누워 사람들 우는 소리를 듣고 있었다. 이제 앞으로 어떻게 될까. 다들 판단이 서지 않는 가운데 이상한 고요함이 있었다. 아마도 지구는 파멸할 것이고 인류에게는 죽음이 가까이 왔다는 데서 오는, 이상한 고요함이었는지도 모른다. 어둑한 가운데 부상자와 피난민이 한가득 웅크리고 있었다. 내 바로 옆에 웅크린 남자가 어떤 사람인지 육안으론 알 수 없었지만 목소리로 그 사람의 인격을 알 것 같았다.

"아저씨 옆에 꼭 붙어 있어. 아저씨 옆에 있으면 괜찮아."

남자는 같이 있는 아이를 안심시키며 반복해서 말했다.

"길 잃은 아이인데 아침부터 제 곁에 붙어서 걷고 있습니다."

나는 남자가 도무지 이유를 알 수 없는 상황에 내팽개쳐졌다는 격앙된 감정 속에 길 잃은 아이를 보호하고 있는 게 아닐까 생각했다. 아이도 남자도 그리고 나도 모두 도무지 이유를 알 수 없는 것 속에 내팽개쳐 있었다. 그러니 그 순간 세계가 소멸한다 해도 내게는 그다지 이상하지 않았다. 하지만 세계는 소멸하지 않았다. 날이 밝았지만, 나는 다시 참극의 한가운데 있었다. 그 후로 길 잃은 아이가 어떻게 됐는지 알지 못한다. 남자가 정말로 아이를 보호하고 구해주었을까. 그렇지 않으면 남자와 헤어져 외톨이가 됐을까.

혼잡한 군중 속을 걷는데 여기저기 새나는 잡음 속에서 기묘하게 서글픈 재즈기타 소리가 들렸다. 문득 정신을 차려보니 바로 앞의 노인이 홀로 묘하게 애달픈 느낌으로 걷고 있었다. 노인의 어깨에 끈으로 매단 작은 짐 꾸러미가 띵띵 기타 소리와 함께 흔들리고 있었다. 가만히 보니 노인은 절름발이다. 그는 자신이 얼마나 슬픈 뒷모습을 하고 있는지 깨닫지 못하리라. 재즈 소리에 춤을 추며 지상을 뛰어다니는 듯한 기묘하게 가엾고 쓸쓸한 뒷모습은 무수한 울음 속에서 터져 나온 하나의 환상인지도 모른다. 어딘가 끝을 알 수 없는 곳으로 떠밀려가듯이, 어딘가 끝을 알 수 없는 곳으로 인간을 유혹하듯이, 그 모습은 차츰차츰 군중 속을 비집고 간다.

나는 한밤중 방을 나와 심야의 거리를 걷는다. 골목길 휴지통에서 휴지통으로, 뭔가를 뒤적이며 걷는 남자가 있다. 남자는 휴대용 전등과 잡동사니를 건들대며 휴지통에서 휴지통으로 움직였다. 전찻길 포장도로에서는 또 다른 남자를 봤다. 대나무 지팡이 끝에 도구를 달아 그걸로 담배꽁초를 줍고 있다. 꽁초에서 꽁초로 옮겨가는 남자는 묘하게 슬픈 걸음걸이다. 궁지에 몰린 인간은 어째서 저토록 하나같이 기묘한 악센트를 갖는 걸까. 그 모습이 내 모습과 겹쳐진다. 진정한 방을 갖지 못하는 나 역시 지상을 헤매는 남자인 걸까.

나는 차게 식은 방바닥에 누워 멍하니 꿈을 꾸고 있었다. 집이 불타고 거주지를 잃어 점점 야위어가는 아이들, ……그리스와 폴란드와 루마니아의 아이들, ……그런 토막 난 이미지가 내 안에 떠오른다. 한낮의 거리에 진열돼 있던 사진 때문이리라. 사진 속 누구는 깡마른 뺨 아래 입술로 숟가락에 든 수프를 호로록 마시고 있었다. 사진 속 누구는 맨발의 깡마른 정강이로 모래 위를 달리고 있었다. 사진 속 누구는 임시텐트 안 나무 침상에서 어깨에 주사를 맞으며 몸을 떨고 있었다. 나는 이 이미지들이 지금도 내 안으로 잠입해 나를 위협한다는 걸 안다. 그러자 어디선가 쓸쓸한 손풍금 소리가 들려왔다. 나는 그 소리에 이끌려 꿈틀꿈틀 거리를 걷는 기분이었다. 내가 있는 곳은 어두웠다. 어슴푸레한 지하도 같은 곳에서 수많은 아이들이 꿈실꿈실 걸었다. 나는 아이들의 흐름에 따라 걷기만 하면 됐다. 그러자 갑자기 그 흐름이 멈춰버렸다. 바로 내 눈앞에서 전쟁고아들을 쓸어갈 흰 그물망이 스르륵 내려왔다.

나는 아침의 거리에서 내 앞을 지나는 젊은 여성의 뒷모습에 눈길이 갔다. 오전의 상쾌한 광선과 활기 넘치는 대기 속을 종종걸음으로 걷는 여자는 아무런 위화감도 들지 않았다. 단정한 몸가짐에 건강해 보이는 모습이었다. 하지만 내 시선이 문득 그 무표정한 정장 어깻죽지에 닿았을 때, 한순간 그녀의 몸이 번쩍하며 갈기갈기 찢어졌다. 여기저기서 고통스레 죽어가는 사람들의 얼굴과 불길 속 아비규환이 나를 둘러쌌다. 퍼뜩 놀라 내 몸을 지탱하려 애썼다. ……잠시 후 내 안에서 서로 밀치락달치락 소란스럽던 것들이 잠잠해지자, 나는 다시 아까 그 여자의 뒷모습을 눈으로 좇았다. 여자는 인파 속으로 사라지려 하고 있었다. 확실치는 않지만 그 모습에 뭔가 위험한 균열이 있는 듯했다.

하지만 어느 인간에게나 위험한 균열은 잠재해 있는 게 아닐까. 나는 원자폭탄 광선으로 타들어간 인간들이, 인간이라기보다는 조형물이나 다른 무엇처럼 무기물의 신비한 표정을 짓고 있었던 것을 기억한다. 엉망진창이 된 살덩어리가 물고기 모양이나 원통형으로 부풀어 말없이 둥둥 떠다녔다. 그것은 갑작스런 습격으로 경악한 이들의 리듬이었다. 마비를 동반한 온갖 리듬은 서로 휘감기며 공간을 거머쥐고자 했다. 나는 지금도 눈앞의 거리가 겁에 질려 벌벌 떨며 한 자세로 엉겨 붙던 모습이 떠오른다. 그러면 군중 한 사람 한 사람이 원통형이나 물고기 모양 무기질로 변해 신비한 표정으로 가만히 둥둥 떠다니는 것이다.

어느 날 나는 사람들로 가득 찬 식당에서 문득 주위를 둘러보고 깜짝 놀랐다. 창에서 사선으로 비쳐드는 광선으로 인해 어스름한 천장 아래 밀치락달치락하는 얼굴들이 모조리 일그러져 있었다. 피로에 지친 근육과 그을린 피부와 헝클어진 모발이 조악한 의복 안에서 소용돌이쳤다. 그 순간 나는 한 폭의 기괴한 유화 속에 앉은 기분이 들었다.

나는 이 허름한 식당에서 어느새 낯이 익어버린 청년을 길거리에서 마주칠 때마다 괜스레 화가 치밀었다. 청년의 길고 헝클어진 머리칼과 화려한 양복 빛깔은 내 주의를 끌 정도였지만, 그게 상대가 꺼려지는 이유는 아니었다. 나는 그가 나와 같은 장소에서 같은 시각에 비슷한 밥을 섭취하고 있다는 사실, 단지 그 사실만으로도 참을 수 없는 불쾌감이 치밀었다. 내 안에는 지금도 무언가를 격렬히 거부하고 싶은 아이 같은 마음이 숨어 있다. 테이블 너머에 웅크리고 앉아 젓가락을 움직이는 곱사등 남자를 볼 때도 기분이 썩 좋지는 않다. 그러나 어느 날 그 곱사등 남자가 땀범벅이 되어 리어카를 끄는 모습을 우연히 거리에서 보고 숨이 멎었다. 내 안에 아직 남아 있는 아이 같은 코어가 분쇄되는 듯했다. 지금 내가 아무리 격렬하게 외부세계를 꺼려 한다 해도 외부세계는 더욱 격렬하게 나를 거부할지도 모를 일이다.

나는 실용품점 처마 밑을 지나며 눈에 들어오는 물건에 문득 불안을 느낀다. 저 많은 식기류는 이윽고 각기 누군가의 집 찬장 속에 정돈되리라. 하지만 나는 이미 이들 식기류의 이름조차 기억나지 않는다. 알루미늄…… 스테인리스…… 기억 저편으로 사라져가는 것들의 이름을 억지로 떠올려본다. 그러나 무언가 내게서 미끄러져 간다. 네가 살아 있을 때, 나는 아무 불안도 없이 집 안의 집기들에 둘러싸여 살았다. 오랫동안 내게는 집 안에 있는 물건의 명칭이나 형태가 그저 당연한 것처럼 여겨졌다. 이제는 그 어마어마하게 많은 집기와 의류가 모두 꿈같다. 불타 재가 돼버린 이 꿈들은 이미 어디에도 수납할 수 없다.

그러니 이 꿈들은 멍하니 대기 중에 녹아 지상을 흐르며 움직인다. 너와 죽음으로 헤어진 뒤 '집'이라는 것을 상실한 후로, 나는 지상을 떠다니며 그저 어마어마하게 흘러가는 것들을 공백 속에서 배웅할 뿐이다. 그래도 여전히 지상에는 무수한 집들이 존재하고, 그 처마 밑에는 무수한 우울과 화해가 반복되고 있겠지. 같은 처마 밑이 아니고서는 통하지 않는 특별한 표정과 몸짓들로 가득 차 있을 게 분명하다.

나는 불타버린 고향 집 툇마루의 감각을 꿈속에서 되새긴다. 그 집 툇마루 어느 부분인가 아름다운 다갈색 단풍나무 나뭇결이 드러난 곳 부근이었다. 지금은 돌아가신 나의 어머니가 거기 앉아 어린 나에게 벼락 이야기를 들려주셨다. 그곳에서는 우물 옆으로 크게 물결치듯 구부러져 하늘 높이 솟은 소나무 기둥이 정면으로 보였다.

"저기 소나무 위 하늘이었지. 우르릉 쾅 불기둥이 솟더니 크고 새빨간 불쏘시개 같은 번개가 쳤어……. 그러고는 잠시 후 불이 났단다. 이웃집 지붕에 벼락이 떨어진 거야. 그때 얼마나 무서웠는지, 그걸 뭐라고 설명하면 좋을까. 아직 아침이었단다."

어머니는 여전히 소나무 위 하늘에서 불기둥을 목격한 순간의 표정을 간직하고 있었다. 그것은 내가 태어나기 전에 있었던 일이었지만, 어머니의 표정에서 어렴풋한 무언가가 내게 전해졌다.

"네가 아직 배 속에 있을 때 집 근처에 불이 났어. 그때도 말할 수 없이 놀랐지."

그런 이야기를 꺼내는 어머니의 표정에는 이상하게 넋을 잃고 바라보게 만드는 구석이 있었다. 나는 어쩌면 어머니의 젖가슴에서 그 공포의 심장박동을 빨아들인 것은 아닐까. 그것은 대지에 생존하고자 하는 여성들의 간곡한 바람처럼 느껴진다. (그러니 나는 저 히로시마의 참상을 맞닥뜨린 수많은 여자아이들이 이윽고 어머니가 되었을 때, 자식들에게 그때 일을 이야기할 표정이나 언어가 눈에 선하다.)

불타버린 우리 집 다다미방에는 초여름마다 상쾌한 바람이 산들산들 불어왔다. 아이였던 나는 상쾌한 바람이 한층 더 즐거웠으리라. 돌아가신 나의 아버지도 미풍 속에서 상상에 잠기는 걸 좋아하신 것 같다. 시원한 등나무 방석에 앉아 소년인 나를 무릎 위에 올려놓고 이야기를 들려주셨다.

"네가 크면 말이다, ……어디 보자, 네가 어른이 되면 말이야, 너는 아주 큰 집에 살 거다. 그리고 아주 훌륭한 아내를 만날 거야. 아무튼 넌 형제들 중에서 제일 행복해질 거다."

아버지는 자신의 예언에 열중한 나머지 내가 어른이 되어 어떤 옷을 입고 있을지, 내가 살 집 정원 풍경이 어떨지, 하나하나 섬세하게 묘사했다. 그것은 미풍이 그려준 꿈이었는지도 모른다. 돌아가신 아버지는 하나의 꿈을 내게 안겨주고 싶었을까.

그 집 이층 북쪽으로 난 작은 창에서는 언제나 칠흑 같은 밤하늘이 내다보였다. 그 창을 열 때마다 나던 미묘한 삐걱거림까지도 밖에서 방 안을 들여다보는 존재와 관련이 있을 거라는 생각이 들곤 했다. 죽은 누나는 내게 종종 별 이야길 했다. 누나의 눈 속에는 심연을 두려워하는 마음과 동경하는 마음이 뒤섞여 있었던 것 같다. 쥐 죽은 듯 조용하고 좁다란 방이었다. 소년이던 내게는 그 방지붕 위로 무한히 펼쳐지는 세계가 커다란 감명을 주었다. 그 시절부터 뭔가 이상한 것이 나를 매혹하며 나를 들여다본 것은 아닐까. ……너는 알고 있었을까. 아름다운 것들이 얼마나 격렬하게 내 어린 마음을 사로잡았는지. 무당벌레의 날개 무늬, 앵두의 광택, 비눗방울에 비친 무지개, 그런 걸 보는 것만으로도 나의 영혼은 순식간에 먼 곳으로 날아가 서성거렸다. 나의 눈은 아름다운 색채에 정신이 팔려 머릿속까지 멍해져버렸다. 어린 시절 나는 오직 아름다움이라는 비밀에 휩싸인 세상만이 못 견디게 좋았다. (그러니 내가 네 안에서 찾고자 한 가장 소중한 것은 어린 시절의 향수였는지도 모른다.)

때때로 나는 혼잡한 이 거리에서 너의 유년시절을 닮은 여자아이를 얼핏 발견할 때가 있다. 단정하면서도 조금은 슬픈 듯 보이는 작은 여자아이의 얼굴을 보면, 네가 아직도 그 아이의 몸에서 자라고 있는 게 아닐까 하는 착각이 든다. 아울러 나는 네가 애써 꿈에 나타나 내게 그려준 아이를 떠올린다. 행복에 겨운 듯 들판을 마구 내달리며 아이만이 갖는 행복을 온몸으로 드러내는 아이를……, 그런 아이는 지금도 이 지상 어딘가에서 자라고 있는 게 아닐까.

나는 길을 걸으며 내 발소리가 고요하고 차분하다고 느낀다. 전찻길을 가로질러 폭 일 미터의 골목길로 들어서면, 양쪽 높은 건물 위로 보이는 푸른 하늘이 선명하게 아름답다. 정말 이렇게 예쁘고 파란 하늘이 거리에 존재하는 것일까. 하지만 나는 알고 있다. 거의 굶어 죽을 지경으로 불탄 폐허를 비틀비틀 걸어 다녔을 때, 그때도 저 높은 하늘에서 살짝 새나온 이상하리만치 맑고 깨끗한 빛이 있었다. 내가 살아남았다는 것, 지금도 여전히 살아 있다는 것, 어떤 힘이 내게 그 사실을 격렬하게 상기시켰다. 나는 나의 발소리를 나의 숨소리마냥 하나둘 세고 있다.

나는 방 창문 바로 아래 무리 지은 아이들의 목소리를 멍하니 듣고 있었다.

워어

워어 워어

워어 워어 워어

화마가 으르렁거리는 소리를 흉내 내고 있었다. 땅거미 지는 황량한 길 위에서, 아이들은 자기들 목소리에 흥분해 흡사 한 사람 한 사람이 불꽃이라도 된 듯 떨쳐나섰다. 정말로 아이들이 활활 타올라 무언가에 홀린 건 아닐까. 처참한 공습날 밤의 기억이 아이들 눈에 되살아나 화염의 반사 속에서 놀고 있는 것일까.

타오른다 타오른다 와아 와아 와아

아이들의 목소리는 점차 공중으로 울려 퍼지더니 다 같이 어느한 군데의 환영을 응시하는 듯하다. 그리고 그것은 이미 슬픔을 넘어 환희의 정점에 도달한 것 같았다.

나는 끊이지 않는 잡음에 휩싸여 흔들리고 있다. 이 창문은 도로 너머 맞은편 집들과 마주하고 있지만, 창틈으로 끊임없이 흘러드는 음향은 마치 이 방 안에 거리와 도로가 마음대로 비집고 들어온 것처럼 시끄러웠다. 임시로 살고 있는 이 방을 안타까운 마음으로 빙 둘러본다. 하지만 아무래도 버려진 것은 나 같다. 나는 가끔씩 창밖에서 들려오는 소음에 시달리며 어둠에 잠긴 방에 불도 켜지 않고 멍하니 앉아 있을 때가 있다. 그럴 때 창밖에서는 딸

깍이는 게다 소리가 들려온다. 누군가 창밖 가로등 전신주에 늘어진 줄을 잡아당긴다. 가벼운 소리와 함께 그곳에 불이 켜진다. 그러면 나는 홀로 버려진 나 자신을 깨닫는다. 아이들은 가로등 스위치 줄을 당기는 일이 그토록 사소하고 단순하다는 걸 알고 탄성을 지를까. 도로 말고는 놀 곳이 없는 이 근방 아이들은 어째선지 내 창문 바로 앞 가로등 밑에 모이는 걸 즐긴다. 아이들끼리는 서로가 서로에게 전염되는 울림을 품고 있으리라. 한 아이가 소리를 지르면 순식간에 도로 전체에 소동이 퍼져 나간다. 나는 틈만 나면 소리 지를 기회를 만드는 남자아이와 여자아이의 목소리를 기억할 정도다. 하지만 한번 소동이 번지기 시작하면 고함이 잇달아 샘솟으며 회전한다. ……나는 문득 고함치며 달리는 아이의 머릿속에 어떤 이미지와 색채가 떠오를지 생각해봤다. 뜨겁게 흔들리는 것이 항상 내 위에 있었다. 나는 통 속을 달리고 또 달렸다. 하지만 돌연 달리기를 반복하는 게 허무하게 느껴졌다. 난 제자리에 멈춰 섰다. 갑자기 모든 게 선득하게 다가왔다. 그 무렵 나는 세상에 홀로 남겨진 어린아이였다.

나는 저녁나절 밥을 먹으러 나갔다가 혼잡한 길 위에서 "저녁별 찾았다" 하는 다정하고 단순한 목소리를 들었다. 그러자 내 안에 뒤엉켜 있던 상념들이 별안간 물을 끼얹은 듯 조용해졌다. 별은 어느 세상에나 저녁 무렵 나타나고, 아이들은 어느 시절에나 그걸 발견하며 기뻐하는 것일까. 나는 또 길 위에 주저앉아 노는 여자아이 옆을 무심코 지나쳤다. 그 근방은 아직 밝았다. 뭔가 아름다운 것이 얼핏 내 눈을 청량하게 했다. 가만히 보니 갱지 위에 잘게 찢어진 귤껍질이 흡사 예쁜 단추처럼 가지런히 놓여 있었다. (하지만 이런 걸 보며 지나쳐 가는 나는 공허하고 막막한 여행자인 것일까.)

내가 맨 처음 고향 집을 떠나 여행길에 오른 건 아주 오래전 봄의 일이었다. 도쿄 뒷골목 하숙집 좁은 방에서 나는 비로소 혼자가 됐다는 기분이 들었다. 하지만 그 방 창에서 보이는 이웃집 검은 담벼락엔 봄 햇살이 부드럽게 내리쬐었고, 좁은 뜰에는 푸른 새싹이 돋아나고 있었다. 나는 보드랍고 다정한 공기에 휩싸여 누군가 날 달래주고 있다는 기분이 들었다. 혼자가 되긴 했지만 고향 집에서는 어머니와 여동생이 날 염려해줬다. 그 무렵 나는 상냥한 사람들의 지탱을 받으며 느긋하게 호흡하고 있다는 걸 알았다. 그러나 언젠가는 예민한 감수성이 내 마음에 찾아와 격변이 일어날 것임을 어렴풋이 짐작하고 있었다.

그 예감이 날 좌절시키진 못했다. 나는 운명을 곧이곧대로 받아들이며 인생을 맛보고 싶었다. 그만큼 난 아직 체험을 동경하는 소년이었다.

나는 하숙방 전등불 밑에서 바르뷔스의 『지옥』*을 읽었다. 미지

---

* 파리의 허름한 호텔방에 투숙한 가난한 시인이 우연히 발견한 구멍으로 들여다본 옆방 광경을 묘사한 작품(1908).

근하고 고요한 밤이었다. 나는 물컹한 벽에 둘러싸인 듯했다. 이야기 속 인물은 파리의 황량한 호텔방에서 홀로 심연을 응시하고 있었다. 혼자 오롯이 고독한 가운데 살아가는 그에게는 아이가 없었다. 그러니 만약 그가 죽어버리면 인류의 생존 이래 계속돼온 하나의 점선이 그가 있는 곳에서 툭 끊어져버린다. 이런 공백을 상정하는 일이 어쩐지 그를 전율케 했다. 체험을 동경하는 소년이었던 나도 거기서 끝 모를 구멍을 들여다보는 기분이 들었다.

학생이던 나는 그 무렵 이상한 남자와 친구가 됐다. (지금 멀리서도 날 동요하게 만드는 이상한 인간상이었는데, ……) 처음 내가 그를 알게 됐을 때, 그는 이미 집이 몰락해 무일푼으로 길거리에 내쫓겼다. 도산과 함께 세상을 뜬 아버지는 사실 의붓아버지였고 진짜 아버지는 이미 사망했으며 이제껏 친어머니라 여겼던 사람도 의붓어머니였다. 당시 그는 이런 일들을 그제야 겨우 알게 됐다.

"그러니까 이런 일도 있었어. 내가 아이 때 장난을 쳐서 아버지가 벌로 두 손을 줄로 묶고 벽장 속에 가둬버렸지. 잠시 후 내가 벽장 속에서 울음을 터뜨렸는데 묶였던 끈이 풀렸으니 다시 묶어달라고 운 거였네. 세상에 이렇게 슬픈 아이가 어디 있겠나."

하지만 내가 그 시절 막연히 그 친구에게 마음을 빼앗겼던 건, 그 친구 안에 존재하는 남달리 슬픈 인간의 모습 때문이었는지도 모른다. 거리로 내쫓긴 그는 공원 벤치에서 밤을 지새우고 열흘에

한 번씩 겨우 밥 한 공기를 먹으며 눈물을 훔치기도 했다. 그렇게 비참한 상황이 그 당시 내게는 아직 미지의 세계였다. 나의 친구는 온힘을 다해 버티고 선 표정을 짓고 있었다. 나는 그의 안에 잠재된 굳건하고 밝은 힘을 우러러봤다. 그는 날 만날 때마다 끊임없이 시 이야길 했다. 그 태도가 어딘가 초조해서 나와 통하지 않는 부분도 있었지만, 뜨겁게 달아오른 마음만큼은 내게도 전해졌다. 둘이서 같이 길을 걸으면, 마치 머나먼 세계의 끝을 바라보고 있는 것만 같았다. 우주와 역사와 인류의 흐름도 죄다 무질서하게 뒤섞여 정신없이 우리들 안으로 뛰어드는 듯한 기분이었다. 그는 인간의 생존을 위협하는 괴물들을 언제나 분노로 이글거리는 눈으로 노려봤다. 빈곤과 싸우며 그는 조금씩 생활의 길을 터나갔다. 어느 불행한 여자를 알게 되어 결혼하더니 이윽고 자기 힘으로 작은 집을 세웠다. 이 작은 집에도 몇 번이나 괴물들이 손을 뻗으려 했으나……. 그렇게 어떻든 시간이 흘러갔다.

그 친구의 집은 운 좋게 전쟁 중 화마를 피해 아무튼 지상에 남기는 했다. 주소를 잃은 나는 친구의 집에 내 한 몸을 의탁했다. 하지만 오랜만에 만난 친구의 얼굴은 지독히도 암울한 낯빛으로 변해 있었다. 뭔지 몰라도 묵직한 것에 짓눌려버린 인간 같았다. 또한 그것은 무언가를 애써 지켜내려는 모습이기도 했다. 그리고 죄인처럼 짓눌린 표정 밑에 너무도 상냥한 표정이 희미하게 흔들리고 있었다. 세상에 이렇게 슬픈 인간이 있을까. 나는 은근히 놀라고 있었다. 하지만 그의 고통은 작은 집 전체에 흘러넘쳐 이미 어찌할 도리가 없다는 걸 나도 잘 알았다. 무서운 표정으로 입을 다물고 있는 안주인은 언제나 무언가 격심한 분노를 온몸에 숨기고 있었다. 때때로 이 작은 집은 신음하며 갈라지는 땅 한가운데 있는 느낌이 들었다. 아주 미미한 힘으로도 붕괴될 듯했다. 그 친구는 여전히 시를 쓰고 있었다. 나는 그의 노트를 본 적이 있다. 거기엔 인간이 지닌 온갖 음산함과 파멸에 치달은 지상의 무수한 상처가 아슬아슬하게 그려진 노래로 가득했다. 누군가가 겨우 손을 뻗어 한 줄기 빛(시커먼 구름 틈에 새나는 캐러멜색 태양빛 같은)을 찾으려는 듯했다. 아마도 그는 인간이 느낄 수 있는 모든 불행을 상상과 체험으로 죄다 짊어진 채, 온몸이라는 바다의 컴컴한 심해에서 암초에 긁혀가며 나아가고 있었다. 하루는 그 친구가 말도 없이 여행을 떠나버렸다. 얼마 후 나도 질식할 것 같은 그 집을 뛰쳐나왔다.

여행을 떠난 친구는 끝내 돌아오지 않았다. 그러나 내게 편지만큼은 자주 왔다. 그걸 읽을 때마다 나는 어쩐지 뜨거운 힘에 몸이 떨려왔다. 그는 머나먼 북방에서 애인을 얻어 그대로 그곳에 살기로 했다.

"난 요 몇 년 절망에 휩싸여 자살 직전까지 갔네. 그 상심의 세월에 대해서는 누구에게도 말하지 않았지. 하지만 나의 자살 시도는 다 지나간 얘기라네. 지금 내 앞에 한 여인이 서 있어. 나는 시선의 빛을 타고 더 깊고 깊은 심연으로 파고들지. 난 처음으로 바닥 깊은 곳까지 닿고도 남을 빛을 보았어. 나의 구원은 눈보라 속에서 본 여자에게서 시작됐네. 여자는 자기의 어리석음을 알고 기꺼이 자기 한 몸을 내던져 청초하게 어머니를 봉양하며 살고 있어. 나는 그녀의 몸을 품에 안고 언제까지나 처녀로 남을 그녀와 교류를 이어간다네. 나는 이제 여길 떠나지 않을 걸세. 이 시선의 빛을 벗어나서는 아무 생각도 할 수가 없어. 나는 되살아났다네. 비로소 진실을 마주했어. 사는 보람이 뭔지, 인생의 균형이 뭔지 이제야 알았어……"

그가 보낸 편지의 한 구절인데, 눈과 고드름의 땅에서 새 애인을 얻어 멋진 인생을 시작한 것일까. 하지만 그는 뒷골목 빈민굴의 비좁은 방에서 애인의 어머니와 언니와 함께 다 같이 뒤섞여 먹고 자며 생활하는 듯했다. 그는 잇달아 내게 편지를 보냈다. 엄청난 기세로 쉼 없이 시를 썼지만, 그의 마음은 이미 누추한 집에 지쳐가고 있다는 걸 알 수 있었다. 나는 그 친구가 지상에서 얻은 모든 상처를 지상에서 치유 받기를 진심으로 빌었다. 하지만 그 사이 친구의 편지는 점차 절망에 가까운 분위기를 띠었다.

"나락이야, 나락으로 떨어졌어, —어딜 둘러봐도 나락뿐이네. 오래전 감옥 독방에서 지낼 때가 제일 행복했어."

"내일의 빛에 속아 인간에게 절망조차 할 수 없는 절망이 괴롭네. 전 인류 가운데 옳은 건 피해자뿐이야. 그럼에도 거의 대부분이 가해자지."

뒷골목 빈민굴의 비좁은 방에서 늙은 모친과 고집 센 언니와 애인과의 잡거생활에서 오는 삐걱거림이자 한탄인 듯했다. ……친구는 암흑의 벽에 머리를 찧어버렸을까. 영혼에 깊은 상처를 입고 인간에 절망하며 친구는 마침내 이렇게 외쳤다.

"비참한 일이다. 생식 외에 아무 목적 없는 인생에서는 여자와 아이만이 빛이다. 나머지는 전부 가짜다."

이 말에서 나는 어떤 경이로움을 느꼈다. ……친구는 난방에 쓸 연료도 구하기 힘든 집에서 잡초로 끼니를 때우는 비참함의 끝에서 아이를 얻은 것이다. 새로운 인간의 아이를…….

　　풍경은 나를 물고　나는 풍경을 문다
　　서로 물고 물리는　두 개의 너와 나

해질녘 시간은 날 이곳으로 유혹한다. 이 수로 옆 보도까지 오면 냉랭한 한기가 날 도리어 따뜻하게 데워준다. 자동차들이 내 옆을 쉼 없이 지나가고 머리 위 하늘은 쥐 죽은 듯 고요하다. 빛은 조금씩 힘을 잃는다. 서양식 건물 위로 솟은 굴뚝을, 태어나서 처음 보는 사람처럼 올려다본다. 검은 연기가 묵묵히 흘러갔다. 바로 옆에는 아직 색이 들지 않은 초승달이 보인다. 내가 저편 다리로 걸어가는 사이에 초승달이 빛을 띠게 되리란 걸 안다. 수면 너머 돌벼랑 위에서 잎과 가지를 펼치고 광란의 춤을 추는 나무 한 그루……. 녹색 잎은 사라져가는 최후의 등불처럼 내 눈에 각인된다. 나는 이 주변 나무가 한여름 광선에 어찔어찔 타오르던 것을 아직 기억한다. 하지만 지금 내게 보이는 나무들은 희미한 공기

속에 녹아들 듯하다. 공기는 그렇게 떨고 있을까. 떨고 있는 건 나일까. 아니면 죽은 너일까. 뒤축이 닳아버린 구두, 낡아서 종잇장처럼 얇아진 외투, 나는 내가 살아남아 걷고 있다는 걸 안다. 너는 알고 있을까? 내가 이렇게 걷고 있다는 걸……. 광선은 완연히 어슴푸레해지고 저편 넓은 도로는 멍하니 흐릿하다. 한 소녀가 희미한 광선을 향해 걸어간다. 그 그림자는 조금씩 사라져간다.

• 수록 『군조群像』1950년 11월
• 저본 『定本原民喜全集 第2卷』青土社, 1978

하라 다미키原民喜(1905~1951)

소설가, 시인. 대학 시절 시와 단편소설을 습작하고 다다이즘과 맑시즘에 관심을
가졌다. 도쿄에서 왕성한 창작활동을 펼치다 전쟁 중 고향인 히로시마로 피난했
는데 원자폭탄 투하로 피폭됐다. 단편소설 「여름 꽃」을 비롯해 「진혼가」, 「불의
아이」, 「염원의 나라」 등 죽은 자들을 애도하는 산문에 그날의 경험이 고스란히
남아 있다. 홀로 살아남았다는 괴롬에 시달리다 주오센 기차조지역 인근 철길에
몸을 누여 자살했다.

하라 다미키

염원의 나라
心願の国

「1951년 무사시노시」

새벽녘 나는 침상에서 작은 새의 지저귐을 듣고 있다. 새는 지금 내 방 지붕 위에서 나를 향해 지저귄다. 입 안에서 우물거리는 상냥하고 예민한 억양이 아름다운 예감으로 떨리고 있다. 작은 새들은 모든 시간 중 가장 미묘한 시간을 감지하여 천진난만하게 서로 신호를 주고받는 것일까. 나는 침상에서 피식 웃는다. 당장이라도 저 작은 새들의 언어를 알 수 있을 것만 같다. 그래, 조금만 더, 조금만 더 있으면 저 새들의 언어를 알 수 있을지도 몰라. ……내가 다음 생에 작은 새로 다시 태어나 새들의 나라를 방문한다면, 새들은 나를 어떤 느낌으로 맞아줄까. 그때도 나는 누군가의 손에 이끌려 유치원을 찾은 아이처럼 구석에서 손가락을 깨물고 있을까. 아니면 세상에 토라진 시인의 우울한 눈빛으로 주위를 가만히 둘러보려 할까. 하지만 틀렸다. 난 벌써 작은 새로 다시 태어났으니. 호수 주변 숲길에서 지금은 작은 새가 된 나의 옛 친구들을 잔뜩 만났다.

"저런, 너도……."

"오, 너도 있었구나."

무언가에 이끌리듯 침상에서, 나는 이 세상 것이 아닌 것을 깊이 생각하고 있다. 나와 친했던 존재들이 내게서 사라지는 일은 있을 수 없다. 죽음이 나를 움켜쥐는 그 순간까지, 나는 작은 새처럼 솔직하게 살아가고 싶지만…….

지금도 나의 존재는 산산조각 난 채 끝을 알 수 없는 곳으로 떠밀려가고 있을까. 이 하숙집으로 온 지 벌써 일 년이 넘는데 인간의 고독감은 거의 바닥을 친 것 같다. 더는 이 세상에 붙들고 매달릴 지푸라기조차 없다. 내 위를 살그머니 덮어주는 밤하늘 별들이나, 내게서 떨어져 지상에 서 있는 나무들의 형상이 점차 나의 위치로 접근해, 마침내는 나와 뒤바뀔 것만 같다. 내가 지금 아무리 보잘것없는 남자라 해도, 나의 코어가 아무리 꽁꽁 얼어붙었다 해도, 저 별들이나 나무들은 훨씬 더 끝없는 것을 견디며 의연히 버티지 않는가. ……나는 나의 별을 찾아내고야 말았다. 어느 밤, 기치조지역에서 하숙집까지 걸어오는 어둔 길 위에서, 문득 머리 위 별하늘을 올려다본 순간, 무수한 별들 속에서 오직 하나, 내 눈에 스미어 나를 향해 고개를 끄덕여주는 별이 있었다. 그것은 무슨 의미일까. 하지만 의미를 생각해내기도 전에 커다란 감동이 나의 눈시울을 뜨겁게 했다.

고독은 대기 중에 녹아버린 듯하다. 눈에 먼지가 들어가 속눈썹에 눈물이 고여 있던 너…… 손에 박힌 가시를 바늘 끝으로 빼주시던 어머니……. 사소한, 너무도 사소한 사건이, 아무도 없는 지금에서야 내 안으로 둥실 떠오른다. ……어느 날 아침, 나는 이가 아픈 꿈을 꾸었다. 꿈속에서 죽은 네가 나타났다.

"어디가 아파?"

너는 손끝으로 내 이를 빙그르 문질렀다. 그 손가락의 감촉에 눈을 떴을 때, 통증은 사라져 있었다.

꾸벅꾸벅 졸던 내 머리가 번개 같은 충격에 펑 하고 폭발한다. 전신에 털썩털썩 경련이 일고, 그 뒤론 아무 일 없었다는 듯 고요하다. 나는 눈을 크게 뜨고 나의 감각을 점검해본다. 이상한 느낌은 어디에도 없다. 그런데 아까는 왜 나의 의지를 무시하고 나를 폭발시켰을까. 그것은 어디서 왔을까. 어디서 왔지? 나는 잘 모르겠다. ……내가 이 세상에서 이루지 못한 무수한 것들이 내 안에 쌓이고 쌓이다 폭발한 것일까. 아니면 저 원폭의 아침 한순간의 기억이, 이제 와서 내게 날아드는 것일까. 나는 잘 모르겠다. 히로시마의 참극을 목격한 동안에는 내 정신에 별다른 이상이 없었다. 하지만 그날의 충격이 나나, 나와 같은 피해자들을 언젠가는 미치광이로 만들기 위해, 어디선가 호시탐탐 기회를 노리고 있는 건 아닐까.

나는 문득 잠들지 못하는 침상에서 지구를 상상한다. 밤의 냉기가 슬금슬금 나의 침상으로 침입해온다. 나의 신체, 나의 존재, 나의 코어, 어쩌다 나는 이리도 차갑게 식어버린 것일까. 나는 나를 생존시키는 지구를 소리쳐 불러본다. 그러자 지구의 모습이 어렴풋이 내 안에 떠오른다. 가엾은 지구, 차갑게 식은 대지여. 하지만 그것은 내가 아직 모르는 수억만 년 후의 지구 같다. 내 눈앞에는 다시 어슴푸레한 한 덩이의 다른 지구가 떠오른다. 이 구형의 안쪽 중심에는 새빨간 불덩이가 끈끈하게 소용돌이치고 있다. 그 용광로 안에는 무엇이 존재할까. 아직 발견되지 않은 물질, 아직 알려지지 않은 신비, 그런 것들이 뒤섞여 있는지도 모른다. 그리고 그것이 일제히 지표로 분출할 때, 이 세계는 대체 어떻게 될까. 사람들은 모두 지하자원의 보고를 꿈꾸고 있겠지. 파괴인지 구원인지 도무지 알 수 없는 미래를 향하여……

하지만 사람들 하나하나의 마음속에 고요한 샘이 흐르고, 인간 존재 하나하나가 그 무엇으로도 분쇄되지 않는 날이 오기를, 그런 조화로운 날이 언젠가는 지상에 찾아오기를, 나는 꽤 오래전부터 꿈꾸고 있었다는 기분이 든다.

이곳은 내가 자주 다니는 철도 건널목인데 차단기가 내려오면 여기서 한동안 기다리곤 한다. 전차는 니시오기쿠보 방면에서 오거나 기치조지역에서 온다. 전차가 다가오면 철로가 상하로 확실히 흔들리며 움직인다. 전차는 쌩하니 전속력으로 이곳을 지나

쳐간다. 나는 그 속도에 어쩐지 가슴속이 후련해지는 기분이 든다. 전속력으로 나의 인생을 스쳐가는 사람을 나는 부러워하는지도 모른다. 하지만 내 눈에는 더욱 초연한 눈빛으로 이 선로를 바라보는 사람들의 모습이 떠오른다. 인간 세상에 부대끼며 몸부림을 치고 발버둥을 쳐도 더 이상 어찌할 수 없는 곳으로 떠밀려 넘어지는 사람들의 그림자가, 언제나 이 선로 부근을 서성이는 것처럼 여겨진다. 하지만 그런 생각에 잠겨 건널목에 우뚝 서 있는 나, ······나의 그림자도 어느새 이 선로 주변을 서성이는 것은 아닐까.

나는 해 지기 전 거리를 천천히 산책한 적이 있다. 문득 푸른 하늘이 신비롭게 개어 한 점 조개껍데기와 같이 푸른빛을 발하는 곳이 있었다. 나의 눈이 일부러 그곳을 골라낸 것일까. 푸른빛은 가지런히 늘어선 낙엽수 위로 쏟아지고 있었다. 나무들은 시원스런 자세로 조용히 무엇인가 하고 있는 듯했다. 나의 눈길이 한 그루 담담한 나무의 가지 끝에 멈췄을 때, 커다란 갈색 마른 잎이 가지를 떠났다. 떨어진 마른 잎은 나무 기둥을 따라 똑바로 미끄러져 내려갔다. 그리고 뿌리가 있는 지면 낙엽들 위로 포개졌다. 그것은 다른 무엇과도 비교할 수 없는 미묘한 속도였다. 저 한 장의 낙엽은 가지 끝에서 지면까지 닿는 동안 아마도 이 지상의 모든 것을 정확하게 보았을 것이다.

······언제부터 나는 지상에서 보는 마지막 풍경을 신경 쓰게 됐을까. 어느 날도 나는 일 년 전 내가 살던 간다로 향했다. 그러자

기억에 남아 있는 혼잡한 서점가가 눈앞에 펼쳐졌다. 나는 그곳을 지나며 어딘가 있을 나의 그림자를 찾고 있는 것은 아닐까. 어느 콘크리트 담장에 고목과 고목의 그림자가 담백하게 서로 마주하고 있는 것이 내 눈에 비친다. 저토록 담백하고 조용한 경이만이 나의 눈을 놀라게 하는 것일까.

방에 가만히 앉아 있다가는 얼어붙을 것만 같아 밖으로 나갔다. 어제 내린 눈이 아직 그대로 쌓여 있어서 주변 풍경이 완전히 달라졌다. 눈 위를 걷는 동안 마음에 점차 탄력이 붙어 몸속이 따뜻해진다. 찬 공기가 기세 좋게 폐로 스민다. (그래, 저 히로시마의 폐허 위에 첫눈이 내리던 날도 나는 이런 공기를 가슴 가득 마시고 마음이 두근거렸지.) 나는 눈雪의 찬가를 아직 쓰지 않았다는 사실을 깨달았다. 스위스 고원의 눈 속을 멍하니 어디까지고 걸을 수 있다면 얼마나 좋을까. 꽁꽁 얼어 죽는다는 아름다운 환상이 나를 조여 온다. 나는 찻집에 들어가 담배를 피우며 멀거니 앉아 있다. 구석에서 바흐의 음악이 흘러나오고, 유리찬장 안에 진열된 쇼트케이크가 반짝인다. 내가 이 세상에서 사라지더라도 나 같은 기질을 가진 청년이 마찬가지로 이렇게, 이런 시각에, 멀거니 이 세상의 구석에 앉아 있겠지. 나는 찻집을 나와 다시금 눈길을 걷기 시작한다. 인적이 드문 길이다. 저쪽에서 다리를 저는 청년이 터벅터벅 걸어온다. 나는 그가 어째서 하필이면 이렇게 눈 내리는 날 바깥을 걷는지, 그 마음을 알 것만 같다. (힘을 내십시오.) 스쳐 지나가며 마음속으로 그를 향해 외친다.

우리의 마음을 아프게 하고, 우리의 목을 조여 오는 모든 비참함
이 드러났음에도, 우리는 스스로를 드높이려는 본능을 억누를 수 없
다. (파스칼)

내가 아직 여섯 살 아이였던 여름 오후의 일이다. 우리 집 창고
계단참에서 나는 혼자 놀고 있었다. 돌계단 왼쪽에는 짙게 우거
진 벚나무에 태양빛이 반짝반짝 뒤엉켜 있었다. 태양빛은 돌계단
바로 옆에 있는 황매화나무 잎에도 새어들고 있었다. 내가 쪼그
려 앉은 돌계단 위에는 상쾌한 공기가 흘렀다. 나는 괜스레 황홀
한 기분이 들어 화강암 위 모래를 만지작거렸다. 문득 내 손바닥
근처로 개미 한 마리가 바쁜 듯 기어왔다. 나는 아무 생각 없이 그
개미를 손끝으로 눌렀다. 그러자 개미는 더 이상 움직이지 않았
다. 한참 지나자 또 한 마리가 다가왔다. 나는 또 손끝으로 눌러버
렸다. 개미는 계속해서 내게 다가왔고 나는 계속해서 그것들을 찌
부러뜨렸다. 차츰 머릿속이 달아오르고 정신없이 시간이 흘렀다.
나는 내가 뭘 하고 있는지, 그때는 전혀 알지 못했다. 하지만 해가
지고 사위가 어둑해지면서, 나는 갑자기 이상한 환각 속으로 빠져
들었다. 나는 집 안에 있었다. 하지만 나는 내가 어디에 있는지 알
수 없었다. 빙빙 새빨간 화염의 강이 흘렀다. 그러자 내가 본 적도
없는 기괴한 생명체들이 어둠 속에서 날 보며 소곤소곤 조용히 날
원망했다. (그 몽롱한 지옥도는 내가 훗날 육안으로 분명히 보았
던 히로시마 지옥의 전조였을까.)

나는 지나치게 민감하고 심약한 아이에 대해 써보고 싶었다. 한 점 바람으로 꺾여버리는 섬세한 신경 속에, 오히려 멋진 우주가 잠재해 있다는 생각이 든다.

마음 깊이 진심으로 웃을 수 있는 일이 한 가지 정도는 있을까. 그 소녀를 위한 보잘것없는 서정시만이 나를 위로해주는지도 모른다. U……를 처음 만난 재작년 한여름, 나는 죽을 것처럼 가슴이 떨렸다. 그것은 이미 내게 지상의 이별이 다가오고 있음을, 갑작스레 만년이 머리 위로 떨어지고 있음을 예감하게 했다. 나는 언제나 청아한 기분으로 아름다운 그 소녀를 그리워할 수 있었다. 나는 그 소녀와 헤어질 때마다 빗속의 아름다운 무지개를 느꼈다. 그런 다음 마음속으로 두 손을 모아 남몰래 그녀의 행복을 빌었다.

다시 따뜻한 것과 차가운 것이 끊임없이 교차한다. 다가오는 '봄'의 전조가 나를 어리둥절하게 만든다. 이 생기 있고 가볍고 상냥하며 기교 있는 천사들의 유혹에는 손 쓸 도리 없이 지고 만다. 꽃들이 일제히 피어나고 새가 노래하는 현란한 축제의 예감이 한 가닥 태양빛 속에도 흘러넘친다. 그러자 어쩐지 기분이 들떠 가만히 있을 수 없는 무언가가 마음속에서 요동치기 시작한다. 멸망한 고향 거리의 꽃 축제가 눈에 선하게 떠오른다. 죽은 어머니와 누나들이 나들이옷을 입은 모습이 문득 내 안에 떠오른다. 흡사 어린 여자아이들처럼 정말이지 가련한 모습이다. 시와 그림과 음악으로 칭송 받는 '봄'이 내게 속삭이며, 나를 현기증 나게 한다. 하지만 나는 여전히 으스스한 기분이 들어 조금 슬프다.

그 무렵 너는 침상에 찾아오는 '봄'의 예감에 몸을 떨고 있었을 테지. 죽음이 다가온 너는 모든 것을 투시하며 하늘의 청명한 공기를 바로 곁에서 느꼈을 거야. 그 무렵 네가 병상에서 꿈꾸던 것은 무엇이었을까.

나는 지금 끝없이 꿈을 꾼다, 한낮의 보리밭에서 날아올라 파랗게 그을린 드넓은 하늘에서 춤을 추는 종다리의 모습을……. (그것은 죽은 너일까, 아니면 나의 이미지일까.) 종다리는 하늘 높이 곧게 전속력으로 무한히 나아간다. 그리고 지금은 이미 날아오르는 것도, 떨어져 내리는 것도 아니다. 그저 생명의 연소가 휘익 빛을 내뿜으며 생물의 한계를 탈피해 종다리는 하나의 유성이 된다. (그것은 내가 아니다. 그러나 이는 내가 염원하는 모습이다. 하나의 생애가 완전하게 연소하고, 모든 찰나가 아름답게 충실했으니…….)

• 수록 『군조群像』1951년 5월
• 저본 『定本原民喜全集 第2卷』青土社, 1978

엮고 옮기며

작년 이맘때로 기억합니다. '일본산문선'을 내보지 않겠냐는 제안을 받았을 때, 저는 누군가의 서가에서 오래도록 사랑 받는 책을 떠올렸습니다. 어쩌면 마음을 나누는 친구와 같이, 계절이 지나가는 쓸쓸함과 습관처럼 찾아오는 고독을 함께해줄 책이 될지도 모르겠다. 번역가로서 욕심이 생기는 작업이었습니다. 길게는 백 년 넘게, 짧게는 오십 년 가까이 긴 긴 낮과 밤에서 살아남은 작가들의 힘을 빌리기로 했습니다. 바다에서 흑진주조개를 캐듯 그들의 산문을 고르며 몇 번의 계절을 보냈습니다.

가장 먼저 찾은 곳은 일본에서 제일 큰 도서관입니다. 도쿄의 긴자에서 빠른 걸음으로 15분이면 닿는 국립도서관에서는 근대 이후 출판된 거의 모든 간행물을 누구나 열람할 수 있습니다. 에코다라는 작은 마을에 숙소를 잡고 아침부터 저녁까지 책을 읽었습니다. 집을 나설 땐 주인집 할머니가 끓여주는 된장국을 먹고 배낭을 메고 출발합니다. 오늘도 도서관에 갑니까? 유라쿠초선을 타고 가겠네요? 할머니도 책을 좋아하는 것 같았습니다. 숙소 1층 벽면에 모자를 눌러쓰고 걷는 미야자와 겐지가 그의 아름다운 시와 함께 붙어 있었습니다. 남편이 겐지를 좋아했어요. 과거형으로 말씀하신 게 신경 쓰여 더는 묻지 않았습니다.

아침의 도서관은 이상하게 가슴이 두근거리고 고대의 신전으로 들어서는 듯한 신성한 분위기가 있습니다. 넓은 홀에 비치된 컴퓨터에 앉아 미리 확인해둔 작가들의 책을 신청합니다. 주로 소설가, 시인, 사상가들의 전집이었습니다. 저는 전집을 활용해 작가를 중심으로 글을 찾는 방법을 선택하고, 일본이 근대의 틀을 갖추기 시작한 시기에 등장한 작가부터 읽어나갔습니다. 원래 좋아하던 나쓰메 소세키의 기행문집이나 가타야마 히로코의 에세이집처럼 곁에 두고 읽던 글들도 넣었습니다. 다자이 오사무의 경우는 널리 알려지지 않은 고교시절 산문과 편지가 좋았습니다. 미야자와 겐지가 수업시간에 학생들에게 들려주었다는 글도 생생하게 귓가에 들어왔습니다. 고바야시 다키지가 감방에서 쓴 수필을 발견했을 때의 감동은 지금도 잊을 수 없습니다. 미야모토 유리코의 「도서관」이라는 산문도 처음 접하는 글이었는데, 지금은 어린이도서관이 된 그곳에 반세기 전 진보적인 여성모임이 있었다는 사실을 알고 가슴이 뛰었습니다. 이와나미문고에서 펴낸 『일본근대수필선』 총3권도 참고가 되었고 문필가로 이름난 작가들의 수필집도 훑었습니다.

아름다움의 힘은 어디서 올까. 무엇이 우리의 마음을 움직이게 할까. 누군가에게는 소소한 재미, 누군가에게는 따뜻한 위로, 누군가에게는 신선한 자극이 될 산문은 어디에 있을까. 묻고 답하는 시간 속에서 눈에 보일 듯 귀에 들릴 듯 정교하고 분명하게 일상을 묘사한 문체가 제 마음을 끌었습니다. 만년필과 강과 고양이와 참새 같은 세상 온갖 만물에 마음을 부여하는 글도 좋았습니다. 흐드러지게 피었다 일제히 지는 벚꽃과 같이, 알 수 없는 동물이 발자국을 남기고 떠난 먼 시대를 생각하면 찰나와도 같은 지금을 글로 토해내지 않고는 견딜 수 없었던 사람들의 산문에 파묻혀 숨 가쁜 시간을 보냈습니다. 사카구치 안고의 말을 빌리자면 유성이 대기와 만나 불타듯 고독한 영혼이 고열에 시달리는 백열적 순간이 있습니다. 모리 오가이의 말을 빌리자면 세상 모든 이야기는 바로 그 접점에서 만들어지는지도 모릅니다. 인간을 좋아하기에 죽지 않고 계속해서 글을 쓰겠다는 하야시 후미코의 다짐처럼 도서관에 쌓인 수많은 책은 결국 인간을 향한 거대한 애정의 집합체라는 생각도 해봅니다.

해가 지면 도서관은 문 닫을 준비로 분주합니다. 사람들이 바삐 책을 반납하기 시작하면 제 마음도 바빠집니다. 도서관 구내방송이 흐릅니다. 30분 후부터 복사 신청을 마감합니다. 복사하실 분은…… 오늘 도서관의 바다에서 캐낸 산문들을 훑어봅니다. 이건 정말 좋았어, 이건 좀 더 생각해보자, 이건 복사비가 아까울 것 같지만 나중에 후회할 것 같으니 일단 복사를 하고…… 그렇게 배낭 속에는 흙 묻은 원석 같은 산문들이 차곡차곡 쌓여갑니다. 문자 그대로 돌덩이처럼 무거운 원고 파일을 들고 보문동 작업실로 돌아온 뒤로는 지난한 선별과정 끝에 고르고 고른 작품들의 번역이 시작됐습니다.

이 기획을 제안한 봄날의책 박지홍 대표와 긴밀하게 의견을 나누며 책이 조금씩 윤곽을 갖춰갔습니다. 근대 이후 풍요로운 낭만과 지성이 꽃핀 시기의 정신을 이어받은 작품부터, 전쟁과 가난과 차별과 청춘 등 각종 파란 속 우울과 자포자기 가운데 치열하게 각자의 삶을 살다간 인간의 풍경을 고루 모았습니다. 전쟁 전후 눈에 띄게 달라진 인간의 삶과 기억을 짚어볼 수 있다는 것도 이 책의 묘미입니다.

산문은 어느 나라 어느 시대에나 솔직한 자기 감상을 표현한 글이겠지만, 일본의 산문은 아주 조금 특별하게 다가옵니다. 인간의 마음을 흡사 현미경으로 들여다보듯 선득할 정도로 섬세하고 정교하게 묘사한, 그래서 읽는 사람의 몸 안쪽 어딘가에 예리한 흔적을 남기며 각인되는 이 기분, 저만 느끼는 감상일까요.

2017년 가을, 정수윤

슬픈 인간

초판 1쇄 발행 2017년 12월 4일 초판 7쇄 발행 2023년 12월 20일
엮고 옮긴이 정수윤

발행인 박지홍 발행처 봄날의책 등록 제311-2012-000076호 (2012년 12월 26일)
서울 종로구 창덕궁4길 4-1 401호 (원서동 4층)
전화 070-4090-2193 **E-mail** springdaysbook@gmail.com

기획·편집 박지홍 디자인 공미경 인쇄·제책 한영문화사

ISBN 979-11-86372-16-6 03830

이 도서의 국립중앙도서관 출판예정도서목록(CIP)은 서지정보유통지원시스템
홈페이지(http://seoji.nl.go.kr)와 국가자료공동목록시스템(http://www.nl.go.kr/kolisnet)에서
이용하실 수 있습니다.(CIP제어번호: CIP2017031528)